MARC LEVY

A LIVRARIA DOS LIVROS PROIBIDOS

Tradução de
Andréia Manfrin Alves

FARO EDITORIAL

Diretor editorial **PEDRO ALMEIDA**
Coordenação editorial **RENATA ALVES**
Editora-assistente **LETÍCIA CANEVER**
Tradução **ANDRÉIA MANFRIN ALVES**
Preparação **NATHÁLIA RONDÁN**
Revisão **PAMELA J. OLIVEIRA e CARLA SACRATO**
Imagens de capa e miolo **ESTÚDIO ROBERT LAFFONT | ALEXIS BRUCHON**
Diagramação e adaptação de capa **VANESSA S. MARINE**

Dados Internacionais de Catalogação na Publicação (CIP)
Jéssica de Oliveira Molinari CRB-8/9852

Levy, Marc
A livraria dos livros proibidos / Marc Levy ; tradução de Andréa Manfrin Alves. — São Paulo : Faro Editorial, 2025.
224 p. : il.

ISBN 978-65-5957-857-3
Título original: La librairie des livres interdits

1. Ficção francesa I. Título II. Alves, Andréa Manfrin

25-2868 CDD 843

Índices para catálogo sistemático:
1. Ficção francesa

FARO EDITORIAL

1ª edição brasileira: 2025
Direitos de edição em língua portuguesa, para o Brasil, adquiridos por FARO EDITORIAL.
Avenida Andrômeda, 885 - Sala 310
Alphaville — Barueri — SP — Brasil
CEP: 06473-000
www.faroeditorial.com.br

Para Sophie

Desde que eu não fale nem da autoridade,
nem de política, nem da moral,
nem do governo, nem da ópera,
nem dos outros espetáculos, posso
imprimir tudo que quiser, sob supervisão,
contudo, de dois ou três censores.

Pierre Beaumarchais – As bodas de Fígaro

1. Mitch

Ele estava em pé diante da mesa de madeira, as costas um pouco curvadas para encher a taça sem derramar. O rádio tocava uma melodia longínqua, uma mistura de rap e bossa nova, tão indefinida quanto o gato de rua que resolveu morar no pátio interno atrás da livraria. Mitch o encontrou quando saiu da prisão há um mês. O animal deve ter se instalado enquanto ele cumpria sua pena. Em cinco anos de ausência, uma camada espessa de pó entrara sem ser convidada, e um gato mal-encarado aparecera do lado de fora. Como nada lhe foi roubado, Mitch, cuja alma sonhadora tinha muita imaginação, concluiu que o felino tinha cuidado do lugar e dissuadido os vagabundos. Motivo suficiente para se apegar ao bichano e alimentá-lo à noite antes de fechar a loja. O gato, no começo desconfiado, acabou deixando que ele se aproximasse, mas por mais que o livreiro tentasse, nunca quis entrar no depósito, mesmo nas noites em que caía um pé d'água.

O verdadeiro nome de Mitch, escolhido por seus pais muito antes do seu nascimento, era Michel, mas sua mãe, uma encadernadora de livros apaixonada por filmes *noir*, sempre o chamou de Mitch. Seu pai, um trabalhador comum, porém muito culto, tinha começado a labutar numa gráfica aos 15 anos, e lá ficou até sua morte acidental aos 51. Durante uma operação de lubrificação, o batente de segurança da rotativa cedeu e a máquina engoliu o mecânico, soltando uns estalos sinistros enquanto ele passava entre os dois rolos. Um fim cruel para um homem cujo único luxo foram os livros.

Seu pai e ele eram próximos, passavam um bom tempo consertando coisas, jogando xadrez nos domingos chuvosos e bola quando o tempo permitia, mas, por pudor, evitaram se conhecer. Suas vidas tinham se escondido por trás de personagens de romances, e a transmissão de valores era feita por meio de conversas que falavam de paixões, andanças, esperanças, solidões e bebedeiras.

Foi só depois de um ano de sua morte que Mitch compreendeu a dimensão da herança que o pai lhe deixou, e isso acontecia sempre que o via nas páginas de um livro, geralmente em papéis secundários. Mitch o encontrava sob a pena de Hemingway, Yates, Bowles e em frases ou expressões que o pai tinha adotado como suas. Palavras simples, como ele gostava. Quando Mitch, adolescente, o questionou sobre a existência de Deus, o pai respondeu: "O ceticismo começa quando, sentado numa igreja entre um policial e uma freira, você se dá conta de que sua carteira desapareceu"; numa noite, quando ele reclamava de seus professores, o pai o consolou dizendo: "Olha o meu exemplo, eu sobrevivo, eu resisto – ele fez uma pausa –, tenho o controle da situação", e, tal qual um remédio infalível às inquietações de sua esposa todo fim de mês, ele repetia: "Não se preocupe, verá que tudo dará certo".

Tanto na gráfica como no bairro, as pessoas achavam divertida, surpreendente e às vezes suspeita a forma como seu pai falava. No fim das contas, Mitch era provavelmente quem melhor o compreendia, mesmo sem nunca conseguir saber se o jeito do velho – pois o trabalho o desgastou mais rápido que o natural e ele acabou envelhecendo antes do tempo – era ou não emprestado de alguma obra de ficção.

Três semanas depois do acidente fatal, sua mãe vendeu a casa da família e foi viver na beira da praia. Mitch recebeu de um notário uma proposta de herança mais modesta, sob a forma de economias depositadas numa conta poupança em seu nome. Não era nenhuma fortuna, mas uma quantia suficiente para ele comprar uma quitinete para si, e para o pai uma sepultura mais bonita do que o retângulo de grama sob o qual ele jazia. Mitch gastou até o último centavo para construir um templo que o tornaria eterno, uma bela livraria situada a dois passos da estação de trem. Ele não escolheu o local ao acaso, seu pai passara grande parte da vida nos trens do subúrbio. Duas horas de manhã, o mesmo à noite, que ele consagrava inteiramente à leitura, chegando a passar da estação onde deveria descer. Milhares de amanheceres e de crepúsculos devorados pela janela, sentado num banquinho, longe do conforto de uma poltrona de primeira classe, mas, como ele gostava de repetir: "Comigo os livros viajam". Uma citação cujo autor Mitch ainda não havia identificado.

*

Nessa noite de primavera em que o céu azul tinha mordiscado as nuvens, Mitch tomou uma taça de gim num só gole. O álcool o fez tossir. Ele não gostava de beber, era só para limpar a garganta das impurezas ingeridas durante uma grande faxina. Desde que saiu da prisão, ele passava o tempo limpando as mesas, lixando e polindo o balcão, esfregando o chão, tirando pó das estantes, espanando cada livro com uma flanela seca para reavivar as bordas e as capas. Amanhã, domingo, fará os últimos retoques, e quando a vitrine voltar a ser transparente, ele vai se permitir uma tarde de repouso. E finalmente chegará o dia da reabertura oficial.

Como as paredes da livraria e da quitinete que ele ocupava na periferia lhe pertenciam, Mitch tinha meios para manter seu comércio de vento em popa. Desde que ficasse atento, e que a clientela aparecesse também. Por sorte, sua condenação não tinha sido acompanhada por uma multa ou por uma penhora dos seus bens; o juiz deve ter pensado que tirar cinco anos de sua vida bastava. Os editores, que ao menos desta vez entraram num acordo, abriram mão de recuperar os livros no depósito e liquidaram sua dívida. O estoque estava datado, mas os clássicos continuavam atemporais, a seção infantil conservava seu frescor, a papelaria não envelhecia. Munido de paciência e otimismo, Mitch estava decidido a retomar sua vida de antes.

Ele despejou uma xícara de ração numa tigela funda que tinha levado, apagou a luz, acionou o alarme e saiu para o pátio a fim de entregar a refeição ao seu fiel guarda noturno, que se precipitou na direção dele ronronando. Assim como toda noite desde que deixou a prisão, Mitch olhou na direção da escotilha de carvão que dava acesso ao porão. Ele ainda não teve coragem de voltar lá embaixo. Quando se aproximou, as lembranças ressurgiram. Talvez um dia ele conseguisse, mas por enquanto ainda era muito cedo, muito doloroso.

Mitch tinha dez minutos para subir no último trem, que não podia perder se quisesse dormir em sua cama naquela noite. A estação não ficava longe; ele chegaria a tempo, mesmo mancando de uma perna.

Ele se despediu do gato e subiu a viela.

2. HB 1467

Cinco anos e meio antes

ALGUÉM TINHA ENTRADO NO DEPÓSITO, ELE TINHA CERTEZA. Mas para quê? Não havia nenhum objeto de valor, ao menos não do tipo que a maioria dos homens cobiça, e ele não deu falta de nada. Mitch conhecia tão bem seu espaço que qualquer anomalia o deixaria alerta. Um livro não estava empilhado corretamente sobre os outros, como se o intruso tivesse pegado a obra e a colocado de volta, mas não exatamente no lugar onde a encontrou. Uma constatação duplamente estranha, pois ele tinha certeza de ter deixado no alto da pilha um exemplar de *O conto da Aia*, mas o que ele estava vendo era *O vermelho e o negro*. A fechadura da porta que dava para o pátio interno estava intacta, o tapete que cobria a escotilha não tinha sido deslocado. Ele o comprou num mercado de pulgas numa terça chuvosa, duas semanas antes da promulgação da lei HB 1467[1], que mudou sua vida. Mitch varreu essa lembrança da mente e se concentrou no que o ocupava. Impossível alguém ter se aventurado na livraria nas horas em que estava fechada, pois o alarme teria sido acionado. Por onde o intruso tinha passado e qual era o objetivo da sua visita noturna?

Ele examinou o local, pensativo e inquieto. Se o que ele pressentia se confirmasse, era preciso encontrar o mais rápido possível um lugar para esconder seu tesouro. Transportar 150 quilos de mercadoria era

---

1 A lei HB 1467 (House Bill 1467) é um estatuto do Estado da Flórida, aprovado em 2022, e que regula os livros que existem nas escolas públicas do Estado. Ela ficou conhecida por proibir as escolas públicas de promoverem "discussões em sala de aula" e de darem instruções sobre "orientação sexual ou identidade de gênero" nos anos iniciais da escolarização.

impensável e ele não podia contar com a ajuda de outras pessoas sem que lhe fizessem perguntas.

Talvez tenha sido a complexidade da tarefa que o fez entrever a possibilidade de um roedor ser o culpado. Um rato, tomando impulso, poderia ter deslocado *O vermelho e o negro*. A edição de bolso não devia pesar mais do que 100 gramas.

Essa hipótese o tranquilizou. Ele colocou o livro de volta no lugar, inspecionou mais uma vez o local, por desencargo de consciência, e voltou para trás do balcão.

Mitch deveria ter escutado seu instinto. Ceder à facilidade faria dele um criminoso.

*

Como todas as manhãs, Mitch desceu do trem na estação Central às 7h45. Ele vestia um sobretudo, uma calça azul marinho, uma camisa branca e seu boné de beisebol. Como fazia toda manhã, ele parou no caminho para comprar um café que tomou no balcão da estação, passou os olhos pelas manchetes de um jornal abandonado por um cliente e suspirou. Desde as eleições, os aliados do governador tinham assumido o controle da imprensa e mais nenhuma redação se permitia criticar as decisões do poder. Mitch deixou algumas moedas num pratinho, saudou o dono e seguiu caminho.

Ele entrou na viela às 8 horas, fazia um dia bonito, era o início de um dia típico de outono, exatamente como ele gostava. Mitch gostava da rotina, precisava dela. Ter uma livraria sem nenhum funcionário demandava uma disciplina rigorosa e uma metodologia. Era preciso abrir as caixas, redigir os resumos dos livros que seduziriam os clientes, decidir a organização dos exemplares sobre as mesas, cuidar da contabilidade – algo que ele fazia às segundas, nas horas mais calmas –, tirar o pó das prateleiras – o que ele fazia às terças e sextas antes de abrir – e, é claro, receber os visitantes com um sorriso. Ele aguardava as quintas-feiras mais do que qualquer outro dia, pois era quando recebia seus pedidos. Nos pacotes podia estar escondido algum tesouro a ser adicionado à sua coleção.

Ele ocupava suas noites procurando o tal tesouro entre os romances que sondava com uma alma de explorador.

A busca pelo Graal começava assim que ele se sentava no trem. Ao chegar em casa, ele ia direto preparar o jantar. Sentado à mesa da cozinha, ele retomava a leitura, que seguia depois até a sala e depois de tomar banho e escovar os dentes, indo até o quarto na hora de dormir. Mesmo aos sábados, no restaurante, ele jantava na companhia de um livro. Mitch não era um solitário, ele tinha como amigos personagens de ficção, e os amava da forma mais sincera do mundo.

Estranhamente, a lei HB 1467 não proibia a publicação dos livros banidos, tampouco a leitura deles. Era proibido apenas aos livreiros vendê-los e aos bibliotecários indicá-los. O legislativo encontrou um meio de não chamar de "censura" o que não deixava de sê-lo.

*

Quando Mitch ouviu falar pela primeira vez do projeto de lei HB 1467, ele inicialmente achou que era uma farsa, um artifício de campanha eleitoral. Era impossível um texto tão hermético ter sido pensado por um só homem. Foi necessária a intervenção de vários cérebros doentes para imaginar algo tão maquiavélico. Um paradoxo, já que o governador que reivindicava sua autoria alegava estar pondo em prática a vontade de Deus e daria à população todos os seus direitos. À primeira vista, essa lei tinha por único objetivo banir livros prejudiciais à coesão social, mas quanto mais Mitch estudava os artigos, mais compreendia que os autores amadureciam a ideia de transformá-los no alicerce de uma mudança profunda e duradoura.

Há alguns meses, o governador estava atrás nas pesquisas. Sua eleição foi construída numa campanha baseada no medo incutido nas mentes; um medo que nasceu de uma teoria pomposamente intitulada de "a grande substituição". A ideia era relativamente simples: estrangeiros invadiam a nação aos montes, acarretando uma guerra velada e silenciosa. Mas as estatísticas eram implacáveis: os estrangeiros só representavam 10% da população e esse número estava estagnado há 20 anos.

Aqueles que tinham cargos na indústria, no comércio ou no serviço público, como em hospitais, escolas etc., viviam em diferentes bairros da capital e de sua periferia. Mitch morava num prédio modesto povoado por uma outra categoria, aqueles que chegavam e partiam com as estações, para plantar as sementes, colher as frutas e os legumes ou ainda para trabalhar nas vindimas. Desde que os agentes da imigração provavam um zelo inédito, aplicando a tolerância zero, os apartamentos do seu prédio tinham se esvaziado. Um vazio que era possível sentir até nos campos, onde os exploradores agrícolas não conseguiam mais dar conta de suas colheitas. As frutas apodreciam nos pomares, enquanto as prateleiras das vendas e dos grandes supermercados tinham uma aparência triste.

Como o final do seu primeiro mandato se aproximava, e os estrangeiros tinham, em sua maioria, decidido ir oferecer seus serviços em terras menos hostis, o governador, que estava carente de bodes expiatórios, teimou e começou a criticar os estrangeiros no exterior. Lá os números falavam por si só, já que tudo se enredava. Criticou-se a concorrência desleal praticada pelos países vizinhos, e todas as fontes de informação que não provinham do governo foram cortadas, começando pelas redes sociais. A um ano das eleições, era preciso com urgência encontrar um novo inimigo contra o qual unir o povo. O porta-voz do governador, um antigo cronista cuja profissão consistia em passar de um a outro programa de tevê, escarrava sobre tudo de ruim que pensava sobre os perigos da diversidade e da modernidade. Segundo ele, o único futuro possível estava no passado, um argumento incontestável porque todo mundo concordava em dizer que "antes era melhor". O legislativo não tardou em identificar a fonte do mal: livros demais pervertiam a juventude, dando-lhe pensamentos indecorosos, vontades impróprias e sentimentos inúteis. Era preciso se proteger o quanto antes desse veneno que os contaminava junto com seus pais.

Algumas semanas depois da ratificação da lei pelo governador, uma lista de 1400 títulos agora proibidos de serem vendidos ou consultados foi enviada a todos os livreiros e bibliotecários do país.

No meio de tantos livros, *Ilíada* e *Odisseia* de Homero, *O retrato de Dorian Grey*, de Oscar Wilde, *O pai Goriot*, de Honoré de Balzac, *Sodoma e Gomorra*, de Marcel Proust, *O quarto de Giovanni*, de James Baldwin, *A cor púrpura*, de Alice Walker deviam ser retirados das prateleiras. E logo receberam uma lista complementar. Rapidamente acrescentaram a literatura que corria o risco de dividir a sociedade, desonrando-a e culpando-a por um passado que não lhe pertencia. Os livros que instruíam sobre escravidão, racismo, machismo, os abusos de poder e as ditaduras e seus crimes, a obra completa de Toni Morrison, o *Diário de Anne Frank* e muitos outros também iam desaparecer. Mitch perdeu toda a vontade de sorrir.

*

Nesse dia de outono que, contudo, tinha começado bem, um fiscal da segurança pública apareceu na livraria e tudo foi por água abaixo. Enquanto do lado de fora se ouvia o burburinho da cidade, o alvoroço das buzinas, os gritos dos homens na avenida, o fiscal, com sua roupa cinza-chumbo, inspecionou as mesas e estantes, arrumando os óculos redondos fundo de garrafa que deslizavam de forma irritante na curva do nariz. Com ombros caídos, semblante sério, mas cheio de satisfação, ele tomou o *Diário de Anne Frank* e entregou a Mitch, com um ar indulgente, uma primeira advertência. Acrescentou que retornaria um dia para verificar se não havia mais livros proibidos nas prateleiras. Do contrário, seria obrigado a ordenar o fechamento administrativo do local; oito dias seria a pena aplicada na segunda infração. O livreiro foi tomado por uma grande raiva. O fiscal partiu sem dizer uma só palavra e Mitch baixou a porta de ferro. Um nevoeiro acabava de estragar seu dia, que acabara de sair da sua preciosa rotina. Ele precisava de tempo para recuperar o ânimo.

Ele não voltou a subir a porta de ferro e passou a tarde contemplando suas estantes. Quando anoiteceu, não subiu no trem que costuma levá-lo para casa.

Mitch decidiu que iria mudar o curso da sua vida: resistir ao absurdo. Armado com uma picareta, uma pá e um balde, abriu a escotilha de carvão e desceu até o porão.

O antiquário que lhe cedeu a loja segredou a ele que o subsolo tinha uma sala secreta, escondida atrás de uma parede de tijolos. Segundo a lenda, no início do século anterior, um comerciante guardava ali bijuterias e obras de arte de procedência incerta.

— Em outras palavras, um receptador — concluiu Mitch.

— Em outras palavras — o antiquário repetiu —, mas é só uma lenda, e se realmente aconteceu, foi no início do século passado. Eu nunca bebi dessa água — ele acrescentou com a mão no peito.

— Por que o comerciante emparedou este cômodo? — Mitch perguntou, surpreso.

— Um informante o teria avisado que um cliente insatisfeito o tinha dedurado e a polícia se preparava para fazer uma busca no local. Depois de guardar seus bens mais preciosos durante a noite, para apagar qualquer vestígio dos seus negócios, ele construiu a parede sozinho.

— Mas se ele esvaziou o esconderijo, por que se dar todo esse trabalho?

— Ele não tinha tempo para sumir com todos os móveis no lugar onde armazenava sua mercadoria. Prateleiras, baús e, segundo me disseram, uma caixa-forte intransportável sem chamar a atenção. Era mais prudente que tudo desaparecesse com o passado dele.

Mitch, cuja imaginação era bastante fértil, ponderou que essa história não deveria ser tão antiga quanto alegava o antiquário.

— E quem lhe contou tudo isso? — ele perguntou com um ar de diversão.

— O homem de quem comprei este imóvel, há muito tempo. Agora que o senhor é o novo proprietário, eu também precisava lhe contar — ele respondeu enquanto assinava o documento de venda.

Eles pararam por aí.

Quando os fusíveis apresentavam algum problema e Mitch tinha que descer até o subsolo, ele fixava a tal parede e se perguntava se aquela sala secreta realmente existia por trás dos tijolos.

A livraria lhe consumia muitas horas de trabalho para que ele encontrasse tempo para averiguar isso.

Se a história não passava de uma fábula, a parede que ele estava prestes a quebrar poderia ser resistente. Um risco que Mitch levou em consideração no momento de erguer a picareta. Ele a soltou, subiu para buscar a lanterna que guardava no balcão da livraria e logo retornou.

A iluminação das lâmpadas que pendiam do teto do porão não era grande coisa. Mitch apontou o feixe da lanterna para a argamassa, que examinou com bastante atenção. Não era preciso ser um expert em construção civil para ver que o trabalho tinha sido feito por alguém que sabia o que estava fazendo, ou que se esforçou muito para que ninguém supusesse que os tijolos tinham sido colocados de qualquer jeito. As linhas da argamassa eram regulares e bem lisinhas.

Ele olhou em volta e estimou que o local onde estava representava somente um terço da superfície do solo da livraria. De acordo com seus cálculos, o depósito e a parte atrás do balcão, o que era bastante promissor. Mitch pegou a marreta, respirou fundo e bateu. Na primeira batida, um tijolo rachou. Ele bateu de novo, depois mais três vezes, sem conseguir nenhum resultado. Por mais que tivesse menos urgência do que o receptador, ainda assim ele estava sendo pressionado pelo tempo e redobrou os esforços. O calor subia por seus braços, ombros e costas, onde o suor já escorria. Ele tirou a camisa, atirou-a sobre a escada que dava acesso à escotilha de carvão e, de torso nu, continuou marretando com toda força.

Um pedaço grande de cimento finalmente cedeu aos seus ataques e Mitch visou essa fratura para continuar sua obra de destruição. Três tijolos oscilaram feito dentes de leite prestes a cair. Ele abandonou a marreta, enxugou a testa e subiu para buscar um martelo e uma grande chave de fenda na caixa de ferramentas.

Alguns minutos depois, ele enfim conseguiu arrancar vários tijolos, abrindo um espaço largo o suficiente para a lanterna passar. Com o rosto colado na fenda, ele soltou um "Caramba, o que é isso?".

O feixe de luz iluminava as prateleiras de estantes que ocupavam duas paredes compridas, que provavelmente se estendiam até a vitrine da livraria. Ao menos foi o que ele supôs, pois a lâmpada não era potente o suficiente para revelar toda a extensão da sala secreta. Com os olhos semicerrados, ele avistou três baús alinhados lado a lado, uma mesa ainda coberta com o que parecia ser um lençol velho ou uma toalha de mesa. Ele também viu duas poltronas de frente uma para a outra, separadas por uma mesinha de centro, e não muito longe, a ponta arredondada de um balcão e uma fileira de banquetas. Diante dessa descoberta, ele entendeu melhor a pressa do receptador em sumir com o que não era simplesmente um lugar para guardar mercadorias roubadas, mas um espaço de convivência, uma espécie de clube privativo onde seus clientes pouco meticulosos deviam se reunir para falar da origem dos bens que compravam e dos ladrões que os vendiam para eles.

A pergunta sobre a existência de Deus se impôs a Mitch durante seus estudos, e a morte prematura do pai lhe trouxe a resposta. O mundo era muito falho e medíocre para dar tanto crédito a quem o criou. Na véspera, ou talvez na antevéspera, era difícil se lembrar com a empolgação que estava sentindo, ele soube que o grande chefe de um consórcio aeronáutico tinha sido demitido em razão de um caso de corrupção; séculos e séculos de guerras, de fome, de catástrofes e de injustiças, e continuavam venerando o grande gestor. Mitch não era religioso, mas diante das circunstâncias que o ocupavam, o que ele tinha acabado de descobrir debaixo de sua livraria parecia, senão um milagre, uma providência. Reanimado, ele pegou a picareta de volta e bateu até abrir espaço suficiente para poder adentrar na obscuridade.

3. Anna

NA BRASSERIE *AUX TROIS COUSINS*, OS PEDIDOS SE ACUMULAVAM NA cozinha. Todos respondiam às ordens do cão feroz que os acelerava. Perto da despensa eram preparadas as entradas frias, sobre o forno industrial trabalhavam-se os pratos, e os cozinheiros responsáveis pelos molhos esperavam os pratos saírem para darem o toque final. Anna ficava a postos para levar os pratos que o chef verificava antes de liberar.

Anna era uma jovem cheia de vida, uma trabalhadora sem igual; ela tinha seus altos e baixos, mas fora algumas manhãs enfadonhas, irradiava uma natureza alegre. Trabalhar nessa grande brasserie era uma bênção para ela, só conseguiu ser contratada depois de mentir sobre seu passado. Terceiro lugar no concurso do Instituto de Culinária, dois anos em segundo lugar no restaurante do Rodrigo Perez em Buenos Aires, outros três como *sous-chef* no Pontillac em Washington, ela tinha um currículo digno de chef, mas que levantaria suspeitas para alguém se candidatando ao cargo de garçonete. Toda sua experiência era em restaurantes renomados, mas pequenos, e queria aprender sobre o funcionamento de um grande salão.

Nada denunciou seu nervosismo quando o tilintar do sino deu o sinal da partida. Ela pegou dois soles meunières[2] e dois tournedos Rossini[3] antes de ir para a antessala. Chegar ao salão, servir os pratos antes que eles esfriem, voltar à cozinha e repetir esse procedimento a noite toda demandava uma energia atlética, um senso de equilíbrio e de antecipação.

---

2 Soles meunières é um clássico prato da culinária francesa, cujo nome completo é *"sole à la meunière"*. Em português, pode ser traduzido como linguado à moda do moleiro.

3 Tournedos Rossini é um prato clássico da alta gastronomia francesa, famoso por sua sofisticação e riqueza de sabores. Foi criado em homenagem ao compositor italiano Gioachino Rossini, que era também um grande amante da boa comida.

Uma manobra muito brusca para desviar de um funcionário desajeitado e o estrondo da louça marcaria o fracasso de seu plano.

Escondida na mão esquerda, uma pipeta de plástico lhe permitiria executar sua missão. Uma leve pressão e algumas gotas de um líquido inodoro e insípido seriam colocadas nos pratos. Ela tinha treinado em casa, indo da cozinha à sala, os braços pesados como esta noite. Ela aprendeu a mover os quadris de forma que pudesse navegar entre os obstáculos, deslizar a pipeta, pressioná-la entre o mindinho e o anelar antes de escondê-la em sua manga. Anna repetiu o movimento ao longo de manhãs inteiras, até dominar perfeitamente esse truque de mágica. Por volta da meia-noite, mais ou menos três horas antes de terminar a refeição, o superintendente-chefe Jabert foi tomado por espasmos, seguidos de náuseas, e mais tarde por vômitos violentos e, ao amanhecer, já quase sem forças, sentiu ardência ao ir no banheiro.

Ele acusou o restaurante de tê-lo intoxicado com um peixe podre. Uma conclusão precipitada, mais um erro para sua conta, pensou Anna, e certamente não o último deles. A dose não era letal, apenas o suficiente para deixá-lo bastante indisposto.

O superintendente-chefe Jabert não era o que se esperava de um chefe de polícia. Magrelo, mandíbula levemente proeminente, nariz reto e fino; olhos fundos, não era dado a beber demais, não fumava e não era mais corrompível que a média. Seus dois vícios eram a comilança e a vulgaridade; nesse último quesito, poucos homens eram páreos para ele. *Aux Trois Cousins* era uma parada obrigatória para os turistas que o gerente sempre instalava no andar de cima. Walter reconhecia sua clientela com a destreza de um fisionomista. Com um tom bajulador, usava o nome de família dos habitués como outros servem espumantes, com generosidade e bom grado, já que isso custa pouco ou quase nada.

O superintendente-chefe Jabert se sentia em casa ali, e também por toda parte da cidade, e tinha inclusive sua mesa preferida. Afeito a gestos inapropriados, ele tinha o prazer sádico de cometer pequenas violências que deleitam aqueles que, protegidos por sua autoridade, acham que podem tudo. Cada vez que o superintendente-chefe Jabert vinha jantar, sem nunca pagar a conta, ele se divertia acariciando a bunda das garçonetes e sussurrando no ouvido delas palavras grosseiras quando se inclinavam para colocar o prato na mesa.

Desde suas primeiras noites no salão, como era a nova funcionária, Anna ficou encarregada da mesa dele. As outras garçonetes lhe deram dicas: nunca cruzar o olhar com o dele, não demorar, não responder às perguntas sobre o menu, sair assim que os pratos tiverem sido servidos. Jabert era intocável e se permitia tocar o que bem quisesse e quando quisesse. Ela ia ter que se acostumar, disseram, engolir seu amor-próprio e um pouco da sua dignidade a cada humilhação. Mas ninguém lhe disse que o superintendente-chefe Jabert, que logo a colocou na mira, a esperaria no fim do expediente, de tocaia dentro do carro estacionado na viela.

*

Isso foi há um mês, perto da meia-noite. Jabert a atacou quando ela tirava o lixo. Ele a empurrou contra um contêiner, colocou os lábios em seus seios e lhe deu uma bofetada quando ela arranhou o rosto dele enquanto se debatia. Se o *sous-chef* não tivesse saído ao ouvir os gritos, justo quando Jabert enfiava uma mão debaixo da saia de Anna e abria o zíper da calça com a outra antes de penetrá-la ao mesmo tempo que a estrangulava, ele teria levado aquele crime horrendo até as últimas consequências. Mas José, o *sous-chef*, agitava uma faca de açougueiro e seu olhar foi expressivo o suficiente para que Jabert, mesmo do alto de seu poder, pensasse duas vezes. Ele esboçou um grande sorriso, e quando o *sous-chef* avançou em sua direção com sangue nos olhos, ele murmurou: "Tá legal, eu bebi um pouco além da conta, não fiz nada demais, a gente só estava se divertindo. Não banca o idiota que você vai se arrepender. Vamos fingir que não aconteceu nada, nadinha mesmo, só uma brincadeirinha à toa. Ninguém aqui quer problemas, nem você nem a mocinha aí."

Jabert ergueu a gola da blusa na nuca, imitando de um jeito bem patético os policiais dos filmes que admirava e aos pés de quem jamais chegaria. Jabert já nasceu ruim, se tornou um péssimo policial e seria um homem horrível para sempre.

José levou Anna até a copa num estado deplorável, as alças do avental rasgadas; a bochecha direita com a marca escarlate da bofetada que recebera; os ombros latejavam, o pescoço tenso e o estômago doía. Eles compartilharam em silêncio o que ambos já tinham entendido. A palavra da vítima não vale nada contra a do carrasco. Fazer uma queixa contra um comissário de polícia só acrescentaria humilhação à humilhação, brutalidade à violência, terror à selvageria. E essa constatação de impotência piorava ainda mais a dor. José serviu um copo grande de licor e pediu que ela tomasse tudo num gole só. Depois chamou um táxi para levá-la para casa e pagou a corrida. Ele também sugeriu que ela tirasse uns dias de folga. Mas, no dia seguinte, Anna se apesentou no trabalho como se nada tivesse acontecido. Seus olhos cruzaram com os do *sous-chef* com cumplicidade: nada aconteceu. Exceto para Anna que, apesar das suas muitas qualidades, era particularmente vingativa e habilidosa, com uma imaginação que aprendeu a usar para seu proveito.

*

Um mês depois, Jabert, de volta em casa, se contorceu de espasmos e passou a noite vomitando as tripas. O plano de Anna tinha funcionado como previsto, a não ser por um detalhe. No dia seguinte, perto do meio-dia, o comissário-chefe que estava cada vez pior se arrastou até o telefone e chamou por socorro. Ele foi levado ao hospital, mas os exames não foram conclusivos. Doze horas tinham se passado desde os primeiros sintomas, a origem do veneno já não era mais detectável. O médico plantonista diagnosticou uma intoxicação alimentar severa e, ao contrário do que Anna supunha, desta vez Jabert foi incapaz de tirar conclusões precipitadas.

Assim que saiu do hospital, ele foi à delegacia central e ordenou que dois policiais à paisana fossem buscar o *sous-chef* do *Aux Trois Cousins* o mais rápido possível. Quando José entrou em seu escritório, Jabert, ainda muito indisposto, sorriu ironicamente – aí estava sua revanche. O controle sanitário seria conduzido aos seus cuidados e ele era capaz de obter sanções exemplares, ou até mesmo o fechamento do estabelecimento caso o *sous-chef* não reconhecesse sua negligência e pedisse demissão. José permaneceu indiferente, todos os peixes servidos em seu restaurante chegavam na mesma manhã em que eram servidos. Ele perguntou ao comissário se ele tinha provas para a acusação e, sem esperar pela resposta, deixou o escritório.

Felizmente para a brasserie *Aux Trois Cousins*, a investigação parou ali, graças a uma sequência de erros. Começando pelo médico plantonista que tinha atendido Jabert: se ele tivesse feito o diagnóstico correto e receitado o tratamento adequado dentro do prazo, seu paciente teria tido grandes chances de se recuperar. Mas não foi o que aconteceu e, na noite seguinte, Jabert teve uma enxaqueca terrível. Encolhido em sua cama, ele foi tomado por uma hipotermia e começou a tremer de forma violenta antes de convulsionar.

O segundo erro, que desta vez não era um detalhe, ainda que involuntário, foi cometido por Anna, por seu conhecimento relativo da química dos cogumelos. Se a dose letal de um *Amanita phalloides* é de em média 30 gramas, a do *Galerina marginata*, cuja toxicidade é seis vezes maior e que é confundido com seu primo *Pholiota adiposa*, correspondia exatamente às três gotas do extrato que ela tinha preparado.

Felizmente para Anna, Jabert tinha inimigos demais para que alguém suspeitasse de uma garçonete por assassinato.

Dois dias depois, quando a morte do superintendente-chefe foi anunciada pela imprensa, José esperou por Anna na entrada dos vestiários. Seus olhares se cruzaram e, mais uma vez, eles se entenderam em silêncio: nada aconteceu. Contudo, Anna entregou seu avental e partiu.

Ela não tinha outra intenção senão fazer justiça, fazer Jabert viver um momento que, ainda que doloroso, jamais seria tão violento e traumático quanto aquele ao qual ele a submeteu.

*

Nesse dia de outono, Anna colocou suas roupas numa mala grande. Ela jantou em sua cozinha na companhia de um livro e dedicou o resto da noite a preparar a casa para uma longa noite de sono. Ela cobriu os móveis com lençóis, fechou o registro de água, o gás e as janelas. Com a fachada de pedra moledo, o pequeno chalé com vista para a linha do trem não parecia grande coisa, mas ela gostava dali e ainda pagaria por muito tempo o financiamento que lhe permitira comprá-lo. Partir sem saber quando voltaria lhe dava um aperto no coração.

Na manhã seguinte, ela pegaria um voo para o Canadá, onde tinha conseguido um emprego de *sous-chef* num restaurante renomado do Quebec. Cargo que decidiu ocupar pelo tempo necessário para economizar dinheiro e realizar seu sonho. E se as coisas tivessem se acalmado, ou, em outras palavras, se o inquérito sobre a morte de Jabert não se concluísse, ela voltaria e abriria seu próprio restaurante.

Enquanto isso, ela jurou nunca mais cozinhar cogumelos.

4. A sala secreta

MITCH TINHA MÃOS HABILIDOSAS. CURIOSO POR NATUREZA, APRENDEU desde criança a usá-las observando seus pais. O pai que, aos finais de semana, em seu ateliê instalado no sótão, consertava as sucatas que as pessoas descartavam: lâmpadas, estantes velhas, mesas e cadeiras bambas. A mãe se dedicava ao reparo de tudo o que quebrava dentro da velha casa.

Consertar, cozinhar, jardinar e mesmo costurar, tudo fazia parte de suas habilidades.

A rede elétrica da sala secreta, os fios encapados com papel e os interruptores vacilantes eram obsoletos demais para que a corrente conseguisse passar, correndo o risco de um princípio de incêndio. Ele começou puxando uma nova fiação e instalou lâmpadas suficientes no teto para enxergar direito. Assim que conectou tudo no contador, ele ligou o fusível.

Com luz, tudo parecia ainda maior. Mitch descobriu, sob um véu de poeira, um piso de madeira de boa qualidade e muitos móveis igualmente empoeirados. Seis banquinhos diante do balcão de zinco, dois sofás, poltronas, três mesas com seis cadeiras cada, um velho cofre aberto, e, o que mais lhe interessava para o projeto que estava amadurecendo, fileiras de prateleiras que ocupavam toda a extensão da parede do fundo. Enquanto ele inspecionava o local, duas coisas ficaram claras. Ali, o tempo tinha parado de forma brusca. As taças abandonadas no bar, os jogos de cartas sobre as mesas de centro, um tapete de dados sobre outro, blocos de notas onde estavam anotados os resultados dos jogos e o odor de um passado em que ainda se misturavam aromas de madeira velha, couro e malte. A sala secreta não fora somente um local de receptação, mas também tinha sido usada como cassino.

A perspectiva dos esforços que deveria fazer não preocupava Mitch, tampouco a dimensão da limpeza que o aguardava. O resultado almejado abria-lhe novas perspectivas.

*

Nos dois meses que se seguiram à sua descoberta, ele chegou todos os dias à cidade a bordo do primeiro trem, para aproveitar o tempo antes de abrir a livraria; ele descia as portas da loja entre 12h e 14h30, continuava o trabalho na sala secreta assim que fechava à noite, e passou algumas noites em um dos sofás de couro, que limpou cuidadosamente. Dedicou todo seu tempo livre para reorganizar o espaço, deslocando os móveis, polindo o assoalho, aspirando, pintando, lixando o zinco do balcão, instalando luminárias, esfregando os tapetes.

Oito semanas que o deixaram exausto e acabado. Quando tudo ficou como queria, ele transportou do galpão os 437 exemplares dos livros proibidos que possuía, e entre os quais faltava um do inventário.

Certo domingo, quase meia-noite, após ter classificado todos os livros por ordem alfabética de acordo com o nome dos autores, ele desabou em uma poltrona, segurando um copo de uísque de uma das garrafas contrabandeadas que encontrou sob o bar para celebrar seu trabalho.

Estava tudo pronto, Mitch logo abriria sua livraria clandestina, que reservaria a uma clientela digna de sua confiança.

Na manhã seguinte, Mitch voltou para casa com uma forte ressaca. Uma pergunta o impedira de encontrar o sono: como saber em quem confiar, como garantir que nenhum cliente da livraria clandestina o trairia?

Depois de organizar um pouco as coisas, ele preparou um café, que esqueceu sobre a mesa da sala antes de ir para o quarto e se jogar na cama.

Acordou quando já anoitecia, sob um nevoeiro espesso, e sentiu que precisava de um pouco de ar fresco. Levou consigo uma sacola de compras para abastecer a geladeira vazia e saiu do apartamento.

Não havia muitos vizinhos no imóvel, mas os que ainda moravam ali estavam voltando do trabalho. O elevador já não funcionava há um bom tempo, sons de passos misturados aos de vozes subiam pelo vão da escada. No corredor do segundo andar, Mitch cruzou com o senhor Horstein. Ele sempre supôs que aquele senhor era húngaro, polonês ou romeno, sem nunca descobrir qual era de fato sua origem.

O Senhor Horstein devia ser muito acanhado, ou então não compreendia patavinas do que lhe diziam, pois tinha a mania de cair na risada toda vez que Mitch lhe dirigia um "Bom dia", "Tchau" ou "Como vai o senhor?" – o que freava qualquer tentativa de conversa. Desta vez Horstein não riu, ele estava com uma cara apavorada, como se tivesse acabado de testemunhar uma catástrofe. Fazendo um esforço aparentemente sobre-humano, ele ergueu o punho para exibir o relógio e bateu no vidro com o indicador, depois fez um movimento de cabeça da esquerda para a direita e da direita para a esquerda que, na língua universal, significa que já era, que é tarde demais. Mitch aprendeu isso com o chefe do departamento do seu pai, num dia em que ele bateu na porta. Logo depois de anunciar que um terrível acidente tinha acontecido, ele fez essa mímica, com a cabeça indo da esquerda para a direita e da direita para a esquerda.

No caso do senhor Horstein, o motivo não era tão grave: depois de ver a sacola de compras de Mitch, ele tentou explicar-lhe que àquela hora o mercadinho já estava fechado. Desta vez Mitch entendeu, pois o vizinho mergulhou a mão no saco de compras, retirou o pão que tinha comprado e o cortou energicamente antes de lhe oferecer a metade; depois ele mergulhou a mão novamente para oferecer a Mitch um pedaço de queijo gruyère e uma maçã. Ele deu um tapinha amistoso no ombro de Mitch, com o ar tranquilo de um salvador, e entrou em casa sem esperar nem mesmo um obrigado.

Mitch foi passear com um pedaço de pão numa mão, gruyère na outra, e uma maçã no bolso.

Bem mais tarde, sentado em sua quitinete, ele preparou um sanduíche com a certeza de que as barreiras linguísticas não impediam que se fizessem amigos. Esse encontro inesperado também foi fonte de uma descoberta magnífica. Mitch refletia sobre as palavras de que ele gostava particularmente em suas leituras, sobre a emoção que sentia diante da clareza delas e, sobretudo, sobre a forma como podíamos, graças a elas, recorrer a diferentes nuances. Por exemplo, ainda que a lei HB 1467 proibisse os livreiros de venderem os livros banidos, e os bibliotecários de os emprestar – e ele releu linha por linha para se certificar disso –, ela não fazia nenhuma menção à possibilidade de alugá-los.

Naquela noite, Mitch dormiu o sono dos justos, feliz como não tinha se sentido há muito tempo.

*

Na manhã seguinte, eram apenas 8 horas quando as cortinas de ferro subiram, deixando a luz do dia penetrar na livraria. Os clientes raramente vinham antes das 10 horas, com exceção de alguns estudantes e universitários que queriam comprar materiais de papelaria e daqueles mais raros que ainda liam revistas. Desde a primeira eleição do governador, os jornais da oposição tinham fechado e só restava um jornal que pertencia a um empresário riquíssimo e próximo do poder. As matérias publicadas em *O Farol* se limitavam a elogiar as iniciativas do governo e a criticar os países distantes; a isso se somavam alguns artigos de opinião, notícias de interesse geral e, aos domingos, as notícias do clero, uma página cultural e as previsões meteorológicas da semana.

Mitch se dedicava às suas atividades habituais; ele abriu caixas, arrumou as mesas, voltou para trás do balcão para consultar a caderneta de encomendas e, ainda que tenha feito de tudo para não admitir, só pensava em uma coisa: como compartilhar os livros proibidos debaixo do focinho das autoridades, e a quem os tornar acessíveis. Ele acabou concluindo que o melhor era confiar em sua intuição. Ele já fazia esse trabalho há tempo suficiente para aprender a reconhecer o tipo de leitor com quem lidava; mas somos o que lemos? Ter o coração à esquerda por venerar Albert Camus, ser revolucionário por ler Karl Marx ou humanista por gostar de Romain Gary?

Uma mulher abriu a porta. Ela tinha feito um coque nos cabelos, usava um casaco impermeável preto elegante e acinturado, que deixava entrever suas pernas do joelho para baixo, e cujas mangas arregaçadas revelavam os punhos e as mãos finas, desgastadas pelo trabalho. Ela pousou a mala e caminhou de mesa em mesa, pegou um livro que devolveu ao lugar, depois outro e um terceiro.

Enquanto ela ainda não havia percebido sua presença, a não ser que a ignorasse, Mitch a seguia com o olhar. Ele tinha certeza de que ela nunca tinha vindo antes, e se considerava incapaz de adivinhar se ela era ou não digna de sua confiança.

Uma desconhecida permanecendo um bom tempo pela manhã em sua livraria poderia ser uma enviada da segurança pública para pegá-lo numa armadilha. Mitch supunha que todos aqueles que faziam as leis perversas serem aplicadas tinham a alma corrompida, mas se recusou a ceder a essa paranoia; era mais provável que a mulher tivesse entrado para se proteger da chuva e ele concluiu que tinha chegado a hora de colocar seu instinto à prova.

Ela folheava uma coletânea de poemas e se sobressaltou quando ele falou com ela.

— Eu estava distraída, não vi você — disse ela para se desculpar por não o ter cumprimentado quando chegou.

— Ele escapou da censura — disse Mitch olhando para o livro. — Você deveria levá-lo, só me resta um exemplar e não tenho certeza de que poderei mantê-lo aqui por muito tempo.

Como sua cliente parecia não ter entendido, o livreiro explicou que Russel Banks, o autor da obra que ela tinha nas mãos, era um contestatário, um visionário que denunciava as fraturas da sociedade e a apropriação dos plutocratas sobre a ordem democrática.

— Acho que não é exatamente o que procuro — ela respondeu.

— Que tipo de livro está procurando?

— Não tenho a menor ideia. É para uma viagem longa.

— Um guia turístico então. Para onde vai?

— Não quero guia — ela respondeu —, prefiro um gentil companheiro de viagem.

Mitch gostou das palavras dela; ele caminhou até outra mesa e voltou com um romance de Haruki Murakami, *1Q84*.

— Pronto — ele disse. — E se me permite um conselho: leia-o devagar para apreciá-lo por completo.

— Eu não leio rápido, e, acima de tudo, não leio mais o suficiente — ela segredou —, nunca tenho tempo. Entrei quase por acaso. Quando cheguei na estação, soube que meu avião estava atrasado, então achei melhor caminhar um pouco pela cidade, não gosto muito de aeroportos.

Ela abriu a bolsa com uma repentina fragilidade, pagou o livro, agradeceu Mitch, pegou a mala e saiu sem olhar para trás.

Mitch olhou enquanto ela partia pela rua sob uma chuva fina que ela parecia ignorar totalmente e se perguntou para que lado ela levava Aomame e Tengo.

*

No domingo seguinte, Mitch decidiu visitar a mãe.

A instalação da livraria clandestina tomou tanto seu tempo que ele se sentia culpado por não ter cumprido os deveres de filho. Ele a negligenciava há muito tempo, mas precisava pegar dois trens e caminhar 30 minutos da pequena estação do vilarejo até a Residência das Rosas Silvestres onde ela já vivia há quatro anos. Um nome muito florido para pensionistas que não sabiam mais quem eram nem onde estavam. Mitch gastava boa parte de suas economias para oferecer a ela a existência mais confortável possível naquela morada do desespero. Durante toda sua infância e adolescência, eles mantiveram uma relação terna e de cumplicidade. Com a morte do marido, as coisas mudaram, como se uma parte dela lhe tivesse sido arrancada. Sua mudança para o sul do país os distanciou, até que a dor do esquecimento surgiu.

Quando a visitava, ele sempre levava um pedaço do bolo que ela fazia aos domingos de manhã durante sua infância. Ela o comia com gosto, sorrindo a cada mordida, como se dissesse ao filho que ainda sabia de algumas coisas. A cada mês, seu sorriso não teve outro motivo a não ser agradecer àquele desconhecido que lhe oferecia um pouco de doçura.

Os médicos mencionaram o "patamar" que os doentes ultrapassavam. No começo do ano, foi um salto no abismo. A mãe de Mitch se isolou no silêncio, o olhar perdido nas brumas da ausência. Mitch deixava a Residência das Rosas Silvestres com o coração despedaçado, a alma em frangalhos, decidido a nunca mais voltar, pois isso era inútil, mas sempre voltava para abraçar a mãe, sentir no pescoço dela o cheiro do perfume de uma época em que ele não tinha preocupações e o mundo era mais livre.

Ele aproveitou essa visita para contar a ela sobre seus feitos. Pelo menos para ela ele podia contar tudo sem temer nada. Ele fez alguns gestos para representar a determinação com a qual quebrou as paredes de tijolos, explicou a engenhosidade do mecanismo que criou para disfarçar a abertura com uma velha estante de livros. Ninguém podia descobrir o que existia ali atrás, mas uma pressão na parede do fundo fazia uma parte girar para o interior da sala secreta. E olhando as mãos de sua mãe, cheias de veias azuis, maculadas de manchas marrons, ele se lembrou das noites em que ela o acompanhava na lição de casa sobre a mesa da cozinha. As horas que ela passava ao seu lado. Por que essas lembranças vinham à tona? Mitch não sabia, a não ser pelo fato de que os pensamentos de sua mãe e sua inteligência tão sagaz talvez não tivessem se apagado totalmente.

Talvez a doença deixasse a alma vagar, como se supunha que acontecesse com a morte, mas por fragmentos em vez de tudo de uma vez. Talvez, enfim, um amor materno espreitasse, prisioneiro das paredes de seu quarto.

Mitch imaginava esses "talvez" porque sua mãe, que durante seus estudos o obrigava a dizer o que tinha memorizado das anotações, mostrou-lhe o caminho para resolver seu problema. Ele criaria um caminho para cada um dos seus clientes assíduos e descobriria qual deles a lei HB 1467 tinha afetado mais. Aqueles que gostavam de ser impactados por uma leitura, e de que ela desse vontade de se abrir para o mundo ou considerá-lo de outra forma. Mitch era um sonhador, mas acreditava piamente que as pessoas são inspiradas pelo que leem.

A partir da segunda-feira seguinte, ele se dedicou à tarefa. Estudando minuciosamente seus registros de venda, conseguiu selecionar alguns perfis que considerava dignos de confiança. Mitch refletiu sobre o modo de apresentar-lhes o assunto. Ele tinha a sensação de agir como um traficante, o que era um pouco o caso, pois a leitura podia rapidamente se transformar num vício. Dia e noite, ele espiava nos trens esses isolados do mundo que nada mais incomoda, esses que resmungam, que riem ou choram sentados num banquinho, que às vezes fazem mímicas que os fariam passar por loucos se não tivessem um livro nas mãos, aqueles que, como seu pai, às vezes perdiam a estação de destino.

5. Mathilde

Mathilde tinha 25 anos. Estudante de Farmácia, ela reclamava com seu livreiro que seus estudos não lhe davam muito tempo livre, e que ela não conseguiria continuar se não encontrasse um tempo para a leitura. Mitch nunca conseguiu descobrir se ela era sincera ou se fingia. Ela tinha ares de vida, um corpo esbelto, seios pequenos, ombros retos, cintura fina, cabelos curtos e uma franja que chegava até os limites de seus olhos pretos surpreendentemente brilhantes. Mathilde suspirava muito. Ela também reclamava do custo de vida e da falta de recursos dos estudantes para comprar livros. Quando ela devolvia um livro que tinha lido sem estragar, Mitch o recebia de bom grado e lhe dava outro no lugar. Ela gostava dos suspenses, da literatura feminista, e devorava Anaïs Nin, cujos sete volumes do *Diário* ela comprou sem devolver nenhum. Nin a colocou no caminho de Miller.

Vênus Erótica aparecia na primeira lista das obras proibidas e Mitch pensou que ela ficaria animada em ter um exemplar. Será que ia se gabar? Seria uma boa forma de testar sua discrição antes de lhe abrir as portas da livraria secreta.

Ela vinha sempre às quartas-feiras, na saída da aula, pouco antes de a livraria fechar, ficando ali para compartilhar suas impressões de leitura. Mais prolixa a respeito do que tinha detestado do que sobre o que tinha gostado, ela falava com a alegria daqueles que se deleitam ao ouvir a própria voz. Mitch não via nenhum inconveniente em ter um pouco de companhia, e aproveitava para colocar ordem nas mesas ou verificar suas contas enquanto Mathilde papeava. De vez em quando, ele balançava a cabeça ou murmurava algumas palavras para que ela acreditasse que ele concordava com ela.

Naquela noite, ela o interrogava, ou se interrogava, sobre o casal Arthur Miller e Marilyn Monroe. Era realmente possível alguém se casar com uma mulher que mal conhecia? Como um homem tão erudito podia ter feito propostas tão degradantes escrevendo que seu casamento era um erro de principiante e que sua esposa era um vaso quebrado? Mitch, que nunca se sentiu confiante em contextos sociais, estava convencido de ser o tipo de homem que nada tem de muito inteligente a dizer. Como era possível gostar de Miller e trazer à tona tantos clichês? O tédio lhe causava um efeito imediato, seus pensamentos ficavam desconexos e o levavam às tarefas que ele tinha esquecido de cumprir, ou a uma ideia que martelava em sua mente. Por exemplo, enquanto Mathilde continuava tagarelando, ele se lembrou de uma conta de luz atrasada. Um pensamento emendando em outro, ele pensou em reforçar a escada que tinha instalado sob a escotilha do estoque. Ele tinha comprado algumas tábuas usadas do marceneiro da rua dos Moines e balbuciou que tinha feito um bom negócio.

— O que é um bom negócio? — perguntou Mathilde.

Mitch ergueu os olhos desconcertado.

— As tábuas — respondeu ele fazendo o lápis rodopiar entre os dedos.

Ela o encarou, cética.

— Tenho uma coisa para você — disse ele, imperturbável. — Mas com a condição de que você saiba segurar sua língua. Se não for capaz, não tem problema nenhum. Muita gente não consegue, é mais forte do que elas.

Não precisava de mais nada para deixar Mathilde curiosíssima. Ela se apoiou no balcão, tão perto de Mitch que ele se perguntou se ela não teria ignorado a expressão "saber segurar a língua".

— Do que se trata exatamente? — ela sussurrou.

— De um livro — respondeu Mitch, com a maior calma possível.

Ela se aproximou ainda mais; se quisesse beijá-lo, era assim que teria agido, e Mitch se preocupou com a ideia de que o livro que estava prestes a lhe entregar pudesse agravar o quiproquó.

— O que esse livro tem de tão enigmático? — Mathilde questionou.

— Nada, a não ser o fato de que ele foi escrito por alguém de quem você gosta muito — ele disse para deixar tudo muito claro.

— Que bom. Mas então por que é um segredo?

— Porque não tenho o direito de vendê-lo a você.

Emocionada com a confiança que ele depositava nela, com o status privilegiado de que gozava, Mathilde abraçou Mitch pelo pescoço e o beijou.

— Não sei o que me deu — disse ela afastando os lábios.

Como um cavalheiro, mas também como um homem para quem uma mulher era um enigma indecifrável, Mitch não fez nenhum comentário. Ele pediu para ela esperar um pouco e foi até o estoque. Ele abriu a escotilha, desceu até o subsolo e subiu com o coração acelerado com *Vênus Erótica* em mãos, e o colocou sobre o balcão.

— Ah, não acredito! — reagiu Mathilde ao ver a capa.

— Não escolhi o título — respondeu Mitch com as bochechas vermelhas.

— Mas escolheu me vender.

— Na verdade, alugar.

— Relaxa, foi só um beijo, não um pedido de casamento.

— Bom, olha só, Mathilde...

— Gosto que se sinta à vontade pra me chamar pelo meu nome.

— Senhorita Mathilde — ele logo se corrigiu.

— É tarde demais, já ultrapassamos esse limite; além disso, eu concordo.

— Com o livro?

— Em sair para tomar alguma coisa. Você me deve explicações.

— Mas eu não fiz nada, foi você que...

— E esse ar misterioso — ela retrucou — não é só pra me dar um livro.

— É sim, digo, não, eu queria te falar de...

Quanto mais ele gaguejava, mais ela olhava pra ele, fascinada e feliz com seu constrangimento.

— Ótimo, você precisa me contar uns segredos, mas estou com fome, então vamos jantar, e como sou sua cliente, é você quem paga a conta, claro.

— Claro — respondeu Mitch, pegando as chaves sob o balcão.

Ele apanhou seu sobretudo no cabideiro e seguiu na direção do botão que baixava as portas de ferro.

Mathilde gostava de tudo o que fugia do comum, como sair da livraria pelo depósito, por exemplo, porque dava a impressão de que era por onde os artistas saíam. Mitch digitou o código do alarme e a convidou a sair antes dele.

A penumbra em que se encontrava o pátio deixava a atmosfera lúgubre, o que poderia explicar o fato de Mathilde ter segurado o braço de Mitch, mesmo que tenha continuado agarrada a ele quando já estavam subindo a avenida bastante iluminada e repleta de transeuntes. Ela o levou até uma rua, depois outra, eles deram a volta na estação e pararam de frente para uma lanchonete onde Mitch nunca teria pensado em entrar.

A sala era tão eclética quanto a música pop oriental cuspida por uma velha caixa de som presa no teto. Havia mesas altas de fórmica laranja encostadas às paredes. Por trás de um balcão de higiene duvidosa, duas mulheres se agitavam; uma segurava uma faca enorme, cortava um kebab escorrendo gordura da churrasqueira, enquanto a outra recheava os pães pita. Mathilde devia ser uma cliente assídua, pois a mulher com a faca a cumprimentou e a vizinha piscou pra ela depois de examinar Mitch, e ambas seguiram com o trabalho.

— Aqui é perfeito — disse Mathilde se pendurando num banquinho verde-limão de frente para uma das mesas.

Mitch se sentou no da frente, um modelo de cor amarelo-canário.

— Pode falar, e fique tranquilo, ninguém vai ouvir a gente.

— Eu não tenho a menor dúvida — ele respondeu olhando para a caixa de som.

Ela se afastou por um instante, caminhou até o balcão e voltou com dois copos cheios de uma bebida opaca e fumegante.

— Assam e cardamomo, 100% orgânicos — ela afirmou enquanto admirava seu copo.

Mitch foi tomado por uma dúvida genuína, mas Mathilde levou o copo até seus lábios e fez sinal para que ele bebesse ao mesmo tempo que ela. Não tinha só chá ali, e ainda que tivesse um alto teor alcoólico, a mistura desceu redonda.

Mathilde explicou que as donas eram um casal. Tinham fugido do Irã, onde as pessoas do mesmo sexo que se amam correm o risco de morrerem enforcadas. Elas fizeram uma longa viagem para conquistar a liberdade. Desde então, acolhiam outros fugitivos e alimentavam os moradores de rua do bairro.

— Elas são muito azaradas — Mathilde suspirou.

— Por quê? — Mitch se inquietou, imaginando um número anormal de intoxicações alimentares.

— Por quê? Para mim está bem claro que o país era diferente quando elas chegaram. Ainda não temos uma polícia moralista, mas do jeito que as coisas vão… Os homossexuais estão na mira de uma perseguição permanente, mesmo na faculdade. O que deu tão errado para as pessoas terem ficado tão intolerantes e vingativas?

— A imprensa foi parar nas mãos dos que estão próximos do poder: os canais de tevê, as rádios, o jornal *O Farol*... As propagandas acabaram penetrando nas mentes das pessoas.

— Então não eram mentes, eram esponjas.

— O que nos leva exatamente ao assunto que quero tratar com você — retomou Mitch.

— Quem estava há pouco negando que tinha coisas para confessar para mim?

Mathilde lambeu os dedos e contemplou Mitch, transferindo visivelmente para ele seu apetite pelo kebab. Com um movimento de cabeça, Mitch colocou o kebab de volta no seu devido lugar.

— É raro, elegante e quase bonito.

Mitch se virou para observar a sala.

— O que é bonito? — ele perguntou.

— Você não querer transar comigo logo na primeira noite.

— Mathilde, eu não tenho a menor intenção de transar com você.

— Minha vó dizia: "Não cuspa no vaso, um dia você pode ter que beber a água dele".

— Posso saber em que contexto sua avó te disse uma coisa dessas?

— Provavelmente num dia em que cuspi num vaso. Você tem alguém?

— Vai me deixar te falar do livro ou não?

— Sim ou não também é uma resposta conveniente para a minha pergunta.

— Não!

— Neste caso, me diga qual é o mistério envolvendo esse livro, tenho certeza de que é uma coisa apaixonante.

Ela disse isso mordendo os lábios, e Mitch não conseguia saber se era uma piada ou não.

— No início — ele retomou — eu podia apostar que isso era apenas uma fase ruim que logo passaria, e que as pessoas recobrariam a razão.

— Você tirou essa frase do livro?

— Você percebe — ele prosseguiu, imperturbável —, quando o governo votou pela proibição do aborto, pensei que as mulheres iriam para as ruas protestar.

— Foi o que fizemos.

— Mas não em número suficiente.

— Onde você estava quando a polícia nos atacou?

— Em casa — disse Mitch.

— Fico mais tranquila, fiquei com medo de você me dar uma lição de moral.

— Pelo contrário. É o que nos une esta noite.

— Por enquanto a única coisa que acho que nos une é esse jantar delicioso, e não sei onde você quer chegar.

— Quando mudaram os programas de ensino para deixá-lo mais próximo da retórica do poder, os estudantes ocuparam as escolas e as universidades, e a polícia mais uma vez agiu para dispersá-los, eu fiquei em casa. Depois prenderam os opositores, os jornalistas que se recusavam a escrever a favor deles, os juristas que protestavam contra as indicações para cargos-chave de pessoas…

— Colaboradores escravizados, caso você esteja procurando a palavra certa. Deixe-me ver se adivinho, você também não fez nada quando isso aconteceu, certo?

— Fiz sim, assinei petições.

— Ótimo pra sua consciência, mas na prática não serve para absolutamente nada.

— Exato — concordou Mitch.

— E você viu em mim a vítima perfeita para ouvir sobre seus sentimentos de culpa.

— Você não tem cara de vítima, Mathilde.

— Vou considerar isso um elogio.

— Já ouviu falar da lei HB 1467?

— Não, mas alguma coisa me diz que estou prestes a ouvir.

— Desta vez sou eu que estou mergulhado na banheira da repressão, eles proibiram mais de mil livros e a lista só aumenta todos os dias.

— Sinto que estamos chegando lá. Você se decidiu por um ato de resistência e não encontrou nada melhor do que me empurrar um exemplar da *Vênus Erótica*. Bom, acho que você não vai ganhar nenhuma medalha por esse ato corajoso, mas como eu tinha o sonho de ler esse livro, já é alguma coisa.

Mitch não respondeu nada, mas a malandragem de Mathilde acabou surtindo efeito, deixando transparecer nela um charme inesperado. Como ela via as coisas da mesma forma que ele e compartilhava da sua aversão ao poder em vigor, ele podia confiar nela.

— É um pouco mais ambicioso que isso — ele disse. — Quero abrir uma livraria clandestina.

Mathilde o observou com uma admiração crescente. Seu pomo de Adão subia e descia como um ioiô e seu peito se erguia enquanto Mathilde respirava cada vez mais rápido. Ela desconfiava dos seus sentimentos excessivos, mas quando Mitch contou sobre a sala secreta que descobriu, sobre o trabalho que realizou para reformá-la, além dos outros móveis, do sofá que reformou, ela só tinha um desejo: conhecer o lugar. Porque, para ela, a razão de ser da literatura era no começo uma simples questão de amor.

Mitch sempre teve a preguiça de supor que as coisas, quaisquer que fossem, não podiam ir muito longe. E mais uma vez ele estava enganado.

6. A aula de música

Verner era professor de violino no conservatório. Para conseguir pagar as contas no fim do mês, dava aulas de música duas vezes por semana em turmas do primeiro ciclo do ensino fundamental. Era um homem educado, comilão, que gostava de jantar sozinho no restaurante. Casou-se bastante jovem, divorciado há muito tempo e não tinha arrependimentos. O sexo não passava de uma piada em sua vida e Verner não tinha a menor vontade de conhecer outra mulher; aos seus olhos, paquerar era uma perda de tempo fenomenal. Por trás dessa carcaça se escondia um homem mais complexo do que aparentava. Brahms o emocionava, razão pela qual ele abriu mão de ensiná-lo aos alunos e nenhum deles poderia imaginar que todo sábado à tarde o professor deles saía de casa, pegava um trem que o levava a uma grande sala de uma escola de dança que ficava a uma hora de distância de sua casa, e na qual os amantes do tango se reuniam. Verner já alimentava essa paixão secreta desde a época de seu casamento. Jamais ousou contar isso à esposa, que acabou desconfiando de que o motivo das saídas dele era encontrar uma amante. Um dia ela o seguiu até a estação. Subiu no mesmo trem e se sentou atrás dele para não o perder de vista através do vidro que separava os dois vagões. Quando ele desceu, ela continuou sua perseguição. Verner a tinha visto há muito tempo, mas achava que o comportamento dela era pior do que o dele, que tanto a incomodava. Nunca houve um acerto de contas. A senhora Verner, vendo o marido dançar tango, girar um homem duas vezes maior que ele e segurá-lo nos braços, foi tomada por um ciúme doentio, que era ainda mais inexplicável porque ela já não o suportava mais. Como escreveu Romain Gary, é uma loucura a quantidade de gotas d'água que não fazem um vaso transbordar. Com o orgulho ferido, ela deu meia-volta. Quando chegou em casa, Verner encontrou seus pertences perfeitamente arrumados numa mala que o esperava na entrada.

Durante as duas horas de trajeto que ele percorria todo sábado, Verner gostava de ler, e suas leituras eram tão complexas quanto ele. Curioso a respeito de tudo, ele acabou construindo, senão uma amizade, ao menos uma relação de estima e simpatia pelo dono da livraria perto da estação.

Mitch não esqueceu da decepção do professor de música quando lhe contou que não poderia honrar sua encomenda. *Ratos e homens*, por conta dos diálogos considerados libidinosos e vulgares, figurava há pouco tempo na lista dos livros proibidos para venda. Mais do que decepcionado, o senhor Verner manifestou sua raiva, tratando os censores de imbecis ignorantes, de fanáticos e de comedores de merda, ele acrescentou. Então, quando Verner apareceu na livraria um sábado, pouco antes de pegar o trem, Mitch considerou sua "candidatura". Enquanto professor, Verner era pago pelo governo, o que tornava o caso delicado, mas Mitch não ia dar atenção a tais preconceitos. Além disso, desde a promulgação da lei que proibia os filhos de imigrantes sem documentos de irem à escola, um certo número de professores tinha falsificado os registros para que essas crianças pudessem prosseguir com seus estudos, e outros os escondiam quando representantes do departamento de imigração apareciam na escola. Verner tinha cara de ser um deles.

Enquanto examinava as obras dispostas sobre uma das mesas, Mitch tossiu forte o suficiente para chamar a atenção de Verner; um novo acesso de tosse e o professor se aproximou.

— Tem um gato arranhando sua garganta? Tenho umas pastilhas aqui se você quiser — ele ofereceu.

— Tenho um rato debaixo do balcão — respondeu Mitch, como se tivesse se transformado num agente de contraespionagem durante a Guerra Fria.

— Eles são cada vez mais numerosos — o professor se indignou. — Não é para menos, a coleta de lixo agora só é feita três vezes por semana. Não param de nos dizer que a economia do país vai de vento em popa e que a dos nossos vizinhos é um desastre, mas tenho a impressão de que a palavra economia se tornou um sinônimo de "apertar os cintos", e principalmente os nossos.

— Eu não estava falando desse tipo de rato — murmurou Mitch.

— Você está um pouco estranho hoje. Que tipo de rato você tem debaixo do balcão, ou seja lá o que está tentando dizer?

Mitch baixou os olhos e por um instante Verner achou que ele estava querendo lhe mostrar sua braguilha, mas logo afastou essa ideia porque o livreiro sempre lhe pareceu muito sensato. Ele se inclinou sobre o balcão para ver com mais clareza e avistou a capa de Steinbeck, então lançou um olhar sombrio para Mitch.

— Não me diga que você está fazendo contrabando, eu ficaria absolutamente decepcionado.

— Não, senhor Verner, e também não conto com a possibilidade de lhe ceder este livro.

— Entendi, está bancando o difícil para aumentar o preço.

— Não tem nada a ver com dinheiro, estou sob ameaça de um fechamento administrativo.

— Então por que essa hipocrisia se você não pode me vender o livro?

No mesmo instante, uma cliente abriu a porta da livraria; Mitch se inclinou rapidamente na direção de Verner.

— A lei não diz nada da possibilidade de uma locação, percebe a distinção?

O professor analisou essa distinção com a maior circunspecção, sentindo que toda sua inteligência estava sendo posta à prova. Ele era mais velho que seu livreiro, ainda que menos do que supunha, mas Verner se sentia velho desde a adolescência, e pensava que era por isso que Mitch tinha se dirigido a ele, certo de ter percebido em sua voz uma demanda por aprovação. Tomado por essa autoridade repentina, ele agitou a mão para ordenar a Mitch que se livrasse da intrusa o quanto antes. O que os ocupava era muito mais importante do que uma cliente.

A senhora Bergol era uma cliente frequente que tinha a particularidade de devotar uma paixão fervorosa pelos romances sensuais, mas de ser mão de vaca a ponto de vir todo dia ler um capítulo antes de partir com as mãos abanando, e de ser surda feito uma porta. Mitch não se preocupou com a presença dela e, para tranquilizar Verner, esperou que ela chegasse à mesa onde estava o objeto de sua concupiscência, que retomasse a leitura do ponto onde havia parado na véspera, e gritou:

— Senhora Bergol, a senhora não gostaria de ler uma cena sórdida para nós?

Ela nem levantou a cabeça.

— Bem, como o senhor pediu minha opinião — cochichou Verner —, acho que você brinca com as palavras de um jeito perigoso, meu caro.

— Ossos do ofício — respondeu Mitch.

Verner esticou o braço, pegou o Steinbeck e o enfiou em sua bolsa.

— Me parece mais prudente você me emprestar, eu o devolvo no próximo sábado, assim tenho a semana para pensar na sua ideia. Não digo que ela é ruim, mas precisa ser estudada, sobretudo se um fechamento administrativo pode acontecer a qualquer momento.

Ele cumprimentou Mitch, passou por trás da senhora Bergol e deixou a livraria rumo à aula de tango.

*

A tarde contou com uma boa frequência que contrastava com a calmaria da semana. Um casal abastado, recentemente chegado do campo, encheu uma sacola inteira de livros para crianças, a mesa dos romances policiais foi esvaziada e a de literatura geral não ficou atrás. Mitch passou o tempo todo para lá e para cá informando e servindo todo mundo. No começo da noite, morto de cansaço, ele fez as contas, separou as encomendas da semana, organizou as mesas e fechou a livraria às 18h30, logo depois da chegada de Mathilde.

— É bem misterioso quando não tem ninguém — ela disse.

— Tenho muitos dias misteriosos — ele respondeu, saindo com ela pela porta dos fundos.

O pátio sombrio cumpriu seu papel. Mathilde se agarrou ao braço dele, mas em vez de seguir para a rua, ela direcionou sua atenção para a escotilha de carvão, lançando para Mitch um olhar que dizia muito sobre o interesse dela pelo sofá em que pensou inúmeras vezes desde a primeira noite deles.

— É a entrada da caverna secreta?

— Não exatamente — respondeu Mitch. — Embaixo da escada tem só um porão.

— Me conta a verdade — insistiu Mathilde.

— Vem, vamos jantar onde você escolher, preciso mudar de ares.

Mathilde lhe lançou um olhar sério, com as mãos na cintura.

— Se você não confia em mim, não tem problema, mas prefiro ir para casa e não te encontrar mais.

Ainda que o tom dessa fala soasse falso, Mitch supunha que ela executaria sua ameaça. Era tarde demais para pegar o último trem e ele não tinha a menor vontade de passar a noite na livraria. A silhueta de Mathilde, inclinada sobre a escotilha de carvão, anunciava uma derrota iminente. Ele tirou as chaves do bolso e abriu o cadeado.

— Vai na frente — ele disse levantando um lado — e cuidado pra não cair, os degraus estão meio soltos.

Mathilde desceu até o subsolo, Mitch a seguiu, a mão agarrando a parte da porta que ele fechou atrás de si.

O velho antiquário que vendeu o imóvel a Mitch os observava da sua janela, situada no terceiro andar do imóvel cujo muro de trás dava para o pátio.

*

Mitch iluminou o porão, foi até a biblioteca e fez uma pressão sobre o painel do fundo. Ouviram um clique, e depois o painel girou sobre seu eixo. Mathilde arregalou os olhos como se tivesse acabado de testemunhar um milagre. Ela avançou a passos lentos, com um ar compenetrado como se estivesse adentrando uma cripta.

Ela percorreu a sala, tocou as lombadas dos livros com certa indiferença, acendeu uma lanterna que estava sobre uma mesinha e caminhou na direção do bar. Num salto, sentou-se sobre o balcão, as pernas cruzadas e as mãos apoiadas sobre o zinco.

— Isto é simplesmente mágico — ela suspirou.

— Trabalhei duro — Mitch admitiu.

— Este lugar merece coisa melhor — ela disse.

Mitch suspirou, ela mal o cumprimentou e já emendou com uma crítica.

— Não pode se contentar em ficar indo e vindo entre os dois andares e compartilhar um tesouro como este à conta-gotas, como um velho avarento.

— Você queria que eu colocasse um cartaz na vitrine para proclamar que todos os livros proibidos estão disponíveis no meu subsolo e que eu mandasse o governo à merda publicamente?

— Algo assim, mas de um jeito mais sutil, claro.

Mitch estava cansado demais para responder a essas piadinhas e entrar no jogo dela. Ele virou a cabeça na direção da escada, indicando que estava na hora de sair dali. Mathilde tirou a blusa e a camiseta, deixando à mostra seus seios e sua pele pálida que tinha o frescor da noite. Ela fez sinal para ele se aproximar e o envolveu com as pernas.

— Não estou com a menor vontade de brigar — disse ela, beijando-o em seguida.

*

Depois de fazerem amor, ela o levou a um desses lugares cujo segredo conhecia. Um clube de jazz enfumaçado onde o cheiro de tabaco e de maconha que flutuava por cima das mesas era suficiente para intoxicar o ambiente. A noite terminou no quarto de estudante que ela alugava na cidade. Os móveis se resumiam a uma pequena mesa de escritório, uma cadeira e um edredom grosso e amarrotado estendido por cima de um colchão no chão. O banheiro era minúsculo, mas ela arrastou Mitch para o chuveiro. Já quase sem forças, ele jogou a toalha e foi se deitar. Mathilde, ainda cheia de energia, foi se aninhar junto dele.

— Acha que certos lugares são predestinados?

— A quê? — Mitch perguntou, bocejando.

— Ao bem, ao mal, ao amor, ao ódio, à condenação ou à salvação.

Mitch ergueu os olhos para o céu. Ele era decididamente ateu, ainda que fazer amor com Mathilde tivesse um gostinho de paraíso.

— Nunca entrou em algum lugar e se sentiu divinamente bem e não quis mais ir embora, ou, ao contrário, de quase sufocar de vontade de sair o quanto antes? — ela prosseguiu.

— Provavelmente — ele respondeu, já com as pálpebras fechadas.

— Tenho minha explicação para isso.

Ela se virou para ele, se apoiou no cotovelo com a cabeça sobre a palma da mão.

— As paredes ficam carregadas de energias, positivas ou negativas. Alguns lugares, por exemplo, são verdadeiros ninhos de amor, e outros, a antessala da separação. A gente sente quando coisas terríveis aconteceram em algum lugar, bem, eu pelo menos sinto, você não? Mitch, se você dormir eu te coloco para fora!

Ele abriu os olhos e constatou que os de Mathilde fervilhavam de impaciência. Ela queria compartilhar algo importante, tão importante que nada a impediria. Mathilde fazia o que queria, quando queria, e não aceitava não como resposta.

— No século XVI, um carpinteiro construiu sua casa na beira de uma floresta. Naquela época, os carpinteiros eram encarregados de amputar os feridos, e como acidentes eram frequentes, ele construiu um cantinho dentro do seu ateliê para esse propósito. Quando ele morreu, seu filho o sucedeu, até o dia em que a casa e o ateliê foram destruídos por um incêndio. Algumas décadas depois, a floresta foi desmatada para dar lugar a um vilarejo. Quando uma guerra eclodiu, uma granja foi adaptada para servir de enfermaria, no exato lugar onde o carpinteiro tinha vivido. Quando o vilarejo se transformou numa aldeia, a enfermaria se transformou numa clínica. Um século depois, a aldeia se tornou uma grande cidade, e a enfermaria, um hospital.

— Que hospital? — perguntou Mitch.

— O HU da nossa cidade, acredita?

— E onde você aprendeu tudo isso?

— No Hospital Universitário… onde você acha que eu estudo? Esse lugar foi destinado desde sempre para cuidados médicos. Agora, pensa bem no que você descobriu sob sua livraria, isso não é fruto de um mero acaso.

— Meu subsolo estava predestinado a se transformar numa livraria clandestina? — perguntou Mitch com uma pontinha de ironia na voz.

— O que acontecia lá antes que você despertasse aquele lugar do seu sono?

— Segundo um antigo dono, era um local de receptação. Acho que as pessoas se reuniam lá para beber, dançar e jogar jogos de azar na época em que a libertinagem era proibida.

— Eu disse! Sua sala secreta foi feita para que lá sejam propagados combates pela liberdade.

E Mathilde foi logo explicando a Mitch tudo o que ele deveria fazer se não quisesse se contentar em ser um simples sonhador, e sim contribuir para o que ela qualificava como uma grande luta por justiça.

Mathilde tinha esse poder de afastar a preguiça, de fazer surgir nos homens ambições que eles ignoravam antes de transar com ela.

7. A professora de literatura

Verner considerava sua carreira medíocre. Ele era tão duro consigo mesmo quanto com seus alunos, entre os quais jamais encontrou um prodígio. Ao menos um bastaria para que ele justificasse uma vida inteira dedicada ao ensino. A dez anos da aposentadoria, ainda que não se desesperasse, Verner não tinha muito mais a descobrir sobre si mesmo, portanto, era lógico que ele desse muita importância ao concurso da escola de tango, cujas etapas eliminatórias aconteciam às quintas à noite já fazia algumas semanas. Depois do jantar, ele ligou o aparelho de som 3 em 1, colocou um disco de vinil sobre o toca-discos e repetiu os passos na sala ao som da *La cumparsita*. Ele dançava sozinho, mantendo a postura ereta, as pernas levemente flexionadas; tudo dependeria do domínio dos movimentos, de sua sensualidade e das emoções que dela resultariam. Com anos de experiência, Verner vislumbrava enfim a possibilidade de uma vitória. Mas desde o fim de semana anterior, a conversa que teve com Mitch ocupava sua mente quase na mesma proporção.

*

Na quinta-feira seguinte, Verner foi à livraria no fim da tarde, segurando na mão direita uma mala tão pesada que ele parecia uma Torre de Pisa embrulhada num casaco velho e fixada sobre um par de mocassins desgastados.

— O senhor está indo viajar? — Mitch se inquietou.

— Não diga bobagens e me deixe recuperar o fôlego — o professor respondeu enquanto se aproximava.

Com um grande esforço, ele ergueu a mala e a colocou com dificuldade diante de Mitch, ao lado da caixa registradora. Sua mão tremia quando ele a abriu, seus olhos embaçaram brevemente, depois ele se agarrou ao balcão como se fosse cair.

— Isso aqui merece um brinde — disse ele mostrando ao livreiro as dúzias de livros que estavam dentro da mala. — É para enriquecer sua coleção, fiz uma triagem na minha biblioteca, todos eles estão na lista.

Mitch foi trancar a porta, fechando com eles dentro da livraria a senhora Bergol, mergulhada num romance erótico, e que pareceu não ter percebido nada. Por educação, Mitch perguntou, gritando, se ela poderia tomar conta da livraria. Ele tinha um assunto a tratar com seu cliente e prometeu não demorar. A senhora Bergol lambeu o dedo indicador, virou a página e seguiu tranquilamente sua leitura. Verner, que assistiu a toda a cena, deu de ombros enquanto Mitch voltava para trás do balcão. Ele pegou a mala e convidou o professor a acompanhá-lo.

Assim que chegaram ao depósito, Mitch deslocou o tapete e levantou o piso do chão, entrecortado entre duas vigas. Verner não pareceu muito surpreso e desceu a escada que se revelou, segurando-se à corda de cânhamo ao longo da parede.

Se a escada da escotilha de carvão levava até o porão, a escada que Mitch tinha construído dava atrás da parede de tijolos, ou seja, direto na livraria secreta.

No pé da escada, Mitch acendeu as luzes e Verner observou o local soltando um assovio de admiração. Mitch colocou a mala sobre uma mesa de centro e organizou os livros nas prateleiras enquanto Verner o observava.

— Pensei muito na pergunta que você me fez — disse o professor.

— Que pergunta?

— Creio que seu projeto carece de certa ambição.

— O senhor também?

— Posso saber quem mais?

— Uma amiga — Mitch respondeu se virando para ele.

— Que tipo de amiga? Bom, na verdade isso não me diz respeito, mas como compartilhamos da mesma opinião, concordo com ela. Você se arrisca muito por pouco. Da forma como está fazendo, você reserva essas leituras preciosas a um número ínfimo de pessoas, que são privilegiadas, o que contraria o sentido que eu atribuo à literatura. É preciso ver com mais ambição, muito mais, é preciso resistir de algum modo.

Mitch ficou em silêncio durante um momento, como se estivesse mergulhado numa intensa reflexão.

— Eu poderia criar um clube de leitura — ele acabou dizendo. — As pessoas se reuniriam neste espaço, que poderia facilmente acolher algumas dezenas, uma ou duas vezes por semana. Teríamos debates, refletiríamos juntos sobre as ações a tomar para contornar a lei, fazer com que os livros proibidos pudessem continuar a ser lidos. Poderíamos até pensar num sistema de distribuição.

— O senhor é um péssimo ator. Foi sua amiga que lhe sugeriu essa ideia, não foi?

Mitch balançou a cabeça afirmativamente, depois pegou dois copos e serviu uísque. Verner ergueu o seu para brindar e tomou tudo num gole só.

Cada um tomou um segundo, depois um terceiro, e nada mais foi acrescentado pois tudo havia sido dito. O professor olhou o relógio e suspirou.

— Tenho uma hora para me recuperar. Enquanto isso, não me oponho a uma ajudinha para subir as escadas, elas me parecem mais íngremes do que há pouco.

Mitch o ajudou a chegar à superfície e o acompanhou até a porta.

— Fique com a mala, é um presente. Não viajo mais, a não ser a uma hora de distância daqui.

A senhora Bergol aproveitou a partida do professor para sair atrás dele, não sem antes lançar um olhar fulminante a Mitch.

*

Verner se enganou supondo que Mathilde havia sugerido a criação do clube de leitura a Mitch. A ideia era totalmente dele, ou quase. Mathilde tinhas certezas, indignações seletivas, ideais, mas nenhum plano para concretizá-los. Contudo, ela estava certa sobre um ponto: o governo realmente buscava incitar cada um a desconfiar de todo mundo.

De manhã, Mitch saiu de fininho da cama, pegou suas coisas e deixou a quitinete de Mathilde sem fazer barulho. Preocupado, ele foi caminhar na beira do rio onde foi abordado por sua professora de literatura do colégio. A senhora Ateltow reconheceu seu antigo aluno, sentado num banco com uma postura pensativa.

— Você não mudou muito — ela declarou, sentando-se ao lado dele. — E não diga que eu também não; já se passaram 20 anos.

Ela estava curiosa para saber o que ele tinha se tornado. Mitch lhe contou. Ela não ficou surpresa e constatou que a profissão de livreiro lhe convinha perfeitamente. Ela se lembrava do garoto assíduo nas aulas e perceptivelmente sonhador, uma combinação rara, já que normalmente era um ou outro. Mitch não se lembrava de nada disso, tampouco das histórias engraçadas sobre ele que a senhora Ateltow lhe contou com entusiasmo. Ela estava bastante tagarela diante de alguém que tinha dormido pouco, mas sua companhia era agradável, seus olhos mais vivos do que nas lembranças de Mitch, e a voz suave. Ela se desculpou por nunca ter pisado em sua livraria, contou que vivia do outro lado da cidade, se deslocava raramente e dedicava uma fidelidade total à livraria de seu bairro. E, mesmo que Mitch tenha sinalizado que já estava tarde e ele devia ir embora, a senhora Ateltow não terminou.

— É uma mulher ou são seus negócios que estão te deixando aborrecido?

— Nenhum dos dois — respondeu Mitch.

— Você é um belo rapaz, parece estar em plena forma, tem uma bela profissão, mas a impressão é de que você carrega todos os males do mundo sobre os ombros.

— Digamos que são tempos difíceis para um livreiro.

— Concordo que as pessoas leem menos. Minha livreira é a primeira a reclamar, mas o negócio dela até que vai bem, talvez você não esteja se dedicando como deveria.

— Minha livraria vai tão bem quanto as outras, a não ser pelo fato de que alguns funcionários do governo agora decidem o que tenho o direito de vender. Não, na verdade é ainda pior: decidem o que não tenho o direito de vender.

A senhora Ateltow deu um tapinha na mão dele para reconfortá-lo. Seu olhar se perdeu em algum lugar entre a margem e o rio que corria diante deles.

— Já ouvi falar dessa lei. Ela é absurda, e mais absurda ainda é a quantidade de pessoas que concordam com a existência dela. Mas há tantos livros publicados todos os anos, imagino que não seja tão grave quanto você está dizendo.

— A senhora está enganada. Um conteúdo de caráter sexual, um personagem explicitamente LGBT, uma linguagem considerada ofensiva, uma alusão ao suicídio, e acrescente livros que tratam do racismo ou da xenofobia, os que questionam as religiões, tudo o que incomoda, choca ou se afasta da moral que eles defendem é banido. Senhora Ateltow, a metade dos autores que a senhora nos apresentou agora estão banidos dos currículos escolares. A senhora não teria mais o direito, hoje, de falar deles, tampouco de mencionar seu trabalho ou ler para nós uma passagem durante a aula.

Foi assim que, numa manhã em que o ar estava particularmente ameno, soprando uma brisa agradável, enquanto uma bela luz refletia nas ondulações do rio, uma professora aposentada, sentada num banco na companhia de um de seus ex-alunos, se conscientizou de algo que até então havia ignorado. A revelação foi tão forte que ela sentiu um peso esmagar seu peito. A senhora Ateltow tinha reclamado quando a lei HB 1467 tinha sido votada pelo Parlamento; ela também tinha reclamado enquanto fazia suas compras, porque o preço do bacon tinha aumentado; ela também tinha reclamado no dia em que, depois de ter deslocado o ombro numa queda, teve que esperar durante 5 horas no pronto-socorro, num verdadeiro martírio até que alguém viesse atendê-la. A senhora Ateltow reconhecia ter reclamado bastante nos últimos anos, e sua passividade a assustava.

Ela se voltou para Mitch e o olhou fixamente com o ar desolado que assumia quando entrava na sala de aula e propunha aos alunos uma prova surpresa.

— E você, meu querido Mitch, faz alguma coisa com toda sua indignação?

Não havia mais nenhuma autoridade em sua voz; Mitch percebeu mesmo certa compaixão, daquelas que o tornam confiante e que fazem do outro um aliado. Ele lhe revelou com certa excitação ter conservado diversas centenas de livros proibidos, explicando que pensava seriamente em infringir a lei e que refletia sobre a melhor forma de agir para não ser pego. Ele acrescentou que qualquer sugestão da parte dela seria bem-vinda.

A senhora Ateltow estava com o dedo apontado para cima, desta vez não para exigir silêncio, mas para ter um momento para pensar. Ela se levantou, caminhou pela beira do rio, passou e repassou várias vezes diante de Mitch murmurando e parou de repente para observar um casal de marrecos que brigava por um pedaço de pão.

— Combater o fogo com fogo! — exclamou a senhora Ateltow, com o vigor reencontrado da professora decidida a domar uma sala de alunos barulhentos. — Se o governador atacou os livros, é porque tem medo deles; ele teme seu poder. Foi o que me empenhei a transmitir a vocês através das leituras que propus. Muitas vezes vocês me detestavam, mas eu lhes ensinava a arte de entender mais do que de julgar de forma precipitada, eu desafiava suas certezas e preconceitos. Durante minhas aulas, descobríamos estrangeiros, partíamos ao encontro de outras civilizações, nos interrogávamos sobre ideias novas, éramos confrontados com mentalidades diferentes. O governador quer preservar o mundo tal qual ele é e seguir reinando. Meu querido Mitch, o que nos aguarda é mais importante do que você imagina, com a condição de que sejamos corajosos e um pouco loucos. Como você possui esses livros, vamos fazer com que eles circulem dez vezes mais do que antes. É possível que as autoridades venham para cima de nós e nos façam pagar o preço, mas se não fizermos nada, tudo estará perdido.

— A senhora está sugerindo que eu os exponha na vitrine? Isso não vai funcionar, já recebi a visita de um fiscal, eles vão me obrigar a fechar a livraria.

— Tenho uma ideia muito melhor. Os jovens têm um apetite voraz por tudo o que é proibido, eles vão devorar essas leituras, adular seus autores, não vão falar de mais nada entre si. Vamos fomentar um contágio contra o qual os censores não poderão fazer nada. Vou conversar com alguns antigos colegas que ainda estão na ativa e que são de confiança, claro.

Tocado pelo fervor da professora, Mitch também refletia. Fazer os livros circularem pelos colégios e universidades lhe parecia um pouco arriscado demais. Cedo ou tarde, um professor ou inspetor confiscaria um deles; cedo ou tarde, eles seriam muitos a fazer isso e nem todos simpatizariam com a causa; cedo ou tarde, um aluno ameaçado com uma punição daria com a língua nos dentes e as autoridades chegariam à fonte. Criar um entusiasmo pelos livros proibidos entre os jovens era uma ideia formidável, com a condição de encontrar a forma correta de inocular neles o vírus da leitura.

Mitch agradeceu a senhora Ateltow, depois eles trocaram os contatos antes de se despedir, prometendo se reencontrar em breve.

A solução do problema surgiu no caminho que o levou de volta à livraria.

*

Ele ligou para Mathilde e a convidou para jantar, o que a deixou feliz e comovida, pois era a primeira vez que ele tomava a iniciativa. Ela quis saber onde ele a levaria, mas como era surpresa, não ficou sabendo de nada, a não ser que se encontrariam no dia seguinte na livraria, logo depois do fechamento.

Assim que desligou, Mitch telefonou para o senhor Verner, que a princípio recusou o convite, com educação, mas com firmeza. Mitch lhe prometeu um bom jantar acompanhado de um vinho excepcional. Verner detestava jantar acompanhado, mas se era por uma boa causa...

A senhora Ateltow aceitou o convite antes mesmo de ele terminar a frase, não vendo mais nenhum inconveniente em ter que atravessar a cidade. Assim que desligou, ela reorganizou a programação do dia seguinte a fim de ter tempo para se preparar como deveria para o encontro. Em seguida ela telefonou para o filho, que tinha a desagradável mania de visitá-la sem avisar, e contou que tinha um encontro com amigas para jogar baralho.

Mitch fechou a livraria um pouco mais cedo, obrigando a senhora Bergol a interromper sua leitura de forma prematura. Ele foi fazer algumas compras, adquiriu duas garrafas de um bom vinho e começou a cozinhar assim que chegou em casa. Reunir seus convivas num restaurante teria demandado menos esforços, mas ele não queria que orelhas indiscretas ouvissem o que ele tinha a dizer àquelas pessoas.

*

Na manhã seguinte, ele chegou na cidade com o primeiro trem, carregando uma sacola de compras transbordando. Atravessou pátio, entrou no depósito e desceu direto para a sala secreta onde colocou uma toalha e quatro talheres sobre uma antiga mesa de bridge. Na hora do almoço, foi até uma loja de eletrodomésticos, comprou um fogão elétrico e um frigobar que entregaram uma hora depois.

O restante da tarde pareceu durar uma eternidade.

*

A senhora Ateltow chegou meia hora adiantada. Seu cabeleireiro não economizou no babyliss. Ela se esforçava para tentar domar os cachos rebeldes.

Verner chegou pontualmente, primeiro com uma cara amarrada, depois mudando radicalmente de humor ao ser atingido em cheio pelo sorriso da senhora Ateltow. Mitch os apresentou e o fato de ambos terem sido professores logo os fez encontrar um assunto, e passaram a ignorar Mitch solenemente.

Mathilde chegou um pouco mais tarde e franziu a sobrancelha ao descobrir o comitê de recepção, sem esconder sua impaciência para ver aquela gente ir embora. O sorriso frio de Mitch lhe deu a forte sensação de ter sido enganada.

— Para uma noite a dois, estou surpresa... Cinco pessoas não é o que eu chamaria de grande sucesso para um clube de leitura, a não ser que você ainda espere mais gente — ela disse baixinho.

Mitch procurou a quinta pessoa convidada a quem Mathilde se referia. Ele passeou o olhar pela sala e viu a senhora Bergol atrás de uma coluna, virando febrilmente as páginas de *Nossos corpos enlaçados na umidade do verão*. Ele foi até ela, tirou delicadamente o livro de suas mãos, colocou um marca-páginas antes de fechá-lo, ofereceu o livro a ela e a acompanhou até a porta, que fechou com a chave. Mathilde concluiu que ele não esperava mais ninguém. Mitch levou os convidados até o depósito. Seguiram pelas escadas que davam na sala que só era secreta para a senhora Bergol.

O jantar superou todas as expectativas de Verner, ainda que ele não esperasse muita coisa daquela noite, a não ser o fato de ter que jantar e conversar ao mesmo tempo, duas coisas definitivamente incompatíveis para ele. A não ser até aquela noite, pois a comida estava suculenta e sua vizinha de mesa, espirituosa. Há muito tempo Verner não apreciava mais a companhia de uma mulher e, enquanto se servia novamente de uma generosa porção de carne com cenoura, ele se perguntou quais razões tinham feito seu casamento naufragar. Que crime ele teria cometido para que sua esposa o desprezasse a tal ponto? Esse mergulho em águas profundas o levou, depois de um instante de silêncio, a perguntar à sua vizinha o que ela achava do violão espanhol, pois ele gostava muito e tocava todas as noites antes de dormir. A senhora Ateltow respondeu que nunca tinha ouvido e acrescentou que remediaria isso já no dia seguinte.

Mathilde continuava estranhamente silenciosa; ela observava a mesa, intrigada com o comportamento de Mitch em seu perfeito papel de mordomo, resservindo seus convidados cada vez que a taça esvaziava, retirando os pratos para substituir por outros enquanto a noite avançava. Ele tinha um ar sereno, ocupado, mas muito pouco atento à presença dela, a tal ponto que primeiro ela ficou desconfortável, depois se sentiu uma estranha. Não era a primeira vez que o álcool a embriagava, os porres memoráveis que teve sempre a deixaram leve, pronta para rir de qualquer bobagem; mas naquela noite acontecia o contrário. Ela se sentiu ainda mais deslocada que Verner, cujo flerte desajeitado a teria divertido em outras circunstâncias. Ela estava acostumada a se ver cercada por desconhecidos, em festas em que por inércia ou preguiça sentia-se deslocada. Ela tinha o dom de ouvir os outros com indiferença, sem nunca ser afetada pelo que lhe diziam. Mas não naquela noite. Mathilde só tinha uma vontade: passar uma última noite com Mitch, longe da casa dela e longe da vida à qual retornaria após deixá-lo.

Mitch se levantou da mesa para buscar uma garrafa atrás do bar. Verner foi até ele.

— Então este jantar entre desconhecidos era uma armadilha — disse ele, lançando um olhar lascivo à senhora Ateltow, que conversava com Mathilde.

— Não, mas se fosse, o senhor teria caído nela — Mitch respondeu enquanto secava os copos. — Tenho a impressão de que ela gostou de você.

— Já que estamos num momento de confidências, permita-me dizer que você negligenciou sua amiga, que é bastante charmosa, por sinal.

Mitch olhou para Mathilde.

— Não era minha intenção.

— Diga isso a ela — Verner completou. — Bom, sua carne de panela estava excelente, mas talvez devamos passar ao prato principal: por que exatamente você nos reuniu?

Mitch tossiu forte o suficiente para que a senhora Ateltow se calasse. Todos os olhares convergiram para ele.

— O senhor Verner tem razão, está na hora de revelar a vocês o motivo deste jantar. Agradeço a todos por me fazerem refletir. Alugar meus livros a conta-gotas de fato era pouco ambicioso. Se estão aqui, é porque cada um contribuiu para um projeto que gostaria de compartilhar esta noite; e também porque eu gostaria de pedir para que vocês me ajudem a colocá-lo em prática. Se deslocarmos um pouco os móveis, esta sala pode acolher uma centena de pessoas. Uma ou duas noites por semana, poderíamos reunir estudantes aqui. Senhora Ateltow, se aceitar retomar o trabalho, poderia falar a esses estudantes sobre as leituras que mudarão o mundo deles e os deixarão melhor, livros que lhes darão esperança; a senhora sempre fez isso com maestria, sei bem o que estou dizendo. Senhor Verner, o senhor poderia convidar seus alunos, e por que não tocar com eles? Isso tornaria o ambiente mais alegre. É preciso que essas reuniões sejam momentos de festa e de partilha, onde cada um se sentirá acolhido, livre e entusiasmado com a ideia de haver entrado, de certa forma, numa resistência. Se o projeto funcionar, aumentamos a frequência dos encontros, e talvez consigamos convencer outras livrarias a fazerem o mesmo. Sei que falando assim o projeto parece ambicioso, mas acredito que podemos estar criando um movimento que nenhuma censura, nenhuma autoridade poderá barrar.

— E eu? — perguntou Mathilde. — Qual é meu papel nesse belo projeto?

— Cem pessoas por encontro é uma sala de aula enorme — interveio a senhora Ateltow, atravessando a resposta de Mitch. — Estou um tanto enferrujada, uma ajuda seria muito bem-vinda. O que acha de receber esses jovens comigo? Assim a diferença de gerações não será mais um obstáculo.

— Eu agradeço, mas estava falando com Mitch.

— Me ajude a organizar tudo, sozinho não vou conseguir. E se você falasse do nosso projeto para estudantes de outras faculdades, conseguiríamos formar muitos grupos. Sei que é arriscado, ninguém vai julgar você se não quiser.

— É claro que ela quer — disse a senhora Ateltow —, não é?

— Quando vai acontecer o primeiro encontro? — Mathilde questionou.

— Só o tempo de fazer as coisas funcionarem, digamos, em uma semana.

— Não estou disponível às quintas e sábados — informou Verner.

— Quarta-feira — sugeriu a senhora Ateltow.

A data foi aprovada e o pacto foi selado. Verner consultou o relógio e propôs acompanhar a senhora Ateltow de volta para casa, explicando que depois das 21 horas as ruas não eram tão seguras quanto pareciam. Mitch subiu a fim de abrir a porta para eles e tentou se despedir, mas os dois professores já estavam longe na calçada. Mathilde, que saiu depois deles, ficou plantada na frente da vitrine.

Mitch enfim percebeu que ela tinha soltado os cabelos, trocado os jeans por um vestido leve e os tênis por um par de sapatilhas. Ele não tinha nenhum plano para o fim daquela noite e perguntou se podia acompanhá-la.

— Seu amigo é um ótimo mentiroso — ela disse. — Ainda não são nem 21 horas e as ruas são totalmente seguras.

Ela falou com uma voz mais lenta e num tom que parecia um pouco falso.

— O que você tem?

— Você realmente tem o dom de fazer perguntas idiotas, Mitch. O que você teria respondido se sua professora não tivesse tentado salvar sua pele?

— Eu faria a proposta que fiz, não esperei por ela para pensar nisso.

— Preciso te fazer uma pergunta muito importante, Mitch: o que mais te motiva nessa aventura, despertar os estudantes ou se transformar num herói?

— Você já olhou pra mim? Acha mesmo que tenho cara de herói, logo eu que tenho medo de me cortar quando faço a barba de manhã?

— Nem todos os heróis usam capa, alguns têm livros — ela respondeu com um sorriso tímido.

— Não sei o que me motiva, talvez você tenha despertado em mim a vontade de fazer algo importante, você me fez pensar que se eu cedesse ou desistisse, não conseguiria me olhar no espelho depois.

— Às vezes me acho um pouco teatral, mas agora você acabou de me dar uma lição! Eu vou indo, preciso juntar umas tropas.

Mitch a seguiu com o olhar; Mathilde se distanciava e ele perdeu a vontade de voltar para o seu antro secreto. A noite o levou de volta para sua solidão e para a sua periferia.

Ele entrou na livraria, girou o trinco e foi para trás do balcão apagar as luzes. Ouviu um clique esquisito e parou a cortina de ferro que descia lentamente.

A senhora Bergol, com o rosto colado na vitrine, martelava o vidro com o dedo, no ritmo de um pica-pau.

— Mas o que a senhora está fazendo aqui? — ele disse ao abrir a porta. — A livraria está fechada.

— Eu sei muito bem que ela está fechada, não sou burra.

— Volte amanhã e leia tudo o que quiser, agora já está muito tarde.

Ela segurou o punho dele e o apertou com toda força.

— Preciso falar com você, é importante.

— Aconteceu alguma coisa? — Mitch se inquietou.

— Não compro seus livros, porque não enxergo mais nada. Ainda distingo o dia da noite, percebo alguns objetos quando passo, as silhuetas das pessoas com quem cruzo, mas as letras não passam de formas dançantes, as linhas são ondas que flutuam sobre as páginas. É triste porque eu lia muito e adorava ler. Me acostumei com minha situação, é preciso decidir envelhecer, mas depois que meu marido morreu meus dias se tornaram longos demais. É por isso que venho aqui. Durante duas horas, finjo que estou lendo, às vezes é entediante, principalmente quando não tem clientes, mas ainda assim me sinto menos sozinha, pois você está aqui. Finjo não ouvir nada por discrição, para não incomodar, mas ouço perfeitamente. E justamente, há pouco, antes que você me expulsasse, ouvi sua amiga falar de um clube de leitura que o senhor está organizando. Pensei nisso a noite toda, essa seria uma oportunidade para que eu voltasse a me relacionar com os livros. Vou direto ao ponto: eu gostaria de fazer parte desse clube, por favor.

Mitch estava estupefato. Ele nunca tinha realmente notado a senhora Bergol. Acostumado com o comportamento dela, ele se contentava em cumprimentá-la de longe quando ela entrava na livraria, pois não via motivos para lhe dar qualquer informação ou oferecer um conselho. Se tivesse feito algo nesse sentido, teria descoberto o véu opaco que cobria a cor dos olhos dela. Uma catarata, que deveria ter sido operada antes de chegar a esse estágio avançado. Mas ele não sabia nada sobre sua saúde e seus meios, e não ousou falar nisso. Sob o casaco verde, ela usava um vestido preto de algodão que moldava as formas da sua frágil silhueta. Suas bochechas enrugadas não tinham roubado nada da beleza do seu rosto. Mitch não via nenhum motivo para recusar o que ela pedia, ainda que tivesse que ajudá-la a descer e subir as escadas. Sua presença não incomodaria ninguém.

— Está bem — ele disse —, e para que não fique entediada quando a livraria está vazia, quando eu não tiver muito trabalho, posso ler para a senhora um ou dois capítulos de algum livro que escolheremos.

— Os que eu folheio não são bons?

— São sim — respondeu Mitch num tom lacônico. — Espere aqui enquanto eu termino de fechar tudo. Vou acompanhá-la até em casa.

— Você é muito gentil, mas ainda consigo me virar muito bem sozinha! — ela respondeu antes de dar meia-volta.

A senhora Bergol se despediu do livreiro e caminhou para a avenida.

*

Naquela noite, sentado num banco da estação, Mitch cochilou enquanto esperava o trem. Depois dormiu durante todo o trajeto, com a cabeça encostada no vidro empoeirado do vagão. Ele se arrastou até em casa, subiu as escadas se perguntando se conseguiria chegar até seu andar, se deitou na cama e dormiu com a roupa do corpo mesmo.

8. A reunião clandestina

Mitch ocupou seu tempo livre com a organização do espaço. Ele trabalhava mais do que o de costume, dormia muito pouco, mas não sentia nenhum cansaço, ao contrário: a cada dia ele acordava mais disposto do que na véspera, com o ânimo elevado. Nos horários de fechamento, ele descia até o subsolo, deslocava as mesas de centro, organizava os sofás, as cadeiras e as poltronas diante de um palco imaginário que seria ocupado por Mathilde e pela senhora Ateltow; depois, quando não tinha mais nada a fazer, ele classificava os livros nas prateleiras ou escrevia as fichas de leitura. Mathilde veio lhe dar uma mãozinha na terceira noite e em todas as que se seguiram. Ela apareceu sem avisar, não deu ouvidos a nenhuma ordem — Mitch logo desistiu de lhe dar alguma — e cuidou da decoração. Ela desenterrou num antiquário um lote de velhos cartazes publicitários que anunciavam shows de bandas cujas músicas ela nunca tinha ouvido. Pink Floyd, Rolling Stones, Supertramp, ABBA, Guns N' Roses, Nirvana, REM, Weezer, e o destaque da coleção era um retrato gigante de Freddie Mercury vestido de branco, com o microfone tão perto da boca que parecia que ia engoli-lo. Este ela pregou atrás do bar. Mitch não tentou saber o motivo, nem de que modo esses pôsteres enriqueceriam as noites dedicadas à leitura. Ela parecia saber muito bem o que estava fazendo e seu entusiasmo e bom humor o acalmavam. Enquanto trabalhavam, ela lhe contava dos dias na faculdade, falava das aulas que a interessavam, das que a entediavam, explicava a ele por que efeito químico os anti-inflamatórios agiam, dissertava sobre os efeitos colaterais da aspirina ou se encantava com a descoberta de uma molécula promissora no tratamento de certos cânceres.

Quando não tinha mais nada para contar, ela se sentava numa poltrona e lia enquanto assobiava. Às vezes ela desaparecia durante duas horas e voltava tão naturalmente como se tivessem passado somente alguns minutos. Mitch acabou descobrindo duas coisas sobre ela. Mathilde precisava ocupar todo o seu tempo, e ela tinha medo do silêncio. Por rebeldia, ou só para irritá-la, ele colou ao lado de Freddie Mercury um cartaz com a capa da edição original de *1984*.

*

No domingo seguinte, eles dormiram até tarde. Mitch levou Mathilde para caminhar à beira do rio. Ao atravessar uma ponte, ele parou. Mathilde percebeu e também parou, e apenas alguns centímetros os separavam. Ela franziu a sobrancelha, se perguntando que desculpa ele teria encontrado para avisar que teria que abrir mão de sua companhia. Ela não daria esse gostinho a ele e já estava pronta para responder que tudo bem, que ela também precisava ir, que tinha um monte de coisas para fazer, a começar pela revisão das aulas que tinha matado para ficar com ele. Tudo isso lhe veio à mente em menos de um minuto, enquanto Mitch continuava a encará-la. Ele não tinha a menor intenção de deixá-la: contentou-se em dizer que ela estava ainda mais bonita do que de costume. Com as bochechas vermelhas, Mathilde agarrou o braço dele e se esqueceu dos estudos.

— Para de ser bobo. Você está com medo, é isso? Vai dar tudo certo — ela prometeu. — Seu Don Juan meia-boca vai conseguir animar os intervalos com o violão, e conheço bem os amigos que convidei. São cheios de vida.

— Quantos você acha que virão? — se preocupou Mitch.

— Convidei uns vinte — ela ergueu os olhos para o céu como se estivesse contando —, 25, acho, e pedi para passarem o recado adiante. Dei uma exagerada para motivá-los, eles não vão resistir à vontade de participar de uma festa tipo *petit comité* escolhido a dedo. Você não é o único a sofrer censura, sabia? Agora também está proibido falar sobre política nas faculdades, e garanto que os que virão não vão se privar de falar disso.

— Se cada um que você recrutou trouxer mais um, deveríamos contar com umas 50 pessoas, e se o Verner trouxer a mesma quantidade, a sala vai ficar cheia.

— Vamos descobrir isso em breve — respondeu Mathilde.

*

Não passou de sessenta pessoas. Trinta e duas da equipe de Mathilde, 26 da de Verner, uma única pessoa da senhora Ateltow, que convenceu sua livreira a participar de uma reunião da qual ela talvez pudesse tirar proveito; e a senhora Bergol, que não perderia essa ocasião por nada no mundo. Um número inferior ao esperado por Mitch, mas para uma estreia o resultado era respeitável.

A senhora Ateltow não perdeu seu dom. Magistral, ela descreveu as consequências da lei HB 1467, e em particular por que essa lei acabaria afetando o pensamento coletivo, e explicou os motivos políticos – e não morais – que a motivaram. Ela contrapôs essas motivações dissimuladas à dos autores dos livros proibidos que, apesar de pertencerem a culturas e países diferentes, a épocas, estilos e gêneros distintos, tinham buscado compartilhar em seus livros uma reflexão sobre o humano, uma recusa à lei do mais forte, à barbárie, às desigualdades, e a fazer nascer um desejo por tolerância, justiça e liberdade. Ela estava inexaurível. Mitch tentou se lembrar se a vira fazer um discurso tão acalorado quando ela lhe dava aulas. A senhora Ateltow citou autores e textos que corroboravam com a nuance de sua fala. Depois, de uma maneira um pouco teatral, ela fez uma pausa e se voltou para a biblioteca, convidando com seu olhar os estudantes que admiravam as centenas de títulos proibidos. A livreira da senhora Ateltow ficou boquiaberta, fazendo uma cara esquisita e se perguntando como seu colega tinha conseguido acumular, e principalmente esconder, tantas obras banidas. Ela não teve tempo para pensar muito. Mathilde entrou em cena num silêncio próximo à reclusão.

Mitch trocou um sorriso com Verner, buscando em seu olhar maroto a confirmação do que pensava. As duas mulheres deviam ter ensaiado a apresentação para chegar numa sincronia tão perfeita.

Elas não delegaram nada ao acaso. Mathilde passou pelas fileiras distribuindo com descaso e num requebrado bem arquitetado uma lista de títulos que ela e sua cúmplice tinham escolhido para a próxima reunião do clube.

O exercício consistia em refletir sobre os questionamentos levantados por esses textos para que tivessem sido proibidos. Constavam da lista *Confusão de sentimentos*, de Stefan Zweig, *O estrangeiro*, de Albert Camus, *O amante*, de Marguerite Duras, *Ao anoitecer*, de Michael Cunningham,

A queda da casa de Usher, de Edgar Allan Poe e *O conto da Aia*, de Margaret Atwood. Quando Mathilde terminou a distribuição dos folhetos, ela se sentou no braço de um sofá virado para a assembleia, que ela dominava do alto de seu pedestal. Depois cruzou as pernas, oferecendo uma perspectiva vantajosa de sua pessoa, e fez o burburinho silenciar. Ela esperou alguns instantes, depois cativou a assembleia falando das virtudes libertadoras de uma literatura proscrita pelas autoridades.

Verner, conquistado, admirava o espetáculo, que considerou magistralmente organizado. Ele apreciava a musicalidade de sua voz e do ritmo que ela dominava tão bem quanto uma verdadeira musicista.

Pouco tempo depois, Mathilde abriu o debate para o público. Uma dezena de estudantes tomou a palavra na sequência, mas nenhum conseguiu se equiparar às duas oradoras que os precederam.

Por volta das 22 horas, foi a vez de Verner falar. Ele pegou o violão e surpreendeu Mitch já nos primeiros acodes.

— Espere até ele estar aquecido — a senhora Ateltow cochichou.

O encontro se encerrou pouco antes das 23 horas. Os estudantes partiram animados; Mitch emprestou os livros que cada um escolheu. Verner caminhou um pouco pela calçada da avenida com a senhora Bergol, depois que a senhora Ateltow entrou no carro da sua livreira.

A estreia foi um sucesso: os universitários assinaram a lista de interesse pela próxima sessão, marcada para a segunda-feira da semana seguinte, prometendo recrutar novos adeptos. No caminho de volta, Mitch e Mathilde trocaram poucas palavras.

*

Alguns dias depois, Mitch recebeu a visita do antiquário que lhe vendeu a loja. Ele usava um casaco com gola de pele falsa, que o fazia parecer um mafioso falido fantasiado de acompanhante de luxo; os cabelos oleosos, penteados de lado para disfarçar a calvície, não ajudavam em nada no conjunto.

O rosto do homem, até então inexpressivo, se contorceu numa careta esquisita quando o cumprimentou. Depois ele caminhou assoviando, levantando alternadamente os ombros e as sobrancelhas. Mitch se perguntou se era um tique.

— O senhor está procurando algum livro específico? — indagou.

— Não — respondeu o antiquário —, estou só olhando. Aqui é bem agradável, e limpo, muito limpo, eu diria. Parecia menor quando eu morava aqui. O senhor fez um bom negócio.

— Os livros ocupam menos espaço do que objetos antigos — respondeu Mitch, preocupado com o objetivo dessa visita.

O antiquário se debruçou sobre uma mesa, pegou um livro e logo o colocou de volta no lugar.

— Então o senhor viu mais de perto do que se tratava?

— Do que se tratava o quê? — perguntou Mitch.

— A sala atrás da parede de tijolos.

— Ah, uma história antiga, se não me engano, relacionada à pessoa que o antecedeu aqui neste prédio?

— Essa história mesmo.

— Não — respondeu Mitch —, não tive tempo para me interessar pelo que o senhor mesmo qualificou como lenda.

— Que estranho — retorquiu o antiquário.

O tique agora tinha chegado à boca, o lábio superior estremecia.

— Tive a impressão de tê-lo visto passar bastante tempo debaixo da escotilha de carvão e de ter ouvido um barulho muito semelhante a marretadas.

— O senhor está me espionando?

— Não, eu passei por aqui.

— Pelo pátio?

— Ainda jogo meu lixo ali — explicou o antiquário —, moro no prédio que fica logo atrás.

— Eu não sabia.

— Então, o senhor não quebrou os tijolos?

— Creio que já respondi.

— É ainda mais estranho e uma pena — suspirou o antiquário.

Ele retomou a caminhada pelas mesas, assoviando mais forte cada vez que parava fingindo se interessar por alguma capa. Se ele tivesse feito um teste para mafioso, teria conseguido o papel.

— O que o senhor quer? — perguntou Mitch, que nunca tinha conhecido ninguém tão irritante.

— Fazer um bom negócio também, e o senhor me deve isso. Sabe, preciso de espaço para guardar coisas que me são caras, e seria prático fazer isso perto de casa. Eu poderia alugar a sala por uma quantia generosa.

— Alugar uma sala que não existe, isso sim é estranho.

— Vamos parar de lenga-lenga. Quem eram todas aquelas pessoas que entraram aqui outro dia, aonde elas foram depois que o senhor fechou a loja?

— Então o senhor está me espionando. Aquelas pessoas, como o senhor diz, eram estudantes que vieram assistir a uma leitura que aconteceu aqui mesmo; eu tirei as mesas para o evento.

— Elas devem ter ficado bem apertadas — retomou o antiquário, com uma arrogância que começava a irritar seriamente Mitch. — Deve ser apaixonante uma roda de leitura. Eu posso ser convidado da próxima vez, já que sou vizinho?

— Se o senhor for estudante, por que não?

— Não fale comigo nesse tom, senão vou acabar pensando que o senhor não quer me ajudar.

— O que exatamente o senhor precisa guardar?

— Velharias. Na minha idade a gente fica sentimental e acumulei muitas coisas das quais não consigo me desfazer.

— Certo, vamos parar de lenga-lenga. O senhor sabe muito bem que essa sala existe, pois o senhor a explorava. Imagino que o lugar onde sua mercadoria está hoje não lhe convém mais, e por razões que não me interessam. Então o senhor pensou que o subsolo da minha livraria seria o esconderijo ideal. Sinto muito, mas a resposta é não.

— O senhor vai se arrepender. Se mudar de ideia, como eu dizia, minhas janelas dão para o pátio, é só me sinalizar.

O antiquário deu uma piscadela, talvez um outro tique, e foi embora.

Mitch sentiu uma coisa estranha depois da saída dele, uma sensação desagradável que durou a tarde toda. Ele pensou em contar a Mathilde, mas acabou considerando que Verner seria um melhor conselheiro para o assunto.

*

O professor de música ficou surpreso ao vê-lo na saída da sua aula. Ele o levou ao terraço de um café. Mitch se sentou de frente para ele e contou, enquanto bebia uma cerveja, da visita que recebera mais cedo aquele dia.

— Ele disse que você vai se arrepender?

— Com essas palavras — respondeu Mitch inspecionando a palma das suas mãos como se ali fosse encontrar uma solução para o problema que o preocupava.

Verner virou o copo.

— Um blefe — ele afirmou depois de secar o lábio superior com as costas da mão. — Ele não estava presente na reunião, portanto não sabe de nada… nada além do fato de ter havido uma reunião, o que ainda não é proibido, até onde eu sei. Acho que você está preocupado à toa. O que sua amiga pensa?

— Ainda não contei para ela.

— Entendi — disse Verner, enquanto Mitch não entendia nada. — Ela estava formidável naquele dia, uma verdadeira revelação, e que dupla, foi incrível. Está tudo bem entre vocês?

— Acho que sim — respondeu Mitch, sem ter muita certeza.

Verner deixou ele pagar a conta e se levantou, feliz com a ideia de em breve voltar a tocar na livraria.

*

Mathilde e Mitch continuaram se vendo duas ou três noites por semana. Depois das reuniões do clube, eles passavam a noite na casa dela. Mitch partia de manhã, antes que ela acordasse ou enquanto ela fingia que ainda estava dormindo. Não houve mais jantares a dois, nem clube de jazz ou momentos compartilhados nesses lugares que ela ainda guardava em segredo.

Desde a adolescência, Mathilde tinha desenvolvido uma queda por garotos imprevisíveis, exaltados, apaixonados — mas não necessariamente por ela. Desde então, tinha se relacionado com um certo número de babacas, a ponto de criar uma tendência. Ela teve um caso com um cara divorciado que sabia mais sobre carros do que sobre a ex-mulher, com quem ele tinha sido casado durante seis anos. Ela emendou com um músico que não se dava bem com o álcool, e quando ela decidiu ter um estilo de vida saudável exemplar, deixou entrar em sua vida um professor de ioga com o corpo perfeito, mas que passava tempo demais meditando para que ela conseguisse se aproveitar dele.

Ela admirava muitas coisas em Mitch: ele era diferente dos homens com quem ela tinha se relacionado até então, não se entediava na companhia dele, seu senso de humor e sua ternura davam um gosto de viagem inesperada à vida, mas sem tempestade. Paradoxalmente, ele se parecia com os livros que ela exaltava diante dos estudantes, aqueles que ela explicava com maestria que bastava percorrer algumas páginas para se afeiçoar ao personagem, aprender a conhecê-lo e não pensar em mais nada a não ser no prazer de reencontrá-lo à noite.

Ela sabia desde o início que a história deles não ia durar muito, o que tornava mais urgente a vontade de grudar nele assim que se deitavam juntos numa cama.

*

Certa manhã, seis semanas depois da primeira reunião do clube – tinham acontecido doze encontros desde então –, a polícia apareceu na livraria. Mitch foi algemado; o inspetor informou que ele tinha o direito de permanecer em silêncio e que tudo o que ele dissesse poderia ser usado contra ele. Sentado numa cadeira, Mitch assistiu a uma revista meticulosa. Ele permaneceu imperturbável diante do prazer dos policiais em semear o caos, esvaziar as prateleiras jogando os livros no chão, virando as mesas, rasgando as caixas no depósito. Quando a busca terminou, nenhum dos policiais se deu ao trabalho de levantar o tapete empoeirado que recobria uma parte do piso do estoque. A visita do porão em que entraram passando pela escotilha de carvão não teve nenhum resultado conclusivo, encontraram apenas alguns livros didáticos vencidos que datavam de antes da reforma no ensino, organizados em prateleiras de uma velha estante. Nenhum deles imaginou que uma simples pressão contra a parede daquela velha estante teria aberto a porta da cena do crime. Três horas de caos para colocar as mãos em apenas dois exemplares ilícitos tirados do depósito. *O retrato de Dorian Grey* e *A origem dos outros*, um ensaio de Toni Morrison que causou alvoroço entre os 150 estudantes presentes na terceira reunião do clube. Mitch jamais se esquecerá dessa noite, o ambiente estava incrível e as discussões tão inflamadas que Mathilde teve que subir no balcão para pedir calma enquanto a senhora Ateltow ficou afônica. Um pouco depois, Verner emendou melodias de flamenco contagiantes com uma habilidade imensa, com direito a três saideiras. Uma noite memorável, que marcou o início do movimento de rebelião tão almejado por Mitch.

Puseram ele no camburão e, durante o trajeto, ele só pensava em colocar a livraria em ordem. Se tivesse que passar a noite na delegacia, ele começaria no dia seguinte.

Mas nem deu tempo. O promotor responsável pelo caso, um tal de Salinas, viu naquela situação um trampolim para sua carreira. Ele agiu às pressas e o processo foi aberto apenas duas semanas depois da verificação dos fatos. Felizmente para Mitch, na falta de provas da existência de um local onde aconteceriam as reuniões subversivas, as acusações que pesavam contra ele se limitavam ao comércio ilegal de alguns livros proibidos.

*

O argumento da locação, invocado pelo advogado de defesa, não impressionou os jurados. Ao contrário, eles viram nesse estratagema circunstâncias agravantes, uma malícia que confirmava uma intenção premeditada, uma vontade de zombar da lei ao contorná-la. De ironizar os valores que garantiam a estabilidade da sociedade, acrescentou o promotor Salinas. O acusado não tinha se limitado a promover uma literatura transgressora, mas também obras obscenas. Afinal, não encontraram na casa dele, entre outros livros proibidos, obras tão escandalosas quanto as de Atwood?

Não encontraram nada disso, objetou a defesa.

Mas constavam num inventário, retomou a acusação, afirmando que o livreiro, longe das obrigações de sua profissão, que consistiam, assim como a de professor, em contribuir com a educação e o bem-estar da população, acreditava estar acima das leis e se mostrava deliberadamente anarquista.

Em alto e bom som, Salinas alegou que Mitch vendia literatura pornográfica para menores, o que era uma mentira e dizia muito sobre sua própria perversidade.

Distribuindo uma dezena de livros aos jurados – entre os quais somente dois vinham da livraria de Mitch –, ele acrescentou que Mitch mirava os jovens mais suscetíveis para atormentá-los com leituras traumatizantes, o que evidentemente era infundado e estúpido.

Agitando uma edição de *Fahrenheit 451*, romance de Ray Bradbury, como se fosse a bíblia vermelha do Anticristo, ele pediu à corte uma pena exemplar para um reincidente que já tinha sido multado por um fiscal da segurança pública por infrações semelhantes.

Durante as quatro horas de duração do julgamento, Mitch não se surpreendeu com nada, nem com a má-fé do promotor, nem com a passividade dos jurados que assentiam frequentemente com a cabeça, nem com o absurdo daquela paródia de justiça. Ele estava simplesmente aliviado com o fato de a polícia não ter conseguido entrar na livraria secreta, por seu acervo estar seguro e, principalmente, pela lista de livros que ele tinha emprestado aos estudantes estar escondida numa gaveta atrás do balcão do bar. Uma coisa o balançou: a ausência de Mathilde, da senhora Ateltow e de Verner, mas ele estava muito exausto para guardar rancor.

Os jurados não se deram ao trabalho de se retirar para deliberar. O veredito foi dado e o juiz condenou Mitch a cinco anos de prisão.

9. A besta humana

DURANTE AS PRIMEIRAS SEMANAS DE ENCARCERAMENTO, MITCH NÃO conseguia acreditar no que havia acontecido com ele, nem com o fato de que passaria os próximos cinco anos de sua vida na prisão por ter "traficado" livros. Armas, drogas ou um produto perigoso justificariam uma sanção como aquela, mas como temer as palavras a tal ponto? Ele acreditava ainda menos quando surgia o nevoeiro de manhãzinha, no momento em que o sono vai embora. De olhos fechados, os primeiros instantes de consciência os lembravam de suas ocupações de livreiro. Ele pensava em repor o estoque de lápis, canetas e resmas de papel, em fazer o inventário, em verificar os pedidos dos clientes e em lhes telefonar para avisar que podiam passar para retirá-los, em redecorar a vitrine, em limpar um pouco a loja, em pagar as contas pendentes. Mas assim que abria os olhos e avistava as paredes da sua cela, livros, lápis e canetas, papéis e clientes, tudo voava pelas grades.

*

Num fim de tarde um pouco ensolarado, de volta de um passeio pelo pátio, o chefe dos carcereiros – que todo mundo chamava de "Sargento" – interpelou Mitch no corredor, gritando seu número de registro de prisioneiro. Mitch se perguntou o que poderia ter feito, mas o Sargento não lhe deu tempo para encontrar a resposta. Os golpes do cacetete atingiram seus ombros, rins e a perna direita – a esquerda estava fora do alcance desde que ele caiu e tentou se proteger o melhor que pôde, encolhido em posição fetal. O Sargento continuou com a surra diante dos outros prisioneiros. Ninguém se meteu, mas todos cerravam os dentes. O Sargento finalizou a surra desferindo-lhe um chute magistral no rosto.

Depois disso, ergueu a calça que tinha escorregado sob a pança em razão dos esforços que fez e partiu tranquilamente. Mitch foi levantado por dois de seus companheiros de infortúnio. O que o segurava pelas axilas explicou que era o costume; todo novato recebia o mesmo tratamento, era a forma de o Sargento mostrar quem fazia a lei entre aqueles muros, ele murmurou. Caminhando em direção à sua cela, Mitch estava à beira das lágrimas, não conseguia falar nem mover os lábios; com o rosto inchado, mal conseguia enxergar. Ele só entendeu depois, mas tinha acabado de começar sua pena sob o reino tirânico do Sargento. Enquanto avançava pelo corredor, se perguntou qual era a profissão indicada no holerite daquele homem, se ele era casado, se tinha filhos ou um cachorro. Pensar nisso podia parecer estúpido, mas era imperativo para resistir à prisão e ao medo de ter consciência de que seu torturador era um ser humano. Porque nada podia manter uma besta selvagem à distância, a não ser o fato de ela se sentir saciada. Nada podia fazê-la raciocinar, apesar de mesmo o mais malvado dos homens conservar dentro de si uma centelha de humanidade, por mais ínfima que fosse. Mitch entrou em sua cela, apoiado por seus dois companheiros de cárcere.

*

Dois meses se passaram, depois outro e mais outro. Como toda manhã há seis dias, eles foram reunidos no pátio. As chuvas torrenciais que tinham caído na semana anterior tinham esburacado o caminho de terra batida que ia do centro de detenção ao cemitério situado nos limites de um bosque, cinco quilômetros ao norte. Era preciso restaurar tudo, tirar os resíduos dos buracos e preenchê-los com cascalho. Houve a convocação, depois três guardas armados os escoltaram por essa longa caminhada. O guarda no alto da torre de vigia observou suas minúsculas silhuetas se perderem na linha do horizonte.

O cortejo parou uma hora depois. Os detentos foram organizados em fila indiana e tiveram suas algemas removidas. O sol mal tinha se levantado, mas o calor já queimava as nucas úmidas de suor e sal. O Sargento pegou seu cantil e tomou um golão d'água, os prisioneiros sentiam ainda mais sede ao vê-lo se saciar, seu pomo de Adão se movia a cada vez que ele engolia, e os deles faziam o mesmo. O Sargento despejou o último gole no chão e fechou a tampa. Uma mancha escura apareceu na poeira, no local exato onde a água se espalhou.

*

Todos acordavam às 5h30, quando os carcereiros golpeavam as portas dos dormitórios com seus cacetetes. Era preciso pular da cama e arrumá-la em tempo recorde, antes que o Sargento passasse para fazer sua inspeção geral. Quando ele considerava que uma cama não estava perfeitamente arrumada, ele arrancava os lençóis e a coberta, e aquele que ali dormia pagava o pato. Duas semanas desse tratamento bastavam para transformar um detento em um aluno perfeito. Um dia, durante a inspeção, Mitch percebeu que os prisioneiros quase sentiam prazer em observar seu trabalho bem-feito. E quando o Sargento terminou a ronda e se retirou sem dizer nada, Mitch viu seus rostos de homens voltarem a ganhar feições infantis de quem se sente gratificado simplesmente porque seu mestre não gritou, e ele mesmo sentiu certa vergonha por quase se deixar influenciar.

*

Se o país estava virtualmente isolado das notícias do mundo exterior, o centro penitenciário estava totalmente à parte de tudo. Nem televisão nem jornais, e nenhum livro para os detentos. Os anos que se seguiram foram uma espécie de fratura no tempo. Um espaço em que Mitch estava irreconhecível. O cotidiano, por mais difícil que fosse, se instaurou e ele conseguiu chegar ao final de cada dia, seguir cada noite preenchendo seus pensamentos com projetos imaginários.

*

Certa manhã, Mitch se viu na calçada, ao lado de uma cabine telefônica resgatada de outra época. Ele precisaria de tempo para se reerguer, mas tinha o olhar de um homem que carrega consigo toda a esperança de uma vida nova. Ele se virou uma última vez, ergueu os olhos para a torre de vigilância e se distanciou coxeando por causa da perna direita que doía cada vez que a chuva se anunciava. No cruzamento, ele recobrou as forças e sorriu ao imaginar o Sargento continuando sua vida atrás dos muros da prisão.

Ele teve que esperar um bom tempo pelo ônibus que o levaria à cidade. Os campos de trigo e cevada foram sucedidos por periferias em que era possível ver grandes edifícios. Duas horas depois, Mitch retomou sua caminhada silenciosa, arrastando lentamente a perna coxa pela cidade até parar diante da cortina de ferro de uma vitrine onde era possível ver, por trás das grades, livros cobertos por uma camada de pó.

Mitch passou pela viela e chegou ao pátio, onde um gato de rua dormia sobre uma velha tampa de lixo. O gato abriu os olhos e o olhou fixamente. Mitch o cumprimentou com um sinal de cabeça e procurou as chaves no bolso do casaco. Ele atravessou a reserva e se instalou atrás do balcão onde passou o resto do dia, sentado num banquinho, observando o tumulto criado pelos policiais no dia da sua prisão. O tempo não tinha mais o mesmo controle sobre ele; cinco anos passados atrás das grades, sem receber nenhuma visita, lhe ensinaram a fazer dele seu aliado. Quando anoiteceu, ele imaginou a silhueta de Verner flertando com a senhora Ateltow enquanto o fantasma de Mathilde perambulava pelas estantes e o da senhora Bergol folheava um livro que pegou sobre uma mesa.

Então, um imenso sorriso se desenhou em seu rosto.

*

Durante todo o período em que Mitch reorganizou a livraria, ele proibiu a si mesmo de pensar em sua vida de antes. Ele tomou essa decisão na prisão e se lembrava perfeitamente do momento. Era um fim de tarde em que ele se recusara a cumprir uma ordem estúpida. O carcereiro de plantão o aconselhou a ficar calmo, acrescentando que, a exatamente seis meses do final da sua pena, seria lamentável ele ter um mau comportamento que pudesse prolongá-la. Muita coisa passava pela cabeça dele, pensamentos cada vez mais sombrios, como uma mistura de raiva e resignação. Remoer o passado possibilitava ocupar o tédio, mas também alimentava um desespero que o matava aos poucos. Naquela noite, Mitch sentiu que estava escorregando por uma descida perigosa, que logo chegaria num caminho sem volta, e antes que fosse tarde demais, ele prometeu a si mesmo só pensar no futuro.

Por mais que os dias lhe oferecessem ocasiões de renunciar a essa resolução, quando uma lembrança surgia, tal como o diabo, enquanto ele organizava livros sobre uma mesa ou se demorava muito tempo observando a silhueta de uma mulher que passava na frente da vitrine, ou quando sonhava diante da sombra de uma árvore que a luz de fim de tarde projetava no chão entre duas estantes, quando, dia e noite, atravessando o pátio, seu olhar pousava sobre uma das abas da escotilha de carvão, Mitch sempre encontrava uma maneira de escapar da tentação.

Num sábado de sol, ele foi ao parque para ler sentado num banco, mas sua aparência solitária e sua perna manca desagradaram pais cujos filhos brincavam no parquinho perto dali, e eles chamaram a polícia.

A poucos dias da reabertura da livraria, quando estava voltando para casa, Mitch avistou, subindo a avenida, um casal que caminhava de mãos dadas. Ele os seguiu até a estação, já que aquele também era seu caminho, e essa imagem despertou nele sensações já esquecidas. Ele os perdeu de vista no grande saguão, e assim que chegou à plataforma, tirou da memória as noites passadas em tabernas e clubes de jazz enfumaçados. Porém, as lembranças voltaram com tudo no trem e enquanto ele preparava o jantar na cozinha. Os traços de Mathilde não eram mais tão claros, seu rosto agora era vago, como aqueles das fotos envelhecidas pelo tempo. Com o coração despedaçado, ele se refugiou em sua leitura noturna.

10. A casa adormecida

A MALA ESTAVA TÃO PESADA QUE ELA TEVE DIFICULDADES PARA tirá-la da esteira. Um viajante tentou ajudá-la, mas ela conseguiu tirá-la dali antes que ele interviesse. Depois de todos esses anos, o dinheiro que encontrou no forro do casaco lhe pareceu um sinal – bom ou ruim, ela não sabia, mas com as quatro moedas, conseguiu pegar um carrinho emprestado. Atravessou o controle da alfândega e saiu do aeroporto. O ar fresco da manhã fazia os passageiros que esperavam na fila dos táxis tremerem. Anna conheceu o vento das planícies, a neve cintilante que recobre os campos, os montes de gelo compacto dos vales, as escadas onde as respirações se assemelham a plumas brancas, e não tinha mais medo do frio. Esses anos longe de casa nem sempre foram fáceis, e quando o motorista perguntou se tinha feito boa viagem, ela foi incapaz de responder. Ela enfrentou invernos rigorosos, trabalhou duro por sabe-se lá quantas horas, renunciou a um amor porque estava determinada a realizar um projeto que ia muito além de amar e ser amada. Ela fugiu, aprendeu muito sobre sua profissão, sobre si mesma, sobre seus limites e sua resistência, e guardou dinheiro suficiente para realizar seu sonho.

Quando o carro entrou na rodovia, Anna apoiou a cabeça na janela e adormeceu. Uma hora depois, ela reabriu os olhos na sua periferia. O Cine Belas Artes foi substituído por uma loja de perfumes, uma farmácia funcionava na esquina da rua, onde antes havia uma agência bancária que agora era representada apenas por um caixa eletrônico. Ela pagou a corrida, carregou a mala até a varanda, pegou as chaves e entrou em casa.

A casa não sofreu muito por ter ficado tanto tempo abandonada. Anna abriu as janelas do térreo, ligou o registro de água, girou a alavanca do gás e começou a tirar os lençóis que cobriam os móveis.

No fim do dia, depois de uma boa faxina, ela constatou sorrindo que tudo tinha recuperado o charme de antes. Ela subiu até o andar de cima, entrou no banheiro, esperou a cor da água voltar ao normal e tomou uma ducha gelada que a recompôs; depois desfez a mala, guardou tudo com cuidado e vestiu uma calça e uma camisa de algodão. Ela tinha um compromisso à tarde que não perderia por nada no mundo.

Ela se penteou, se olhou no espelho e desceu até o andar de baixo. Uma garoa fina acariciava os vidros das janelas. A calma que reinava na casa a angustiava. Cinco anos de distanciamento forçado não tinham apagado as lembranças.

Anna vestiu seu casaco e saiu pela porta dos fundos. A grama alta tinha invadido o jardim que descia até a linha de trem mais embaixo. Ela avançou na direção dos galpões colados às cercas que separavam sua casa das dos vizinhos e teve que lutar para conseguir abrir uma porta emperrada. Quando um trem passou, ela aproveitou para dar um chutão no lugar onde a madeira tinha inchado e finalmente conseguiu soltá-la da fechadura.

Ela tirou alguns objetos do cubículo: um rastelo, um velho cortador de grama manual, um rolo de tela de juta emaranhado em teias de aranha que parecia uma múmia. Depois se ajoelhou e enfiou a mão até achar o que procurava: um estojo de pelica amarrado com um cordão de couro, onde os chefs de cozinha costumam guardar suas facas.

O estojo dela continha uma pipeta e dois frascos de vidro cheios de um líquido marrom. Lá onde estava, à noite, já deitada na cama, ela muitas vezes se perguntou por que os guardara, se era uma manifestação de um sentimento de culpa, ou um remorso que quis cultivar. Hoje ela não sentia nem culpa nem remorso. Muito pelo contrário. Ela nunca mais seria vítima e o mundo estava bem melhor sem o comissário Jabert.

Anna fechou o estojo, colocou-o de volta no lugar e fechou a porta do galpão; enfim, com tranquilidade, ela seguiu pelo caminho que ladeava os trilhos até a estação. Uma hora depois, ela desceu de um trem, se reconectando com o tumulto da cidade grande para ir até um cartório.

*

O esplendor do imóvel era duramente mantido ao preço de visíveis economias. O odor de cera barata a deixou enjoada assim que ela empurrou a porta de entrada. O elevador não estava funcionando e ela subiu de escadas até o terceiro andar e foi parar num corredor mal iluminado, onde tocou uma campainha. Um jovem funcionário a recebeu e a levou até um escritório.

Todas as partes estavam presentes, sentadas em volta de uma mesa redonda no meio da sala. Anna, vestindo seu casaco preto, os cabelos presos num coque; o vendedor, um homem quase totalmente calvo e de sobrancelhas grossas; o tabelião em seu terno cinza como sua pele; e o escrivão com seu bigode que lhe dava um ar de jovem lorde inglês do século passado. O vendedor tirava o lenço do bolso e secava a testa cada vez que o tabelião virava a página da escritura pública que lia em voz alta.

Anna assinou o cheque, o vendedor assinou a escritura, o tabelião carimbou o documento e os parabenizou. O imóvel que ela tinha comprado para abrir seu restaurante estava caindo aos pedaços, mas pelo preço pago, seria difícil encontrar coisa melhor. Há um ano ela vasculhava os anúncios de um jornal especializado que chegava pelo correio oito dias depois de publicado, à espreita de um negócio que lhe permitisse colocar seu projeto em prática. As fotos que recebeu devem ter espantado todos os compradores, mas não ela, que envolveu nisso metade de suas economias; a outra metade serviria para pagar a reforma e garantir os salários de uma equipe bem enxuta, na esperança de que os lucros lhe garantissem certa autonomia.

Numa tarde de garoa, Anna, que mal tinha chegado da longa viagem, caminhava feliz sob a chuva. Se tudo corresse bem, em alguns meses ela abriria seu próprio restaurante.

11. Os treze porquês

NUMA SEGUNDA-FEIRA, ÀS 10 HORAS, MITCH REABRIU SUA LIVRARIA com o sentimento de finalmente ter concluído sua pena. Um sentimento que não durou muito. Os primeiros clientes, um casal que seguia para a estação, entraram duas horas depois.

O homem, de pouco mais de 40 anos, usava um terno marrom elegante. Ele ficou perto da vitrine, lançando olhares furtivos na direção da avenida. A mulher, usando uma calça preta e uma camisa, com óculos grandes e quadrados que cobriam metade do seu rosto, caminhou na direção do balcão e pediu, em voz baixa, um exemplar de *Os treze porquês*. Ela explicou, com uma educação tímida, que procurava se reaproximar da filha que estava enfrentando um período difícil. Mitch se lembrava do romance de Jay Asher, que teve uma enorme repercussão quando foi publicado. O livro conta a história de uma adolescente que, pouco antes de se matar, deixou algumas fitas cassete gravadas para as pessoas mais próximas, e explicavam a cada uma o papel que teve em sua decisão. Mitch não tinha dúvidas de que com esse tema o livro tinha sido proibido. Por desencargo de consciência, ele abriu a gaveta, consultou sua velha lista e se desculpou: o título não está disponível para venda. A cliente o olhou, perplexa.

— Eu o vi ontem nas mãos de uma recepcionista no hotel onde estamos hospedados, foi ela quem me falou dele e me recomendou.

Mitch recebeu essa notícia em silêncio, levantou os olhos e se perguntou se a tal recepcionista fazia parte das estudantes que tinham frequentado as reuniões clandestinas que ele organizava. Desconfiado, ele pensou que por trás desse casal se escondiam dois fiscais da segurança pública.

— Não duvido que ela o tenha encontrado em algum lugar, mas isso não muda o fato de que não posso vendê-lo para a senhora.

— E por que não? — perguntou a mulher, indignada. — O senhor não foi com a minha cara?

— Não, claro que não, não é nada disso — Mitch balbuciou.

A mulher o olhou com um ar consternado típico de quem não tem uma grande gama de expressões. O homem, cuja expressão tinha ficado tensa, se aproximou e bateu no balcão.

— Escute, se o senhor não tivesse o livro já teria dito logo de cara. Eu o compraria com gosto em outro lugar, mas nosso trem parte em meia hora e precisamos desse livro. Eu pago o triplo do valor, que tal? — ele disse, tirando um maço de dinheiro do bolso.

Houve um vacilo, um momento de confusão, Mitch os examinou, seus olhos passaram do bolo de notas ao rosto de seus clientes. Aquilo estava com cara de emboscada. E ele ficou irritadíssimo de pensar que dois fiscais tentavam lhe dar um golpe bem no dia da reabertura da livraria.

— Eu já disse que não — ele respondeu num tom gélido. — Conheço o tipo de vocês, vão embora daqui e não voltem mais.

A mulher estufou o peito, seu rosto tremia; ela estava prestes a dizer alguma coisa terrível, mas o marido a segurou pelo braço.

— Ficar nervosa não ajuda em nada, esse aí é um retrógrado imbecil — ele suspirou, arrastando-a para a saída.

*

Duas horas depois, o incômodo causado por esse incidente ainda não tinha se dissipado. Como mais nenhum cliente apareceu, Mitch sentiu necessidade de mudar de ares. Desde que saiu da prisão, ele tinha vivido recluso entre a livraria e o apartamento para tentar se reconstruir. Era tempo de reatar com o mundo externo.

Na hora do almoço, ele foi a um café e ficou surpreso ao ver sobre o balcão outro jornal além de *O Farol*, e mais ainda ao ouvir seus vizinhos debaterem abertamente sobre as reformas em curso.

Ao longo da conversa, que ouvia disfarçadamente, Mitch compreendeu que o poder tinha mudado recentemente. Seu coração saltou, ele se desculpou pela intromissão e contou que estava retornando de uma longa viagem e assim descobriu que o governador tinha sido deposto no início do verão. Logo foram realizadas novas eleições e a mulher que ganhou tinha libertado o país de todas as proibições. Essa notícia deveria tê-lo deixado imensamente feliz, mas surtiu o efeito contrário; ele estava furioso por terem deixado ele purgar sua pena até o fim por algo que há três meses deixou de ser crime. Ele foi esquecido na cela, como se sua vida não importasse para ninguém.

Mitch pagou a conta, saiu do café e desceu o bulevar, respirando fundo para tentar se acalmar — em vão.

De volta à livraria, sua raiva tinha se transformado em ira. As lágrimas tomaram conta de seus olhos e ele fez os livros de uma das mesas voarem.

— O que aconteceu, o senhor enlouqueceu? — perguntou, indignada, a senhora que tinha acabado de abrir a porta e estava em pé diante dele, estupefata.

— Senhora Bergol?

— Por Deus, por onde o senhor esteve durante esse tempo todo?

Ela abriu a bolsa e lhe estendeu um lenço.

— Dores de amor? — ela perguntou.

— De amor-próprio — Mitch respondeu de maneira seca.

— É bem mais complicado.

— O que é mais complicado?

— Se reconciliar consigo mesmo do que com os outros. Mas enfim, onde o senhor estava?

— Como se a senhora não soubesse — ele ruminou.

— Se eu soubesse não estaria perguntando. Eu estava no hospital quando o senhor desapareceu. Fiquei dois meses internada, dois pavorosos meses — ela suspirou, erguendo as mãos ao céu. — Os enfermeiros fizeram o melhor que podiam, mas a comida é nojenta. Acho que o pessoal da cozinha deve pensar que todos nós vamos morrer.

Ela beliscou o queixo e fez uma careta esquisita.

— O que estava falando? Ah sim, depois que saí do hospital eu corri até aqui, e por uma boa razão, mas tudo era escuridão. Não dava para ver muita coisa pela vitrine. Pensei que o senhor estivesse de férias. Voltei várias vezes, por muitas semanas, e como a livraria continuava fechada, acabei acreditando que o senhor tivesse colocado um ponto-final nos negócios. Por onde o senhor andou durante todo esse tempo?

Mitch permaneceu em silêncio e a senhora o olhou com um ar perplexo.

— Estou de volta, o resto não é tão importante — ele respondeu. — Enfim, estou feliz em saber que minha ausência não a preocupou tanto assim.

Ela se endireitou e levou as mãos à cintura.

— E a minha ausência enquanto eu passava na faca, o preocupou?

— Eu não sabia que a senhora estava hospitalizada.

— Pois bem, eu também não sabia que o senhor tinha dado no pé. Pronto, estamos quites!

Mitch pigarreou, virou lentamente uma página da sua caderneta de encomendas que não tinha nenhuma encomenda e olhou para sua cliente.

— Está melhor de saúde? — ele perguntou sem quase mover os lábios.

— Coitado, o senhor é um péssimo observador. Vou comprar o exemplar de *Um Homem, uma Mulher, uma Noite* que está naquela mesa ali — ela disse, animada.

Com os braços cruzados, a senhora Bergol o fitava de modo insistente. Ela teve pena dele e se inclinou arregalando os olhos até eles ficarem grandes como dois pires.

— Aproveitei que me tiraram um pedaço do estômago e do intestino para operar também da catarata. Eu achava que minha perda de visão era uma degeneração a mais, já que tenho várias na lista, começando pelos quadris. Enfim, se eu tivesse passado antes por uma consulta, teria ficado sabendo que não era o caso, mas sempre tive pavor de consultórios médicos. Desde que não precisasse ir, eu até que me sentia bem. De todo modo, como o senhor está muito interessado na minha saúde, todos os procedimentos foram muito bem-sucedidos.

— Fico feliz, de verdade — respondeu Mitch.

— Vamos parar com esse joguinho de bom samaritano? Não estou nem aí pro seu mau humor. Se no passado o senhor não tivesse sido gentil comigo, eu já teria ido há um tempão comprar meu livro em outro lugar. Pelo pouco de gente que tem, ou melhor, que não tem aqui, o senhor perderia a única venda do dia. Agora me conte logo o que aconteceu.

Era uma ordem, não uma pergunta. Ela segurou a escada que dava acesso às estantes mais altas, a empurrou para a frente do balcão e se sentou no terceiro degrau.

— Tenho todo o tempo do mundo!

Mitch falou de sua detenção, dos processos, da prisão, do que lhe custou cinco anos de uma vida com a qual ele voltava a se conectar aos poucos, mas a curiosidade da senhora Bergol estava longe de ter sido sanada. Então ele falou da conversa que ouviu no almoço e da raiva que estava sentindo desde então.

— Eu entendo — disse ela, mergulhada numa profunda reflexão antes de se recompor balançando a cabeça. — Não, eu não entendo o senhor.

— O que a senhora não entende?

— O senhor tem alguma ideia do que aconteceu enquanto estava na cadeia?

Ele deu de ombros. Não sabia nada além do que descobriu no café um pouco mais cedo.

— A opressão só aumentou. O senhor não foi o único que acabou na prisão. Eles detiveram muitas pessoas, antigos jornalistas, escritores, cineastas, músicos, professores considerados liberais demais, pesquisadores julgados muito à frente do seu tempo, estudantes, e até mulheres acusadas de terem feito aborto depois que ele foi proibido. A coisa ficou impraticável, todo mundo estava apavorado e a resignação não era mais suficiente. No ano passado, a economia afundou, a raiva cresceu e nasceu um movimento de protestos. Discreto no início, até o dia em que um escândalo explodiu. O governador tinha convidado, com grandes pompas, uma delegação de oligarcas para quem prometeu suprimir as regras ambientais em troca de alguns milhões depositados nas contas do seu partido. Nenhuma novidade em termos de corrupção, exceto que aqueles para quem as concessões foram feitas dirigiam um grupo petroleiro estrangeiro. Isso reprimiu os últimos apoiadores do governo. As pessoas foram às ruas, bloquearam tudo, e desta vez a polícia não pôde fazer nada para dispersá-las. A impopularidade do governador cresceu a tal ponto que seu entorno ficou amedrontado e o forçou a convocar novas eleições.

— Foi o que entendi — disse Mitch.

— Então fique feliz em vez de se comportar como um egoísta! — disse a senhora Bergol, impaciente.

Mitch se endireitou sobre seu banco, ereto como um aluno que acabou de levar um pito.

— Eles libertaram os prisioneiros às centenas — ela retomou. — O senhor não devia estar com os prisioneiros políticos e é certamente por isso que o esqueceram. Mas agora está livre, não? E quando eu digo livre, é realmente livre!

— A senhora deve estar certa — concedeu Mitch.

— Não me lembro de ter estado errada. Agora que estamos de acordo, tenho uma confissão a fazer. Senti muita saudade das suas leituras.

— A senhora não precisa mais delas — respondeu Mitch.

— Não compartilho dos seus gostos literários, mas era a companhia que me agradava. Cinco anos é muito tempo, principalmente na minha idade — ela suspirou.

— Na minha também, sobretudo atrás das grades. Mas então ninguém lhe contou sobre a vinda da polícia e sobre meu processo? — ele insistiu.

— Como o senhor é teimoso! Ninguém diz muita coisa para uma velha que passeia sozinha pela rua. Não havia nenhum aviso na fachada da loja, e os infortúnios de um livreiro não eram mais importantes do que os de qualquer outra pessoa — ela emendou. — Permita que eu diga que o senhor está direcionando sua raiva para o alvo errado.

Mitch se perguntou onde ela estava querendo chegar.

— Odeie quem o colocou na prisão em vez de lamentar por aqueles que esqueceram de tirá-lo de lá. O senhor certamente não quer ouvir meus conselhos, mas mesmo assim vou lhe dar um: não perca seu tempo ruminando o passado, pense somente no futuro, o senhor tem sorte de ter um.

A senhora Bergol se levantou de seu banquinho, abriu a carteira e pagou o romance de Romain Gary, guardando-o na bolsa sem dizer mais nada. Mitch se levantou para acompanhá-la até a porta.

— Agora o senhor está mancando? — ela perguntou.

— Não — ele respondeu.

— Passarei para vê-lo outro dia — ela prometeu antes de partir.

Nenhum outro cliente apareceu à tarde e Mitch passou o tempo remoendo a lição de moral da senhora Bergol. Se reerguer e só pensar no futuro com certeza era o melhor a fazer.

*

Às 18 horas, depois de baixar as cortinas de ferro, ele decidiu caminhar pelas margens do rio antes de voltar à periferia.

Ao passar em frente ao palácio de justiça, ele parou de repente, a respiração entrecortada, o corpo tremendo. Um homem de terno azul marinho conversava com um outro. Ele tinha o ar afável de alguém que conta uma boa piada, seguro do efeito positivo dela. Um rosto que Mitch jamais esqueceria. A dez metros de distância estava o promotor Salinas, o homem que no final de um processo expeditivo tinha obtido a pena máxima para transformar seu caso num exemplo.

A senhora Bergol tinha razão sobre um ponto cujo sentido ele agora compreendia. Ele tinha direcionado sua raiva para o lugar errado, ainda que o que sentisse agora não fosse mais raiva, e sim um desejo incontrolável de vingança.

12. Canto da planície

Mitch não conhecia a sede de vingança, a agitação que provoca ao se pensar em saciá-la e a inquietação quando buscamos um meio para colocá-la em prática. Ele caminhava pela plataforma enquanto esperava o trem, e só enxergava o rosto de Salinas. Salinas no tribunal; Salinas apontando o dedo para ele; Salinas exigindo uma pena exemplar; Salinas e seu desejo inflexível de retidão; Salinas cuja alegação parecia uma pregação; Salinas que se achava o tal em sua roupa preta e se pavoneava com a arrogância dos poderosos.

Quando o trem parou na estação, Mitch, que estava na ponta da plataforma, subiu no último vagão em vez de entrar no terceiro, como costumava fazer. Ele se sentou num banco no momento em que o trem partiu.

As últimas luzes do dia se apagavam. Desta vez Mitch não lia, elaborando todos os cenários possíveis para trucidar seu inimigo. Cada coisa a seu tempo. Primeiro pensar em como agir sem ser pego. Qualquer que fosse o método, a sentença não deveria ser repentina. Sua própria prisão foi uma longa angústia, Salinas deveria morrer lentamente. Com a respiração ofegante, Mitch pensou primeiro em usar um revólver; apertar um gatilho era provavelmente o que exigia menos competências em termos de assassinato, já que ele não tinha nenhuma; infelizmente, um tiro seria muito barulhento, a finalidade muito imediata, e era possível errar o alvo, a menos que o tiro fosse à queima-roupa. Uma arma branca permitiria que o desgraçado visse a morte se aproximando enquanto seu sangue se esvaziasse, mas apunhalar alguém era um ato que ele duvidava ser capaz de cometer – cortar uma ave crua ou estripar um peixe já o deixava enjoado. Espancá-lo era bem possível, ele tinha aprendido a brigar na prisão, mas só para se defender, nunca para atacar. Ele passou as mãos nos cabelos, esfregou as bochechas, respirou fundo, estava tão agitado que seus lábios tremiam. Sabotar os freios do veículo seria limpo e discreto, e assustador também quando o canalha do Salinas pisasse no pedal. Aleatório demais, além do risco de causar danos colaterais. Esse estrume de promotor tinha condenado inocentes o bastante para incluir mais gente. A grosseria do seu vocabulário sempre que ele pensava no promotor não o incomodava nem um pouco, ao contrário, Mitch sentia muito prazer em fazê-lo.

De repente as rodas rangeram, o trem começou a desacelerar e parou. Mitch virou a cabeça para a janela e seu olhar pousou sobre a fachada atrás de um pavilhão que chegava até a ferrovia, a pouco mais de 20 metros. Uma mulher apareceu na janela, sentada na mureta, absorta em sua leitura, cruzando e descruzando as pernas que balançavam no vazio. Sua camisa flutuava ao vento. Mitch reconheceu a capa do livro que ela tinha em mãos. *Canto da planície*, de Kent Haruf, história de uma mulher que tinha dedicado a vida à família e que finalmente retomava sua liberdade. Haruf, julgado explícito demais, tinha sido proibido.

Sentindo-se observada, a mulher ergueu os olhos e fitou, surpresa, o passageiro que lhe dirigia um sorriso amarelo cuja relação com a felicidade era bem relativa.

Mitch teve a impressão de que o tempo tinha sido atingido por uma lentidão extrema, que o olhar daquela mulher atravessava um imenso oceano antes de chegar até ele. Um olhar que podia apagar tudo o que o precedera.

O trem partiu outra vez e o pavilhão desapareceu.

Naquela noite, deitado em sua cama com as mãos atrás da nuca, Mitch olhou fixamente para o teto do quarto sem conseguir pegar no sono. Mas como adormecer quando, no mesmo dia, lidamos com a irresistível sede de vingança e com o louco desejo de amar?

*

Anna caminhava pela calçada com um molho de chaves nas mãos, ainda incrédula. O alvo que ela perseguia há tanto tempo estava no final da rua e ela não conseguia definir o que estava sentindo. Felicidade, animação, medo, em proporções dificilmente mensuráveis.

— Onde é que eu fui me meter — ela murmurou enquanto abria a porta do restaurante que acabara de comprar.

A luz do dia que atravessava a vitrine opaca criava uma atmosfera fantasmagórica. Não restava nada ou quase nada do que o lugar fora outrora. Pedaços de gesso caídos do teto sujavam o chão da sala de jantar, pedaços de papel de parede descolados, algumas mesas bambas cinzas de pó, velhos jornais amarelados empilhados debaixo de um grande espelho mofado. Anna cavou um caminho no meio desses destroços e entrou na cozinha. O material que ainda existia ali estava condenado, um exaustor estava pendurado por um cabo elétrico como um esqueleto abandonado a um carrasco. Até os roedores tinham sumido.

"Vai dar tudo certo porque nada indica o contrário", pensou Anna. Uma máxima que ela devia ao seu antigo vizinho, um velho fazendeiro generoso e otimista que lhe dava carona em sua pick-up até o ponto de ônibus sempre que o carro dela teimava em não funcionar.

Anna gostou muito da sua vida cercada de propriedades extensas, no meio de territórios vastos. Pistas de terra levavam às fazendas isoladas, cercas de tábua e arame farpado delimitavam os prados onde os mirtilos despontavam na primavera no meio das gramas novas. O frio da noite de inverno era terrível à medida que a noite se instalava na planície. Ela tinha dominado sua solidão, apreciado a discrição que a reconfortava e tinha se sentido em casa na pequena moradia que alugava com poucos recursos. Quando ela chegou no vilarejo daquele interior perdido, 40 quilômetros ao norte da cidade grande, ninguém lhe perguntou nada. Ela foi observada, e as pessoas do entorno esperaram antes de construir uma opinião sobre ela e acabaram descobrindo que ela tinha vindo de longe, que era educada, pagava suas compras à vista e as poucas vezes em que foi ao bar local, bebeu o mesmo que os outros, cantou com eles e foi embora sem causar qualquer problema.

— Vai dar tudo certo porque nada indica o contrário — ela murmurou mais uma vez, constatando a dimensão do trabalho que a esperava.

Bastaria ficar atenta às despesas, escolher as pessoas certas para o trabalho e encontrar bons equipamentos. Ela sabia exatamente como decorar seu restaurante. A cozinha era pequena, mas organizando bem as coisas, ninguém ficaria se atropelando atrás dos fogões e fornos industriais. Ela mandaria derrubar uma das paredes e colocaria um vidro no lugar, para ficar sempre de olho no salão de 30 lugares – e nenhum a mais. A decoração estaria em harmonia com o menu, ou seja, alegre e delicada.

Anna tinha se especializado e se sentia pronta para se lançar na profissão.

Quando a reforma já estivesse quase pronta, compraria os equipamentos na liquidação de algum leilão. A maioria dos donos de restaurantes jogava a toalha depois de um ou dois anos de atividade e aqueles que, como ela, se lançavam na perigosa aventura de abrir um estabelecimento teimavam em não comprar objetos de segunda mão, por superstição. Mas Anna era obstinada e não acreditava em azar.

Ela pegou uma cadeira que lhe pareceu sólida o suficiente para se sentar e contemplou o lugar, imaginando o tumulto na cozinha, o barulho dos talheres, o murmúrio das conversas no salão, a multidão que viria e que já a fazia feliz.

*

Antes de abrir a livraria, Mitch foi até o palácio de justiça. Uma noite de insônia lhe permitiu revisitar as páginas de alguns romances policiais. Os mestres do assunto concordavam num ponto. Ao contrário do provérbio, os crimes perfeitos existiam, mas não cediam ao improviso e demandavam uma preparação minuciosa, a começar pelos reconhecimentos espaciais.

Ele passou pela multidão e, ao entrar no saguão, seguiu pelo corredor das salas de audiência parando em cada uma das portas. Um cartaz pregado com percevejos num quadro de cortiça indicava que processo estava ocorrendo ali, o nome do juiz e também o do promotor. Ele ouviu algumas vozes e se virou; três homens avançavam em sua direção. Salinas parecia feliz com o efeito que causava nos colegas.

Mitch não tirou os olhos do promotor que ainda assim passou por ele e seguiu seu caminho sem lhe dar a menor atenção. E essa indiferença redobrou a sede de vingança.

Ao sair do tribunal, sentiu sua perna latejar muito; contudo, o céu estava completamente azul e as previsões meteorológicas não anunciavam chuva. Sua cabeça girava, o coração estava muito acelerado e ele precisou se apoiar num muro para não perder o equilíbrio. Formigamentos percorriam seus braços, subiam pela nuca e pelas bochechas. O mal-estar durou alguns minutos; assim que diminuiu, Mitch foi se sentar no terraço de um café para recuperar as forças e organizar as ideias.

Na calçada da frente, ele reconheceu Verner, que descia de um táxi e se preparava para entrar numa loja. Mitch sentiu vontade de cumprimentá-lo, mas logo reconsiderou a ideia. O professor de música, a senhora Ateltow, Mathilde, todos o abandonaram à própria sorte, ninguém compareceu ao julgamento ou lhe visitou na prisão.

Passados alguns instantes, seu olhar se fixou em uma mulher que descia pela avenida caminhando em direção à estação para pegar o trem. Em seu velho casaco acinturado, mesmo com os cabelos e o rosto rebocados de maquiagem, ela beirava a perfeição. Logo ela passaria por ele, e Mitch fingiu estar muito ocupado observando as próprias unhas. O casaco parou diante de sua mesa, Mitch ergueu os olhos e foi atingido pelo sorriso de Anna, que parecia se dirigir a ele. Ele logo pensou que uma mulher tão perturbadoramente linda só podia ser fonte de desilusões.

— Nós já nos encontramos, não é? — ela perguntou, curiosa.

Ela certamente tinha reconhecido o passageiro indiscreto que a observara pela janela do trem parado sobre os trilhos.

— Não tive a intenção de ser indelicado — respondeu Mitch se levantando —, foi sua leitura que…

— Claro, o *84*, era você!

Mitch franziu a testa.

— Acho que não, eu nem tinha nascido.

— Eu também não, estava falando do livro.

— Orwell?

— Também não, é um autor japonês.

— *1Q84*! — Mitch exclamou.

— Isso, você me indicou esse livro. Já faz muito tempo, você não tem por que se lembrar, mas eu sim. Você foi a última pessoa com quem falei antes de ir embora.

Anna poderia ter revelado que quando deixamos tudo para trás não esquecemos esse tipo de coisa, mas ela estava animada demais para segredar a um homem que tinha visto uma única vez que o romance que ele tinha indicado permaneceu com ela durante esses últimos cinco anos, que certas noites em que a solidão a levava a lugares sombrios ela extraiu luz de suas páginas. Aomame e a jovem Fukaeri foram suas companheiras de exílio.

— Espero que você tenha gostado — disse Mitch.

— Guardo lembranças memoráveis dele. Você ainda tem aquela linda livraria perto da estação?

— Mais do que nunca — respondeu Mitch.

— Neste caso, vou dar uma passada lá para você me indicar uma leitura nova.

Ela deu tchau com a mão e o deixou de um jeito tão inesperado quanto apareceu.

Em pé no terraço do café, Mitch, quase acreditando num milagre, seguiu com o olhar aquela silhueta que logo desapareceu na multidão. Ele poderia tê-la convidado para se sentar, poderia ter perguntado sobre a viagem que ela mencionou, ou por que milagre ela o havia reconhecido, poderia ao menos ter perguntado o nome dela. Mas não fez nada disso e estava decepcionadíssimo consigo mesmo. Sua única esperança era que ela mantivesse a promessa e retornasse à livraria em breve.

*

Numa esquina, Anna parou na frente da vitrine de uma loja, limpou a poeira dos ombros, do rosto e dos cabelos, consternada com o estado em que se apresentava. "Esqueça imediatamente esse encontro e foque no seu projeto, senão vai se arrepender para sempre", ela se prometeu seguindo a caminhada.

Na estação, ela fez exatamente o contrário. Ligou para o empreiteiro a quem delegaria a reforma, e enquanto negociava bravamente o orçamento, com o celular preso entre o pescoço e a orelha, conseguiu com uma destreza invejável pegar uma caderneta no bolso do casaco para anotar o encontro no dia seguinte num café a alguns passos de uma bela livraria.

Ela correu para não perder o trem e subiu no último vagão.

*

No dia seguinte, Mitch voltou ao palácio de justiça um pouco antes do almoço. Na véspera, consultando os cartazes na entrada das salas de audiência, descobriu que essas eram interrompidas ao meio-dia. Ele se sentou num banco às dez para o meio-dia e esperou Salinas aparecer no topo da escada para segui-lo. Mitch estabeleceu como objetivo descobrir onde o promotor almoçava, e se ele preferia comer sozinho, como Verner, ou se gabar para os colegas. Para determinar o melhor modo de operação e antes de passar à ação, ele precisava aprender tudo sobre sua presa, seus horários, os lugares que ele frequentava e as pessoas com quem convivia.

Salinas atravessou a esplanada e empurrou a porta da brasserie *Aux Trois Cousins*, na esquina. Mitch o seguiu alguns minutos mais tarde e varreu o salão com os olhos ao entrar. A recepcionista o acompanhou até a mesa escolhida, perto o suficiente da que o interessava, para que pudesse espionar seus vizinhos. Sentado no banco, o promotor esperava, olhando para o relógio, antes de um homem corpulento se juntar a ele e ser gratificado com um "Meritíssimo" quando a recepcionista afastou a cadeira para ele se sentar. Mitch achava que um juiz e um promotor não podiam ter relações pessoais, e se estivesse certo, os dois convivas não davam a mínima por se mostrarem juntos num lugar público.

Ele não descobriu muita coisa durante a conversa deles, a não ser quando Salinas recusou o prato do dia por ser alérgico a crustáceos. O promotor falava sem parar, se calando em raros momentos para levar o garfo à boca. O juiz já tinha terminado seu prato há muito tempo e o ouvia com uma paciência de Jó. Se o poder tinha mudado recentemente de mãos, ele ainda se mantinha do lado de Salinas. O almoço durou menos de uma hora. No momento em que ambos pediram café, Mitch pagou a conta e deixou o local. E enquanto ele se distanciava da brasserie *Aux Trois Cousin*, Anna se aproximava.

13. A arte da conversa

Assim que atravessou a porta giratória, ela procurou por um rosto familiar entre os garçons, mas acabou encontrando o do gerente, cuja silhueta franzina podia ser vista na saída da cozinha. O salão começava a esvaziar e Anna caminhou na direção dele, dando um sorriso amável.

— A senhora gostaria de almoçar? — o gerente perguntou com uma voz aguda.

— Sua blusa está manchada, o senhor não deveria se apresentar desse jeito no salão — ela respondeu dando uma piscadela.

— Como é?

— Sou eu, Walter, Anna, eu era garçonete na sua equipe.

O gerente mordeu os lábios e franziu a testa, o que o deixou com um ar de mapa topográfico.

— Ah, claro — ele respondeu, sendo que não estava nada claro. — Está procurando trabalho?

Anna balançou bem a cabeça para deixar claro que não se tratava disso.

— Um cargo de garçonete talvez? — ele insistiu.

— Também não.

— Certeza?

— Certeza. O José está na cozinha?

— Ele não trabalha mais aqui — respondeu o gerente.

— Faz tempo?

— Faz um tempinho sim — respondeu o gerente sem fazer nenhum esforço para disfarçar sua impaciência.

— Sabe onde posso encontrar ele?

— Você não me disse aonde ia quando sumiu sem nem avisar. E se tivesse avisado, por educação, poderia contar com a minha discrição.

— José era meu amigo, queria ver ele de novo.

— A questão é se ele também gostaria de rever você.

Ele olhou para o relógio como se a resposta estivesse dada.

— Pelo visto está se divertindo, Walter.

— *Senhor* Walter.

— Não sou mais sua funcionária.

Não é preciso ser um psicólogo para entender que ele não ia com a cara dela e que essa conversa não chegaria a lugar nenhum. Anna deu meia-volta, partiu a passos largos, empurrou a porta giratória da brasserie e tornou a entrar.

— Olá, Walter, você está me reconhecendo?

— Muito engraçado — disse o gerente num tom irônico. — Tem certeza que não está procurando trabalho?

— Não sou mais garçonete, sou chef.

— Chef? — ele suspirou. — E em que estabelecimento prestigioso temos o prazer de provar seus pratos?

— Eu... ainda não escolhi o nome, mas vou inaugurá-lo em breve. Aliás, se você conhecer alguém que está de saco cheio de ganhar mal, por favor, avise, logo vou precisar de um bom gerente.

Walter lançou uma expressão blasé. Depois mexeu os lábios indicando que tinha que trabalhar. Anna balançou a cabeça, resignada com a derrota, mas a conversa ainda não tinha terminado.

— Essa história de restaurante é séria ou você está tirando sarro da minha cara?

— O que você acha?

— É muito atrevimento vir aqui roubar os funcionários. É por isso que queria falar com o José?

— Sabe que pode contar com a minha discrição.

— Claro — Walter suspirou.

Ele inspirou profundamente – e parecia inspirado de verdade –, e mudou o tom.

— Ele foi demitido logo depois que você partiu.

— José? Mas ele é o melhor *sous-chef* que conheço!

— Você conheceu muitos?

— Por que ele foi demitido?

— Um acidente grave na cozinha, não posso contar os detalhes e espero que fique entre nós. O coitado demorou para conseguir outro emprego; as últimas notícias que tenho é de que ele estaria trabalhando num restaurante mediterrâneo na região leste da cidade. *O Conquistador* — ele especificou o nome olhando para o céu, como se fosse uma tragédia terrível. — Naturalmente, eu não te disse nada.

— Entendido.

Walter a segurou pelo braço, se inclinou e murmurou:

— Me avise quando seu restaurante abrir, para que eu veja como o salão está sendo administrado.

Ele a soltou e desapareceu na cozinha. Anna deixou a brasserie muito contrariada. Ela não tinha ido visitar o José para roubá-lo. Fazê-lo abandonar o navio para embarcar no seu frágil bote era irreal e não fazia parte da sua estratégia. Mas ela não precisou refletir muito para relacionar essa demissão ao envenenamento do comissário Jabert e se sentia responsável pelo que tinha acontecido. Iria visitá-lo assim que possível, ou pelo menos assim que encontrasse uma maneira de compensá-lo.

O horário da reunião estava chegando. Ela seguiu na direção do bulevar da estação e chegou um pouco atrasada no café onde o empreiteiro a aguardava. O senhor Bariquez era um homem competente, provavelmente honesto, mas inflexível quanto ao preço. Seus óculos redondos lhe davam um ar professoral, um ar apenas, pois ele se expressava com uma mistura linguística que deixava transparecer que sua infância havia atravessado diferentes países. A cada três frases ele repetia: *Sem promesas nell'aria, non sto discutir la calidad*, o que significava que ele não fazia promessas ao vento e não abria mão da qualidade. E falando da cozinha, afirmou, com certa gravidade, que *la ventilassione é primordiale*, acrescentando, para insistir nesse ponto, que esse assunto ele *conezco*.

Anna precisava confiar nele, ainda que tivesse dificuldade de se concentrar, atormentada pela culpa assim que voltava a pensar em José remexendo as paellas na cozinha do *Conquistador*. Um enorme desperdício, ainda que ela não tivesse nenhum preconceito com paella. Senhor Bariquez acabou dando um desconto de 5%, depois de repetir três vezes que o sacrifício é porque era muito *bella*, o que na boca dele queria dizer "simpática". Anna agradeceu, assinou o orçamento e lhe entregou um cheque como sinal.

Saindo do café, ela se perguntou se um bom livro não a ajudaria a mudar de ares. Um questionamento totalmente desinteressado e que guiou seus passos até a parte de baixo da avenida.

*

Mitch mordiscava um lápis, mergulhado em seu inventário, quando ouviu a porta abrir.

— Que livro você me sugere? — perguntou a cliente.

A mandíbula inferior de Mitch desceu uns bons três centímetros enquanto as sobrancelhas subiram na mesma proporção.

— Um livro? — respondeu ele, pego desprevenido.

— É isso que as pessoas normalmente compram numa livraria, não? Ela exibiu o sorriso sincero que costuma escapar sempre que sua espontaneidade a leva a dizer algo que ela lamenta logo em seguida.

— Normalmente sim.

— Ah, que bom, porque sou uma mulher normal, normal demais até — disse ela, baixando os olhos para seu velho casaco.

— De jeito nenhum, e não sei como ainda não sabe disso.

— Não tem importância, a gente pode fingir que sei. Eu gostaria mesmo de ir embora daqui com um bom livro.

Esforçando-se para não mancar, Mitch contraiu os músculos da perna antes de sair de trás do balcão para caminhar até uma mesa. Ele pegou um livro na mão, leu a quarta capa, fez uma careta, guardou-o de volta para pegar outro e repetiu a ação cinco vezes. Anna se aproximou dele e colocou a mão em seu braço.

— Já decidiu?

Ele estava em silêncio diante dela.

— Sugira alguma coisa, qualquer coisa me convém — ela prometeu com uma voz pouco convincente.

— Um chá?

Ela o olhou muda e Mitch ficou vermelho como um pimentão perdido no meio de uma plantação de nabos. Anna e ele tinham em comum o fato de não saberem o que fazer quando eram dominados por um turbilhão.

—... sugerir um livro, claro — ele corrigiu, confuso.

— Uma casa de chás também pode ser interessante — respondeu Anna, surpresa em perceber que essa ideia a alegrava embora ela tivesse um monte de trabalho a fazer. — Não tive tempo de almoçar — ela acrescentou a fim de dar uma desculpa a si mesma. — Pode escolher o lugar, volto para buscar o livro outro dia.

Mitch fechou a porta da livraria e a convidou a sair pelo pátio. Ela viu o gato e se aproximou para acariciá-lo.

— Ele é seu?

— Não, é o vigia noturno.

Ela não fez nenhum comentário e o seguiu. Eles deixaram a avenida, seguiram por um beco, bifurcaram em outro, subiram por um terceiro e atravessaram todo o bairro. Não era só o fato de estarem caminhando há quase uma hora e não terem conversado sobre nada relevante que preocupava Mitch, mas também o fato de que ele não tinha a menor ideia de onde levá-la, pela simples razão de nunca ter ido a uma casa de chás. Eles andavam em volta de uma praça quando ela parou e olhou ao redor.

— Estamos bem longe, não?

— Acho que não muito.

— Você sabe aonde vamos?

— Nem ideia.

— Foi o que imaginei.

— Costumo caminhar na beira do rio, mas é um pouco clichê.

— Nunca podemos temer os clichês — ela respondeu. — Mas tenho a impressão de que o rio fica do outro lado da cidade, o primeiro café que encontrarmos já vai ser suficiente.

E dez minutos depois ela apontou para a fachada de um pequeno bistrô que parecia bem simples, mas que estava no caminho. Anna se sentou num banquinho e pediu uma vodca.

— Ainda está cedo, mas estou precisando de uma coisa forte — disse ela.

— Dia ruim?

Ela balançou a cabeça afirmativamente.

— Posso perguntar o motivo?

— Pode, mas prefiro não pensar nisso. Nada impede que você me fale como foi o seu.

Mitch pediu uma tequila e o garçom desapareceu.

— E a tequila, é por questão de gosto mesmo?

— Que nada, mas eu devia ter bebido ontem na verdade.

— E o que aconteceu ontem? — perguntou Anna.

— Revi alguém que me fez sofrer muito. Achei que pudesse passar a régua no passado, ficar indiferente, mas o efeito foi contrário.

— Uma mulher?

Mitch fez que não com a cabeça.

— A raiva não faz parte da minha natureza, mas desde que cruzei com ele estou enraivecido e não gosto dessa sensação.

— E como ele reagiu?

— Ele não me viu ou não me reconheceu.

— Uma história de amor antiga?

— Não mesmo — Mitch sorriu.

— O que ele te fez então?

— É uma longa história que te deixaria entediada.

Anna se inclinou para ele. Ela podia ler em seus traços que tinha sido custoso para ele fazer aquela confidência, e quando ele afirmou que a raiva lhe era estranha, ela acreditou piamente.

— Muito bem, mas agora estou curiosa. Não posso perguntar o que você faz da vida porque já sei, e se me devolver a pergunta não seria muito original. Podemos também não dizer nada, o silêncio não me assusta.

— E você, tem alguém na vida que jamais perdoaria?

— Já tive — ela respondeu —, mas eu paguei na mesma moeda. Agora estamos quites.

— Acha que a vingança traz paz?

— Não, quer dizer, depende. Se vingar não é lá muito honroso, mas às vezes se recusar a ser injustiçado é uma questão de sobrevivência. É uma coisa que as garotas descobrem cedo demais na escola.

Ela estralou os dedos e se alongou com alívio, como se essa confissão tivesse lhe feito muito bem.

— Que tipo de adolescente você foi?

— Essa é uma pergunta curiosa que ninguém nunca me fez — ela disse gargalhando. — Por que você está me perguntando isso?

— Porque não sou muito bom com conversas, você deve ter percebido. Você deve até ter pensado que não me interesso por você. Ao contrário. Suponho que se queremos aprender a conhecer alguém, é melhor começar pelo começo da história, igual nos livros.

— Entendi — ela disse. — Eu amava futebol, e como tinha um físico meio andrógino, fui aceita no time dos meninos. Eu corria mais rápido que eles e também fazia mais gols. Fiz por merecer minha vaga de atacante. Ninguém defendia meus chutes e eu sentia prazer em os humilhar. Desenvolvi uma técnica infalível. No momento do chute eu dava um grito rouco, como as jogadoras de tênis, e isso me dava um impulso de trovão e fazia o goleiro se assustar. Gol! Quando meus seios começaram a crescer, meu sonho de fazer carreira na equipe masculina acabou.

Mitch concentrou o pensamento em coisas distantes para não olhar os seios de Anna.

— Eles te tiraram do time porque você tinha seios? — ele perguntou com o olho fixo numa cópia ruim de um Mondrian pendurado na parede atrás dela.

— Fui eu que desisti; a natureza seguia seu curso, meus companheiros cresciam, a musculatura deles se desenvolvia com a resistência, e eu não conseguia mais acompanhar eles em campo. Sou uma péssima perdedora.

— E depois?

— Corri na direção da vida adulta com uma energia intensa, mas isso é outro capítulo.

— Por que essa energia intensa?

— Para sair de casa.

— Você não se dava bem com seus pais?

— Dependia do dia, mas esses dias acabaram se emendando. Eu me recusava a fazer o que eles esperavam de mim; eu queria realizar outro sonho.

— E conseguiu?

— Quase, foi por isso que voltei.

— Você foi para onde?

— Longe, bem longe, mas não paro de falar e você está me fazendo muitas perguntas.

Mitch ponderou que a arte da conversa era mais complicada do que supunha, devia existir uma quantidade certa de perguntas a fazer e a não ultrapassar. Os livros de repente lhe pareceram maravilhosamente acessíveis.

— E você — perguntou Anna —, já realizou algum sonho?

— Estou trabalhando nele neste momento.

Diante do ar perplexo de Anna, ele logo se corrigiu.

— Não estou falando deste momento com você, ainda que ele esteja sendo muito agradável... Concorda?

— Concordo. Mas então do que está falando?

— Bem... eu também estou voltando de uma longa viagem.

— Onde você estava?

— Na cadeia — respondeu Mitch.

14. O Conquistador

— Você matou alguém? — perguntou Anna.

— Fico lisonjeado em saber que é a primeira coisa que vem à sua mente. Acha que tenho cara de assassino?

— Não acho que um assassino tenha alguma cara peculiar.

— Desculpa te decepcionar, mas não tenho a alma de um criminoso.

— Não é legal me deixar curiosa. Não vai me dizer o que fez?

— Mas eu não paro de falar e você está me fazendo um monte de perguntas.

— Ah, então é esse seu jogo?

— Na faculdade, um amigo um dia chegou com o nariz inchado. Todo mundo achou que ele tinha ganhado uma briga e reinava em torno dele uma aura indescritível. O idiota acabou confessando que foi trocar o pneu da moto e acabou puxando com tanta força que levou uma *pneuzada* na cara. A tal aura desapareceu com o estepe.

— Você foi preso por causa de um pneu furado?

— Eu organizava leituras com estudantes no subsolo da minha livraria.

— E isso é crime?

— Vender livros proibidos era. Eu poderia ter pagado uma multa ou sofrido um fechamento administrativo do meu estabelecimento, mas o promotor precisava de um trampolim para a carreira e usou meu caso como exemplo.

— Quais livros foram proibidos? — perguntou Anna, convencida de que Mitch a estava enrolando.

— Todos que se distanciavam da norma editada pelos apoiadores do governo, os romances que desafiavam suas certezas e visões sobre a sociedade. Qualquer um podia apontar uma obra que julgasse inapropriada, bastava preencher um formulário para que ela fosse retirada das bibliotecas. O que lhe vendi estava na lista; eu certamente hesitei em me separar dele. Espero que você tenha sido sincera quando me disse que gostou dele.

— Está falando sério?

Anna viu no olhar dele que sim. Ela pediu outra vodca e bebeu num gole só antes de colocar o copo no balcão como um pirata prestes a se render.

— Me lembro que naquele dia eu te falei que precisava de um companheiro de viagem que fosse gentil, mas não fazia ideia que fez de mim sua cúmplice.

— Vender o livro era proibido, mas ler não.

— Quem teve a ideia de criar uma lei tão absurda?

— O verdadeiro mistério é que as pessoas aceitaram que ela fosse colocada em prática. Levei um tempo para entender o que me aconteceu, e olha que tempo não me faltou. Os tiranos precisam de um estado tirânico, e para atingir seus objetivos eles delegam a um bom número de pessoas algumas tarefas que não lhes parecem condenáveis. Cada um se dedica com afinco para ser recompensado, obter uma comissão ou um adiantamento. Os policiais que vieram me buscar só cumpriram seu papel, eles prenderam um fraudador, nada que os impedisse de dormir. O mesmo para o escrivão, para os jurados, o juiz, o motorista do ônibus que me conduziu para a cadeia. É assim que os regimes autoritários se instalam, fragmentando a responsabilidade de tal modo que ninguém se dá conta de ser um elo da monstruosidade.

— E o promotor?

— Ele explicaria que estava fazendo a lei ser cumprida, e que meu destino não o impediu de voltar para casa tranquilamente e dormir na mesma noite em que me condenou. Para as tarefas importantes, o regime se apoia nos colaboradores mais cruéis. Agora ele virou procurador geral, pois obteve uma promoção.

Anna o observava de um jeito estranho, mergulhada num longo silêncio, e Mitch se sentiu desconfortável.

— Falei alguma coisa que te desagradou? — ele perguntou.

— De jeito nenhum, eu só estava pensando.

— Se a companhia de um ex-presidiário te incomoda, não precisa se preocupar, eu posso entender muito bem.

— Não estou preocupada e quero reiterar que você não tem nada de criminoso.

— Por que você diz isso?

— Me coloquei no seu lugar por um instante.

— Ah, e como se sentiu?

— Quanto tempo você ficou na prisão?

— Cinco anos.

— Cinco anos por causa de livros?

Ela falou alto o suficiente para que os vizinhos da mesa ao lado se virassem.

— Não sei se resistiria à vontade de acertar as contas com ele — ela retomou, com um volume na voz bem mais contido.

— Verdade? — Mitch se surpreendeu.

— Verdade! — ela respondeu com uma sinceridade desconcertante.

— E quem disse que não é o meu caso? Você está com fome?

— Com uma fome de leão — respondeu Anna.

Mitch lhe estendeu o cardápio, mas Anna o colocou sobre a mesa sem nem olhar o que tinha e sugeriu que fossem para outro lugar. O restaurante onde ela o levou era bem diferente dos que Mathilde frequentava.

Era um restaurante pequeno onde os garçons eram chamados pelo nome. A luz azulada da noite penetrava pelas grandes janelas, refletindo nos espelhos instalados nas paredes e revestidos de ladrilhos antigos. A atmosfera dava a impressão de penetrar numa Madri antiquada. No *Conquistador* o ambiente era alegre e serviam uma culinária de fusão. Quando Anna experimentou os aspargos de Aranjuez, ela se sentiu surpresa e seduzida. Estavam longe do classicismo entediante do *Trois Cousins* e ela pensou que as coisas tinham mudado bastante no trabalho de José.

— Isto aqui está incrível — disse Mitch extasiado e lambendo os lábios. — Qual o nome do meu prato?

— Cochinillo assado — respondeu Anna com uma voz distante.

— Você tem alguma coisa contra Cochinillo assado?

— Eu conhecia bem o chef de cozinha daqui.

— Perderam o contato? — perguntou Mitch, percebendo a noite escurecer como num jantar no jardim assim que o céu se obscurece.

— Foi numa outra vida.

— Ah, entendi: você me trouxe pra jantar no restaurante do seu ex?

— Você não entendeu nadinha, éramos cúmplices, mas nunca demos o próximo passo.

— Por causa dele ou por sua causa?

— Pelos dois; é mais complicado do que você imagina.

— Eu não estava imaginando nada. Mas se é tão complicado assim, por que decidiu vir aqui?

— Podemos mudar de assunto? Nós não nos conhecemos, mas não quero mentir para você.

— Você já sabe bastante coisa sobre mim, e ainda não sei nada de você. Tente me ver como alguém tão acolhedor como Aomame e Fukaeri foram aos seus olhos.

— Você se lembra de todos os personagens dos romances que indica?

— Dos que me marcaram, sim.

— José teve problemas pelos quais sou responsável. Depois que fui embora não tive mais notícias dele. Eu tinha receio de reencontrá-lo, então vir aqui com você me deu a coragem que me faltava.

Mitch deixou passar alguns segundos de silêncio antes de se aventurar.

— E você deu notícias suas a ele?

— Como eu disse, foi em outra vida.

— Os problemas de que você fala têm relação com essa partida de que você não fala?

Ela assumiu uma expressão que nada tinha a ver com a pergunta de Mitch, o queixo tremendo levemente enquanto sua mão tateava a mesa procurando um copo que, no entanto, estava diante dela, e o olhar direcionado a um homem corpulento que caminhava direto até eles. José cumprimentou Mitch rapidamente, como costumamos fazer quando ignoramos alguém de forma deliberada, e logo se dirigiu a Anna:

— O que você está fazendo aqui?

— Tem todo o direito de estar bravo comigo, sinto muitíssimo, mas juro que até hoje de manhã eu não sabia de nada.

— Bravo com você por quê? — perguntou José se inclinando sobre a mesa.

— Por causa do que te aconteceu.

— Do que você está falando, Anna, você não tem nada a ver com a minha vida.

— Walter falou de um incidente grave na brasserie, então pensei...

José balançou a cabeça incrédulo.

— Você pensa demais, e não devia pensar em voz alta, se é que você me entende — ele disse lançando um olhar sombrio para Mitch. — Meti um soco na cara do chef do *Trois Cousins*, fazia muito tempo que ele estava pedindo e acabou levando. Eu até passei um aperto depois disso, mas sou

100% mais feliz agora. Aqui eu sou o chef e tenho orgulho dos pratos que saem da minha cozinha.

— Incomparáveis — Mitch interveio, na expectativa de acalmar as coisas.

José se sentou à mesa e serviu vinho na taça de Anna. Ele bebeu um bom gole e soltou um longo suspiro.

— Caramba, por que você voltou?

— Porque precisava. E por que isso te deixa tão contrariado?

— Porque sua partida teve consequências. Eles vieram na brasserie, interrogaram todo mundo e...

Ele se interrompeu e olhou para Mitch.

— E? — Anna insistiu.

— Eles vasculharam a lista dos empregados e se interessaram por aqueles que deixaram o cargo após... o incidente. Duas semanas depois, um policial voltou para me fazer perguntas sobre você; foi por ele que eu soube que você tinha desaparecido. Você deve imaginar que não falei nada, mas não fui o único que ele pressionou. Muita água já passou por baixo da ponte, mas, dado o que aconteceu, eles nunca vão largar o caso. Eu estou te avisando e, como sempre, você faz o que achar melhor. O jantar estava bom mesmo?

— Mesmo — Mitch respondeu depressa.

José não esboçou nenhuma expressão, o que lhe acontecia raramente, para não dizer jamais, e isso significava que ele estava contente. Ele se levantou, beijou a mão de Anna, cumprimentou Mitch com o mesmo desinteresse de quando chegou e retornou à cozinha.

Mitch quis pagar a conta, mas o garçom recusou, eles eram convidados da casa.

Eles saíram do restaurante e caminharam lado a lado pela noite agradável.

— O que aconteceu no *Trois Cousins* para que a polícia...

Anna o olhou de um jeito que o fez parar no meio da frase. Havia nos olhos dela um convite ao silêncio que só as mulheres são capazes de expressar. Ela acenou para um táxi, agradeceu Mitch pela noite inesperada e entrou no carro.

— Pense na minha próxima leitura, preciso de um novo companheiro — ela gritou pela janela enquanto o táxi arrancava.

Mitch enfiou as mãos nos bolsos e caminhou até a estação.

No cruzamento seguinte, a solidão se abateu sobre ele como uma chuva de inverno que congela a alma.

15. O ódio que você semeia

Dia após dia a clientela retornava. Os antigos frequentadores cumprimentavam Mitch com a mínima cordialidade necessária. Eles faziam suas compras e iam embora depressa. Ninguém perguntou nada, como se fosse normal a livraria fechar uma noite e só abrir cinco anos depois. Todo mundo sabia, ninguém se questionava sobre o destino dele, tampouco protestaram; fingir era a melhor maneira de ficar em paz com a própria consciência.

Mitch não conseguia nomear o que sentia. Ele tentava se convencer de que tinha deixado o passado para trás, mas toda noite, ao fechar a livraria, o passado continuava ali. E toda manhã ele subia a porta de ferro decidido a não se deixar afetar pelo rancor, convencido de que isso só lhe traria sofrimento. Desde então, ele dava mais atenção aos leitores de passagem. Os negócios iam bem, ele era feliz durante o dia e um pouco menos quando a noite caía.

Ele não teve nenhuma notícia de Anna; depois de duas semanas, se convenceu de que não teria mais. O que não o impedia de ruminar sobre o que a teria feito fugir. Alguma palavra que ele disse, uma pergunta que não deveria ter feito, a conversa teria sido entediante? E como ele não cansava de se torturar, acabava supondo que a companhia de um ex-presidiário só a divertira por uma noite.

Ao chegar a essa conclusão, Mitch subiu lentamente a ladeira. Afinal, ele cumpriu sua pena, não causou mal a ninguém e não carregava consigo nenhuma história misteriosa que poderia interessar a polícia. Quando julgava o silêncio persistente de Anna humilhante e as esperanças que alimentou estúpidas, com a condição de que a livraria estivesse vazia, ele soltava um xingamento; naquela manhã, foi: "Seu imbecil!".

— A qualidade do atendimento não melhorou — soltou o homem que tinha acabado de entrar na livraria.

— Verner?

— O próprio, meu amigo, ou pelo menos o que sobrou dele.

Mitch saiu de trás do balcão para recepcionar o professor.

— Você devia instalar uma campainha — Verner comentou. — Cada vez que alguém entra aqui, passa a impressão de que você não percebe sua presença.

— Geralmente é o caso e é melhor assim. Desde que fecharam a sala de espera da estação, as pessoas vêm passear aqui enquanto aguardam o trem, e entram e saem sem comprar nada.

— Quem sabe se você parasse de chamar essas pessoas de imbecis elas iriam embora com um livro? — sugeriu o professor.

— Bom, Verner, o que você quer? — perguntou Mitch num tom de voz gélido.

— Te ver, meu caro, o que mais poderia ser? O que aconteceu com a sua perna, você não mancava!

— Uma queda de esqui — respondeu Mitch.

— Que engraçado. Por onde andou que não deu notícias?

Verner parecia muito sincero ao fazer essa pergunta, mas Mitch conhecia seus talentos de ator e decidiu não entrar no jogo dele.

— Como assim onde eu estava?

— Minha pergunta não está clara? Eu pensei que estivesse. Posso saber por que está sendo tão pouco amável?

— Acha que vai me convencer que não sabia de nada? — perguntou Mitch, já sem paciência.

Verner se irritou e prosseguiu.

— Não sabia do quê? — ele questionou, subindo o tom. — Vim à reunião no dia e hora combinados. Mas você obviamente não, já que a porta de ferro estava abaixada! Pensei que tinha me enganado de data, voltei no dia seguinte, e depois no outro quando saí da aula, mas a livraria continuava fechada. Telefonei, mas ninguém atendeu. Voltei de novo, e de novo…

— E? — disse Mitch irritado e vendo o rosto do professor enrubescer.

Verner encheu o peito e começou a caminhar pela livraria com as mãos nas costas. Sua cabeça balançava para frente e para trás a cada grande passo que ele dava — um verdadeiro galo à beira de um ataque de nervos.

— Bem, eu supus que você tinha desistido da livraria e partido sem deixar endereço. Não vou negar que meu amor-próprio levou um belo golpe. Correndo o risco de me tornar repetitivo, tive a impressão de que éramos bons amigos e esse seu desprezo de não dar sinal de vida me feriu. Pronto, falei.

— Você quer mesmo que eu engula que não soube nada sobre a detenção nem sobre o processo?

— De que detenção e de que processo está falando? — perguntou Verner quase sem ar.

E, para dar mais efeito à sua surpresa, ele se sentou pesadamente sobre uma mesa.

— *Minha* detenção e *meu* processo! — gritou Mitch. — Passei os últimos cinco anos atrás das grades.

Verner murchou um pouco mais, todo o seu ser parecia esmagado pelo peso daquela notícia.

— Juro que não sabia de nada. Como eu poderia saber?

— Pela imprensa, por exemplo?

— Eu não lia mais *O farol* há muito tempo, e porque não aprendia mais nada com ele. Por favor, acredite na minha boa-fé. Me deixe te pagar uma bebida, mas com a condição de que você me conte tudo, é claro.

Mitch estava sem a menor vontade de sair para beber, era muito cedo para isso, e mesmo que fosse a hora certa, ele não teria ido. Para seu grande desespero, Verner não esboçava nenhuma intenção de partir. Mitch foi até o estoque e voltou com uma garrafa d'água, assinando sua rendição.

O professor o escutou sem interrupção. Enquanto contava a própria história, Mitch se questionava. Para ficar com aquela cara, ou Verner era um mentiroso sem tamanho, ou estava sendo sincero ao afirmar que não sabia de nada.

— Isso é pavoroso — ele suspirou quando Mitch concluiu a história.

— Eu sobrevivi.

— Eu não estava falando da prisão, mas da minha ignorância — completou o professor. — Eu teria ido visitá-lo, teria levado doces, nós teríamos conversado. Isso ocuparia minha solidão e, é claro, a sua também.

Verner tinha esse dom de ser ao mesmo tempo ocupado e bondoso. Um brilhante equilibrista capaz de uma pirueta para se salvar antes da queda.

— Mas as coisas foram diferentes — concluiu Mitch.

— E agora, o que você vai fazer? — interrogou o professor.

— Manter minha livraria funcionando — respondeu Mitch, que não queria pensar na vingança que o obcecava cada vez mais.

— Seu precioso acervo foi confiscado por eles?

— Não, eles nunca encontraram a entrada da sala secreta. Fui pego por causa de dois livros infelizes que esqueci no estoque. O Salinas nunca te interrogou?

— Quem é Salinas? — perguntou Verner.

— O promotor que me condenou.

— Nunca ouvi falar dele — disse Verner, quase cuspindo no chão para provar que estava sendo honesto.

Mitch se sentiu quase envergonhado por ter duvidado dele. Ninguém seria capaz de fingir tão bem assim, nem mesmo o velho professor.

— Fico feliz por saber que você não foi importunado, espero que os outros também não tenham sido — disse Mitch.

— Se quiser me perguntar sobre a senhora Ateltow, fique à vontade.

— Para ser sincero, não dou a mínima para isso.

Verner esfregou o queixo, fez algumas caretas que eram sua especialidade, se levantou e apoiou os cotovelos no balcão, batendo com os dez dedos sobre ele, depois inspirou profundamente para dar um ar ainda mais sério ao que estava prestes a dizer.

— Uma prisão à força, um processo, uma condenação pesada por causa de dois livros? Me desculpe, mas isso não me desce.

— Mas foi o que aconteceu.

— Você está sendo ingênuo. Os policiais talvez não tenham posto as mãos no que procuravam, mas se vieram em grande número, é porque procuravam alguma coisa.

— Eles procuravam fabricar um exemplo para aterrorizar os bibliotecários e os outros livreiros, dissuadi-los de resistir.

— Neste caso, é bem estranho eu não ter ficado sabendo de nada. E acho mais surpreendente ainda que a cara senhora Ateltow também não tenha ouvido uma só palavra sobre sua situação através da livreira dela, que, no entanto, foi embora muito feliz da visita que fez e decidiu seguir o movimento.

— Ela organizou outras leituras? — perguntou Mitch, que pela primeira vez estava interessado na conversa de Verner.

— Não podemos acusar o governo de ter feito muita propaganda com o seu exemplo. Isso não tem nenhum sentido, mas vai saber o que acontece entre quatro paredes nos ministérios e também nas mentes dos que trabalham lá.

— Onde você quer chegar exatamente, Verner?

— Al Capone terminou a vida na prisão por fraude fiscal e não por causa de todos os crimes sangrentos que cometeu.

— Obrigado por essa comparação lisonjeira.

— Você sabia que em troca de impunidade, o contador dele entregou aos agentes do FBI as provas de que eles precisavam? O governo usou esse delito relativamente mais brando para atingir seu objetivo.

— Eu não tinha ideia disso e não vejo qual a relação comigo.

— Ora, você não vê. Como você diz que foram dois livros que o levaram à prisão, devem ter sido eles e mais ninguém. Afinal, você era a melhor pessoa para saber disso.

Verner ergueu seu corpanzil e decidiu partir.

— Fico feliz com seu retorno, e ainda mais feliz com o fato de você ter sobrevivido a tudo isso. Se me autorizar, volto para visitá-lo em breve. Quem sabe você tenha vontade de tomar uma bebida de verdade.

Antes de sair da livraria, ele se voltou e sorriu meio sem jeito.

— Você reviu a divina Mathilde?

— Nunca mais desde o dia da minha prisão.

— É uma pena. Vocês pareciam muito próximos.

— Eu também achava que éramos, mas estava enganado. Ela não apareceu no dia do julgamento, nem depois para me visitar na prisão.

Verner fechou a porta e subiu pela avenida.

*

Só mais tarde Mitch entendeu o sentido da lição do professor, com o tom irônico que usou para responsabilizar os livros *e mais ninguém*. Mitch sempre achou que a vinda da polícia tinha sido motivada pelo relatório do fiscal que tinha encontrado o *Diário de Anne Frank* numa das prateleiras. Ele tinha se conformado com sua pena, se condenado por não ter sido cuidadoso o suficiente e ter sido leviano ao deixar duas outras obras proibidas no estoque. A hipótese de que alguém pudesse tê-lo denunciado o atingiu como um soco no estômago.

*

No dia seguinte, ele fechou a livraria 30 minutos antes do habitual. Saiu pelo pátio, deixou aos pés da lixeira um pote de ração para o gato que dormia no batente de uma janela e subiu pela avenida. Ele chegou em frente ao palácio de justiça no momento em que as audiências terminam. Era a quinta incursão desse gênero que ele fazia em duas semanas. Na quinta-feira, Salinas apareceu no topo da escada alguns minutos antes do fechamento do local.

Da primeira vez, Mitch tinha conseguido segui-lo até o bairro vizinho. O promotor entrou num luxuoso sedã azul-marinho que não deixava nenhuma dúvida sobre o fato de que seu salário era superior ao de um livreiro. Graças ao trânsito, Mitch não o perdeu de vista durante boa parte do percurso, mas só uma parte. Na vez seguinte, ele se precaveu e comprou uma bicicleta, conseguindo seguir o carro até a cancela de uma rua particular. Salinas estacionou o carro no fim da rua antes de entrar numa mansão.

Dois dias depois, Mitch ficou de tocaia na hora do almoço. Ele prendeu a bicicleta na grade da rua sem saída antes de se aventurar por ela. Acampado na calçada em frente à mansão de Salinas, ele anotou numa caderneta todos os detalhes que lhe pareceram interessantes. O casarão, coroado por um telhado de telhas azuis, tinha três andares. Cachos de flores lilases pendiam de uma glicínia que subia pela fachada e se emaranhava na balaustrada de uma varanda no primeiro andar, atrás da qual se erguiam três portas-janelas. Não havia nenhuma câmera de segurança na porta de entrada. Mitch fez um croqui da casa, guardou a caderneta no bolso e voltou a pé para a livraria, porque da bicicleta ele só encontrou a roda da frente presa à grade pela corrente com o cadeado.

A quarta expedição o levou a uma ruela sombria, não muito distante do palácio de justiça. O promotor virou para trás duas vezes e Mitch, temendo ser visto, deu meia-volta.

Por prudência, ele esperou alguns dias antes de retomar a perseguição. Naquela quinta-feira à noite, quando Salinas saiu do palácio, ele seguiu seus passos permanecendo a uma distância segura. O promotor, que se dirigia para a mesma ruela, se virou de novo e mudou de repente de itinerário. Mitch seguiu seu caminho em linha reta e parou sob a alcova de uma porta de entrada em frente à ruela. Uma tentativa arriscada, mas prudente, pelo fato de o promotor ressurgir logo depois e seguir para uma boate. Mitch passou na frente da boate sem parar e foi se encostar num poste um pouco mais longe. Ele anotou o nome do estabelecimento e partiu uma hora depois, já cansado de bancar o espião. O conservatório não estava longe e ele decidiu visitar Verner, que devia estar finalizando as aulas da noite.

Em cima do palco da sala principal, o professor ouvia quatro alunos que ensaiavam diante dele o primeiro movimento do concerto de Aranjuez. O grupo tocava em harmonia e Mitch, que não era insensível à música, se sentou numa poltrona e se permitiu apreciar o que ouvia. Um pouco depois, sentiu alguém bater em seu ombro.

— Se você precisa de um quarto de hotel é só falar.

Mitch se endireitou e esfregou os olhos. Verner o fixava com uma hostilidade quase palpável no olhar.

— Não se ofenda se eu não o convidar para a noite de estreia. Você ronca feito um motor, é bem incômodo.

— Me desculpe, tenho dormido mal esses dias.

— Venha mais vezes aos ensaios e logo você recupera o sono — respondeu Verner sem hesitar. — O tempo está acabando e precisamos liberar a sala para a aula de dança. Está disposto a me pagar uma bebida?

— Achei que você é quem iria me convidar!

— Mas isso era antes de você vir cochilar durante minha aula.

Eles passaram pelo camarim onde as jovens bailarinas se aqueciam. Seus movimentos amplos eram muito graciosos e Mitch parou para olhá-las. Verner o chamou de volta à realidade; eles deixaram o local pela saída dos artistas.

A noite caía sobre a cidade, o céu estava cinzento. Mitch arrastava a perna como podia para acompanhar os passos de Verner, que andava depressa.

— Conhece aquele clube privado atrás do palácio de justiça? O Anaconda?

— O Annapurna? — corrigiu Verner, surpreso.

— Sim, o Annapurna.

— É um fracasso, já saiu de moda, mas teve sua época áurea. Durante o período do antigo governador, ele foi frequentado por gente importante. O que é engraçado nos conservadores é a bela moral que eles só aplicam aos outros. Esses belos senhores faziam coisas sórdidas nas noites durante a semana e rezavam com fervor aos domingos. O confessionário deve ter ouvido poucas e boas.

— Como você sabe?

— Ora, você não achou que ia pegar uma velha raposa como eu desprevenida, não é? Dei aulas de violão para a cafetina. É isso mesmo, e não faça essa cara porque vou ficar ofendido se você duvidar da minha palavra. O estabelecimento é privado, mas eu posso te recomendar. Se bem que na sua idade e com seu porte físico, seria triste você frequentar esse tipo de lugar.

— O promotor Salinas frequenta esse lugar às quintas à noite.

— Agora é minha vez de perguntar como você sabe... Não me diga que o seguiu? — Verner se inquietou.

— Não, cruzei com ele por acaso.

— Você mente tão mal que chega a ser patético. Enfim, o que você está tramando? Já não se encrencou o suficiente?

— Provavelmente — respondeu Mitch.

— Se me permite te dar um conselho, não sei o que está tramando, mas você tem a vida toda pela frente, então não a estrague. Acredite num especialista no assunto. Agora, sugiro que a gente vá brindar ao futuro num lugar mais bem frequentado. Conheço um que não fica muito longe e dá para comer muito bem... caso você tenha vontade de me convidar para jantar também.

Mitch gostava da companhia de Verner, mas quando ele pontificava desse jeito, contente com o efeito que suas tiradas teatrais produziam, Mitch ficava absolutamente irritado.

Eles atravessaram um cruzamento, subiram por uma avenida e Verner bifurcou numa rua comercial cheia de restaurantes, e um deles estava em reforma.

16. O álibi

Coordenar os diferentes prestadores, pedreiros, eletricistas e encanadores demandava muita energia e paciência, mas desde que o senhor Bariquez tinha embolsado o cheque, suas intervenções se resumiam a raras passadas rápidas pelo local, e ele deixava Anna fazer o papel de mestre de obras em seu lugar. Ela acabou tomando gosto pela coisa e apreciava a dinâmica que tinha estabelecido na sua obra. O chão ainda estava empoeirado, mas nada mais parecia estar em desordem. A abertura da parede entre a cozinha e o salão estava pronta e as superfícies verticais já estavam preparadas com as máquinas antigas no lugar. Em breve a parte de encanamento estaria pronta e o pedreiro poderia começar os trabalhos. Se ela mantivesse o ritmo, em uma ou duas semanas já poderia trazer os equipamentos e em um mês começar os treinos. Anna queria que a cozinha estivesse bem preparada antes de abrir as portas ao público.

Ela deu uma última volta pela obra, se olhou no espelho, tirou o pó dos ombros e da gola do casaco, deu um tapa no cabelo e saiu.

Na rua, ela trancou a porta, guardou as chaves no bolso e foi embora assobiando. A dez metros dali, Mitch estava congelado, parecendo um gatinho indefeso diante de um leão no meio da floresta. Ele se refugiou no alpendre de um portão de entrada de um prédio, com o rosto pálido, e como estava quase sem fôlego também, Verner o olhou preocupado.

— Você está passando mal ou viu um fantasma? De todo modo, se olharmos por outro ângulo, as duas coisas não seriam incompatíveis.

— Cala a boca, Verner.

— Estamos indo cada vez melhor — disse o professor levantando os olhos para o céu.

Anna virou a esquina.

— Que coisa horrível; de tanto brincar de espião, essa ideia te subiu à cabeça! — exclamou o professor. — Aquela mulher era Mata Hari?

— Só alguém que eu não queria ver.

— Você não queria vê-la ou não queria que ela te visse?

— Para de falar comigo como se eu tivesse 15 anos.

— É que você não está se vendo, senão nem me daria essa bronca. E quem é essa bela desconhecida?

— Passamos uma noite juntos, ela prometeu me visitar na livraria e…

— Por favor, não dê mais um pio! Já estou com pena de você, meu velho.

— Não me chame de "meu velho". Você tem 30 anos a mais que eu, e olha que estou tentando ser generoso.

— Isso não muda nada, você é velho por dentro.

— Como é que é?

— Você me entendeu perfeitamente. Você vive como um monge na sua livraria, seus únicos amigos são os livros, e quando você cruza com uma mulher, fica brincando de camaleão tentando se camuflar na parede. Você é um velho sim, pronto.

— Fique você sabendo que meus outros amigos me abandonaram enquanto eu apodrecia na cadeia — protestou Mitch.

— Quais amigos, se a pergunta não for indiscreta?

— Você, para começar, e também a senhora Bergol, a senhora Ateltow…

— Ah, que relações joviais. Felizmente sua namorada do momento diminuiu um pouco a média de idade, mas enfim, você tem que concordar que tenho razão. Se você já se recuperou, vamos logo tomar essa bebida, e vou precisar de algumas para apagar da memória esse espetáculo a que acabei de assistir. Assim você aproveita para me contar sobre essa pessoa que assobia de um jeito tão afinado e bonito.

Verner levou Mitch a um bar, um resquício de clube de jazz que deve ter tido seus momentos de glória no século anterior, ou que nunca foi glorioso. As paredes eram pintadas de vermelho, três alcovas acolhiam banquetas de couro e uma dezena de mesas ficavam de frente para um estrado sobre o qual um músico, mais velho que um uísque, arranhava as cordas do seu contrabaixo de olhos fechados, dando o tom a um saxofonista quase sem fôlego.

— Que lugarzinho sinistro este aqui, hein! — observou Mitch ao se sentar numa cadeira.

— Você é que não está enxergando a beleza daqui — respondeu Verner. — Ouvir esses fracassados melhora minha autoestima em termos de carreira musical. O barman faz o melhor Manhattan da cidade, e como tenho pavor de avião, viajar nessas condições me basta.

Dois Manhattans depois, Mitch contou sobre seu encontro com Anna.

Quando ele chegou ao momento em que ela entrou no táxi, Verner ficou em silêncio, depois se virou para ele com um olhar maroto.

— Já que gosta de bancar o espião, você não percebeu que há pouco ela saía de um restaurante em reforma? E se entendi bem a conversa de vocês, ela não é arquiteta. Então podemos concluir que o restaurante é dela. Me parece o suficiente para mantê-la bem ocupada. Acrescente a isso os problemas dela com a polícia, dos quais nada sabemos, e ela tem sérias razões para estar realmente indisponível.

— A ponto de não encontrar nem uns minutinhos para ir me ver?

— Tudo depende do valor que você dá a esses minutos. Um encontro não é questão de tempo, mas de momento. Você não imaginou que os problemas evocados pelo amigo cozinheiro dela poderiam explicar esse silêncio?

— Não — respondeu Mitch, muito atento às palavras de Verner e aguardando uma conclusão favorável.

— Você contou a ela a verdade a seu respeito?

Mitch confirmou que falou para Anna de sua passagem pela prisão.

— Me permita uma hipótese e, é bom ressaltar, ainda é só uma hipótese. Imaginemos que você não a desagrada, ou sejamos otimistas e suponhamos que você a agrada; ela descobre que você acabou de sair da cadeia, ela mesma tem algumas questões com a polícia; se estamos lidando com uma alma generosa – e não há razões para que ela não seja –, ela pode pensar que te encontrar pode te colocar em perigo. E como esse seu ar ingênuo me obriga a pôr os pingos nos is, ela está evitando te encontrar para te proteger, para não te colocar em apuros.

— Muito sutil, mas possível — admitiu Mitch, pedindo um terceiro Manhattan.

— Quando foi a última vez que você deu uma boa gargalhada? — perguntou Verner.

— Não tenho a menor ideia.

— Vira esse copo!

— O que você faria no meu lugar?

— O contrário do que você deveria fazer, o que explica eu ser um velho solteiro.

— E a senhora Ateltow? Imaginei que...

— Eu também imaginei, mas ela preferiu que fôssemos só amigos. E esse é o pior suplício que uma mulher pode infligir a um homem apaixonado por ela. Uma crueldade sem tamanho. Se você tem sentimentos, não se deixe levar por esse tipo de acordo.

A noite acabou tarde, mas Mitch e Verner só falaram de livros e música. No momento de se separar, como a música mantinha mais o álcool que a literatura, Verner sugeriu fortemente que Mitch desistisse do desejo de perseguir o promotor, e acrescentou que seria melhor se ele direcionasse sua atenção para outro lugar que não fossem as escadarias do palácio de justiça.

*

Como o último trem para a periferia já tinha partido há muito tempo, Mitch foi passar o que restava da noite em sua livraria. Ao entrar no depósito, ele olhou para o tapete que cobria a escotilha. As poltronas empoeiradas do subsolo teriam oferecido mais conforto do que o chão da loja, mas ele não encontrou forças para voltar à sala secreta.

O gato o acordou cedinho, se esfregando em seu rosto e ronronando.

— Por onde você entrou? — perguntou Mitch enquanto o levantava para deitá-lo de costas.

O vigia noturno não estava com a menor vontade de ouvi-lo e ficou em pé para se equilibrar sobre o aquecedor. Mitch fechou os olhos e acordou uma hora depois, sozinho.

Ele se levantou, massageou a perna e deixou a livraria pelo pátio. De volta à casa, ele se barbeou cuidadosamente depois de tomar um banho demorado, escolheu uma camisa branca, o melhor casaco e pegou o trem no sentido oposto, com uma ressaca implacável e o coração mais leve agora que tinha tomado uma decisão.

Chegando na cidade, comeu a primeira refeição do dia num café e parou numa floricultura. Com um buquê de peônias na mão, ele seguiu na direção da rua comercial que tinha percorrido na véspera com Verner e parou diante de uma vitrine coberta com folhas de papel Kraft. Depois de respirar fundo, ele empurrou a porta.

Anna estava de costas para ele, ajoelhada na frente do balcão com uma lixa a seus pés. Ela passou o dedo na madeira e ligou a lixadeira. Um barulho estridente tomou conta do espaço; Mitch aproveitou para dar três passos na direção dela.

— Se não ficar totalmente liso, o verniz vai rachar — ela gritou.

— Tudo depende do número de camadas — respondeu Mitch, também aos gritos.

Ela parou e virou a cabeça.

— Como você me achou?

— Por acaso, passando na rua, te vi entrar aqui.

— Você comprou flores por acaso, enquanto passeava?

— Gostou?

Anna se levantou, pegou o buquê e o colocou dentro de um vaso com água.

— O encanador não responde. O forno industrial vai ser entregue hoje de manhã; se ele chegar e o gás não estiver instalado, eles vão deixar o forno aqui e os pedreiros que vão vir instalar o piso hoje à tarde vão perder viagem.

— Você tem as ferramentas? — perguntou Mitch, vendo com o canto do olho o material necessário sobre uma bancada.

— Os pedreiros deixaram uma caixa de ferramentas no escritório, mas você não é encanador.

Ele tirou o casaco e o pendurou no encosto de uma cadeira. Anna o acompanhou com o olhar enquanto ele pegava a máquina de solda e colocava os óculos de proteção. Um arco elétrico se formou diante dele.

— Não vai demorar muito — ele disse.

Ela não respondeu, preocupada em entender como, e sobretudo por que, aquele livreiro a quem ela não deu mais sinal de vida se prontificava a soldar sua saída de gás. Ela mal teve tempo de se questionar, Mitch se levantou, observou a solda que fez, soprou o cobre para tirar a poeira e se virou, contente.

— Pronto, toda vez que você acender os queimadores, vai pensar em mim.

— Com esses óculos, não tem como ser diferente — ela disse. — Obrigada, você me ajudou demais. Agora me diz o que veio fazer aqui.

— Uma solda, e se você precisar de outra coisa é só falar, estou de folga hoje.

— Você fechou a livraria para vir me ver? — ela perguntou com educação.

— Não, eu fechei a livraria porque... quis. Eu já falei, estava passando por aqui...

Com os óculos de soldador que cobriam seu rosto, ele parecia um personagem saído das páginas de um romance de Jules Verne, o que o tornava pouco convincente.

Anna acendeu um pequeno réchaud elétrico e ferveu água.

— Seu sonho era este restaurante? — ele perguntou observando o local.

— Talvez ele seja.

Ela serviu café e caminhou pelo espaço. Com a xícara na mão, ela explicou como pensava em organizar o salão e mostrou o bar onde os clientes esperariam pela mesa.

— As refeições permitem equilibrar as contas, mas é o álcool que dá mais lucro. Assim que eu tiver condições, vou contratar um bom barman, as pessoas são cada vez mais exigentes com coquetéis. Enfim, primeiro preciso terminar a obra, e como pode ver, trabalho é o que não falta.

— Eu vim te ajudar — declarou Mitch.

— É muito generoso da sua parte, mas você tem uma livraria e os pedreiros estão aqui para isso. Enfim, quando eles estão aqui.

— Te ajudar com os problemas de que você falou com seu amigo cozinheiro — completou Mitch.

Perplexa, Anna colocou a xícara desequilibrada na beira de uma mesa e Mitch a salvou por pouco. Ela estava com o olhar perdido; a tal ponto que ele passou a mão na frente dos olhos dela para obter qualquer reação e ela nem mesmo piscou.

— Você não sabe nada sobre os meus problemas — ela murmurou.

— Não preciso saber, mas sou seu álibi.

— Que álibi?

— Bom, posso testemunhar que estava com você.

Recuperando a lucidez, ela deu um passo para trás.

— Que tipo de problema você acha que eu tenho?

— Não importa, você não tem mais nenhum porque estávamos juntos no dia em que eles surgiram. Só precisamos escolher um lugar que ambos poderemos descrever, e combinar o que estávamos fazendo. Caminhando à beira do rio, por exemplo, enquanto falávamos sobre um livro, ou sobre uma receita, ou — seu olhar se iluminou como se ele tivesse feito uma grande descoberta — sobre um livro de culinária!

Uma máquina de varrer ruas subiu a rua e passou diante da vitrine. Anna esperou que a barulheira das vassouras se distanciasse.

— Você pensou em tudo isso antes de vir me encontrar?

— Sim, pensei em tudo isso — respondeu Mitch balançando a cabeça.

— Por quê?

— Bom… porque são coisas que se faz, por isso.

Anna o segurou pelo braço e o levou até a porta do restaurante.

— Essa com certeza é a maior atenção que alguém já me deu, mas não posso aceitar; não preciso de um álibi e você já teve sua dose de problemas. Vou passar para buscar meu livro assim que puder, prometo.

Ele saiu, ela ficou na soleira da porta esperando ele se distanciar. Ela jamais admitiria a qualquer pessoa, menos ainda a si mesma, que tinha a esperança de que ele olhasse para trás. Mas ele não olhou.

Quando ela voltou para o salão, olhou para o buquê de peônias no vaso. Elas eram magníficas. Depois seus olhos foram atraídos por uma blusa pendurada nas costas de uma cadeira. Ela a pegou e correu para a rua.

— Espera — ela gritou.

Mitch acelerou o passo. Ela o alcançou, quase sem fôlego, e se colocou diante dele.

— Não estou acostumada — disse ela.

— Com o quê?

— Com o que você fez.

— Soldar alguma coisa?

— Sim, soldar. Vou passar na livraria no fim do dia, podemos ir caminhar por essas margens de que você falou, enfim, se você ainda quiser.

— Se você realmente quiser, por que não?

— Eu realmente quero.

— Então, até mais tarde — respondeu Mitch.

*

Ele não tinha tirado o dia apenas para a Anna; se ele escolheu visitá-la logo cedo, é porque tinha imaginado que a sequência dos acontecimentos poderia não acontecer como desejava. Se ela tivesse aceitado sua ajuda, o futuro teria sido diferente. Depois de uma passagem rápida pela livraria, ele arrastou sua perna sob a chuva forte até o palácio de justiça. Na sexta-feira, Salinas assumia o volante de seu possante azul perto do meio-dia. Mitch tinha entendido isso durante suas investigações. O sedã estava estacionado no segundo subsolo, numa vaga de estacionamento a uns 20 metros do elevador.

Ao subir o bulevar, Mitch ouvia uma vozinha lhe dizer que ele estava fazendo uma bela estupidez, que ele tinha tido um encontro cheio de promessas, que Anna era diferente de todas as mulheres que ele conheceu, que ele tinha visto nela um mundo inesperado e que seria certamente mais inteligente correr os riscos por ela e não para saciar sua sede de vingança. Mas a voz não era forte o suficiente para fazê-lo ouvir a razão nem para acalmar a raiva que o devorava.

Para escapar da câmera localizada sobre a entrada do estacionamento, ele entrou no palácio, atravessou o hall e desceu a escada até o segundo subsolo.

O local lhe pareceu mais sombrio do que quando ele o havia inspecionado no início da semana. O relógio indicava que ele tinha 15 minutos antes de agir. Duas colunas lhe ofereciam um abrigo perfeito para surpreender Salinas em seu trajeto. Ele optou pela mais próxima do carro; quando ele saltasse, o promotor não teria a menor chance de escapar.

Ele tirou do bolso interno do casaco o cacetete telescópico[4] que pegou na livraria. Quando retraído, ele só media uns 15 centímetros, mas bastava projetar a bainha para a frente com um gesto seco para ele se desdobrar. Uma arma como essa podia fraturar um fêmur, uma tíbia, quebrar uma clavícula ou um braço, rachar uma mandíbula, e um golpe nos rins ou na nuca podia ser fatal. Ele apertou o cabo com os dedos, se escondeu atrás da coluna e espreitou a presa.

Dez minutos depois, o promotor apareceu vestindo seu terno azul marinho, com a maleta na mão, caminhando rapidamente na direção do carro. Mitch desdobrou o cacetete. O barulho do metal fez Salinas estremecer e ele parou para olhar em volta.

— Tem alguém aí?

---

4 O cacetete telescópico é uma ferramenta compacta e eficaz para autodefesa e segurança pessoal. Sua característica retrátil facilita o transporte, e pode ser expandido rapidamente quando necessário.

Mitch prendeu a respiração; gotas de suor lhe escorriam pela testa e sua camisa estava colada à pele. Salinas voltou a caminhar e passou diante da coluna. Mitch o observou se aproximar do carro.

Um barulho terrível ecoou na sua cabeça, um estrondo tão forte que ele achou que seus tímpanos iam explodir, o mesmo estrondo que aconteceu quando o Sargento lhe espancava a perna dando sucessivos golpes, e que nunca mais tinha parado de o torturar desde então.

O promotor abriu a porta do carro. Mitch, com a respiração presa, foi incapaz de se mexer.

Quando o motor do sedã roncou, ele dobrou o cacetete, guardou-o de volta no bolso e esperou que o carro embicasse na rampa para voltar para trás.

Foi apenas um adiamento. Um dia, Salinas veria a morte chegar para abraçá-lo, e então ele conheceria o medo.

17. O filho da puta

Às 19 horas, Anna bateu na porta de ferro. Em vez do casaco preto de sempre, usava um de cor clara, fez um coque nos cabelos acobreados, que prendeu com um lápis, e carregava uma bolsa de tecido grande pendurada no braço.

— Você esqueceu do nosso encontro?

— Não, por que está me perguntando isso?

— Está com uma cara esquisita.

Ela deu uma volta.

— Assim não fica melhor?

Mitch pareceu hesitante.

— A poeira fica menos visível sobre a cor bege, você não acha?

Ele só conseguia ver sua pele luminosa, o sorriso radiante e os grandes olhos que lhe davam um desejo louco de vida e liberdade. Foi nesse momento que ele se deu conta do poder que ela tinha sobre ele. Se Salinas destilava em suas veias um veneno de ódio e raiva, Anna era o antídoto.

Como combinado, foram caminhar na beira do rio. O ar estava fresco, o céu tingido de púrpura, digno de ser eternizado numa pintura. Mitch teria ficado plenamente feliz se soubesse o que dizer, se conseguisse manter uma conversa, ainda que banal. Mas o passeio acontecia sob um perceptível silêncio.

— Não sei o que dizer — ele acabou murmurando —, você deve estar me achando um tédio. Não me sinto à vontade na companhia de…

— De uma mulher? — interrogou Anna.

— De alguém que conheço pouco.

Anna viu nessa resposta uma humildade que muitos homens não tinham.

— Eu também não, mas vai ser difícil a gente se conhecer se não falarmos nada. Bom, eu começo. De onde veio sua vontade de ser livreiro?

— Da minha mãe, que era encadernadora, e do meu pai — respondeu Mitch. — Ele lia o tempo todo. Ele me transmitiu sua paixão, me ensinou a viajar pelos mundos imaginários, a encontrar seres que preenchem qualquer solidão. Meu pai tinha mania de tomar emprestadas as frases deles; eu achava que ele fazia de propósito, mas agora isso também me acontece sem eu perceber. Nenhuma outra profissão me faria tão feliz. Virei livreiro para compartilhar o que sinto quando entro num livro. Envolver-se com ideias novas, atravessar diferentes épocas, descobrir civilizações, compreender mentalidades que não conhecemos é — ele fez uma pausa, achando o casaco de Anna magnífico — perpetuar a magia da infância. Ler é como me abrir para o mundo.

— Bom, pra alguém que se considera entediante, você acabou de pronunciar tudo o que sinto quando estou cozinhando.

Anna caminhou até um banco que ficava de frente para o rio e colocou a bolsa no chão. Ela tirou talheres, uma toalhinha que abriu entre eles, duas taças, um vasilhame, um pacote embrulhado em papel alumínio e uma garrafa térmica. Ela abriu primeiro o vasilhame, revelando, numa combinação de verdes, ocres e amarelos, um prato que ele nunca tinha visto.

— Levei um tempão para acertar essa receita — explicou Anna. — É uma variação entre o dahl e o curry vegetariano, e, modéstia à parte, acho que cheguei perto da perfeição, graças à farinha de amêndoas, claro — ela especificou, como se tivesse resolvido um dos maiores mistérios culinários de todos os tempos.

Ela deu uma garfada e levou à boca de Mitch. Confiante ao vê-lo se deliciar, ela explicou de forma apaixonada por que tipo de alquimia chegou a essa fusão de texturas e sabores, como cortar os legumes, a ordem de cozimento de cada um deles, a integração delicada das especiarias em momentos precisos do cozimento, sem esquecer da farinha de amêndoas e da temperatura que devia se manter constante. Mitch se viu no centro de Udaipur, a cidade que inspirou Anna. Ele flanava com ela pelas ruas do centro, parava diante de uma banca de um grande mercado a céu aberto enquanto ela escolhia tudo de que precisava; depois, com a cesta de compras cheia, eles desceram até as margens do lago Pichola, que ele nunca tinha visitado a não ser em suas leituras adolescentes – o período indiano que ocupou seus 15 anos. Um pouco depois, Anna serviu um chá perfumado, desdobrou o papel alumínio e cortou um bolo de chocolate ao meio. Estava anoitecendo e ela sentiu vontade de subir num barranco para admirar os últimos raios de sol sobre a água. Mitch a seguiu, a subida era íngreme e ele parou no meio do caminho.

— Pode subir, eu já te alcanço — ele disse esfregando a perna.

— Está doendo?

— Não muito, é só quando o ar está muito úmido, nada que justifique uma reclamação.

— Não mente para mim, Mitch. Você não é bom nisso e as pequenas mentiras são as mais cruéis.

— Você conhece bem as pequenas mentiras? — ele perguntou enquanto a alcançava.

— Já falei o suficiente hoje, não pense que vai se safar com esse malabarismo.

— Se você faz tanta questão assim. Não é a mim que essa perna incomoda tanto. Me acostumei a arrastá-la como um condenado que arrasta suas correntes, mas é que às vezes minha caminhada pode incomodar os outros. E fico preocupado que isso te incomode também. Na rua ou no trem, as pessoas me olham de um jeito esquisito e, quando sinto vontade de ler num parque, preciso ficar longe dos brinquedos infantis.

— Por quê? — perguntou Anna.

— Parece que minha presença deixa os pais preocupados. Eles suspeitam alguma maldade, cochicham entre eles. Um dia até chamaram a polícia.

— Mas você tem o direito de se sentar onde bem quiser.

— A princípio sim, mas na minha vida as coisas não são dessa forma. Da primeira vez, os policiais que me levaram descobriram meu passado, então passei a noite na delegacia. Tive que repetir umas cem vezes pro inspetor que eu só queria ler sob o sol, que não tinha percebido que o banco onde me sentei ficava na frente do parquinho onde as crianças brincavam. Foi uma pequena mentira, como você diz; eu gostava muito de ler perto delas; os gritos e sorrisos fazem você se reconciliar com a vida.

— Da primeira vez? Tiveram outras?

— Uma só, mas os policiais foram gentis e me liberaram uma hora depois, quando prometi ficar longe dos balanços. É irônico quando pensamos que é graças à justiça que tenho que andar desse jeito.

Como a dor parecia ter melhorado e Mitch já tinha recobrado a cor, Anna desistiu da escalada e o levou de volta até o banco.

— Um acidente? — ela perguntou.

— Antes do processo, levei uma surra que me deixou com uma dupla fratura. Mas foi durante o tempo de encarceramento que eles detonaram minha perna.

— Como?

— Não gosto muito de contar o que aconteceu lá, isso acaba despertando as más lembranças.

Anna olhou fixamente para as mãos, com um ar triste que fez Mitch pensar que ela estava magoada por ele não confiar suficientemente nela para se abrir.

— Vou te contar um segredo, mas não quero que você me julgue. Quando as chuvas revitalizavam o caminho dos mortos, a gente era obrigado a sair para tapar os buracos. O caminho tinha esse nome porque a dez quilômetros da prisão, atrás de um matagal, tem um cemitério. As famílias gostam de passear ali aos domingos, elas não vão muito longe, pelo menos não o suficiente para avistar os muros do centro penitenciário, mas o suficiente para reclamar do mau estado do lugar. A gente terminou o trabalho, mas infelizmente não foi a tempo. Toda vez que isso acontecia, os guardas ficavam enfurecidos porque voltavam mais tarde para casa. Para nos punir, eles escolhiam quatro prisioneiros para dar uma voltinha.

— Que tipo de voltinha?

— Então. Eles só falavam que a gente precisava andar pela rua. Mas um guarda agarrava um de nós pelo pescoço e empurrava contra o capô do ônibus enquanto os outros eram levados pra dentro do matagal com uma boa escolta. Quando eles já estavam longe o suficiente, ele gritava que o filho da puta tinha dado um chute nele. Desculpa o linguajar, mas era assim que ele se referia ao prisioneiro escolhido pro teatrinho deles. Depois, ele levava o filho da puta até os outros à base de chibatadas com couro de boi. É um tipo de cassetete que corta a respiração quando pega na lombar. Vi um preso morrer com os rins arrebentados. Enfim, quando já estava todo mundo reunido atrás das árvores, eles nos obrigavam a tirar nossas roupas, cuecas meias e sapatos e atiravam tudo longe. Com um sinal, a caça ao tesouro começava, o mais rápido possível. A gente saía procurando nossas coisas, fugindo das chicotadas como coelhos assustados, e ficávamos com os pés rasgados. Quando conseguíamos encontrar o essencial, éramos proibidos de nos vestir.

O motorista manobrava o ônibus com os faróis acesos na direção do matagal, e quando saíamos nus diante dos guardas e dos outros prisioneiros, ele ria ao ver nossa humilhação.

— Foi assim que você machucou a perna?

— Não exatamente. Aconteceu numa noite em que eles me escolheram para ser o filho da puta. Eu não aguentava mais a crueldade despropositada deles. Fiquei cego de raiva e me adiantei. Bati no carcereiro, um chute forte na tíbia. Ele me olhou incrédulo e a coisa virou um combate acirrado. Seus colegas ouviram os gritos e correram para salvá-lo. Depois eles me fizeram pagar a conta. Eles sabiam que minha perna já tinha sido quebrada e o Sargento se aproveitou disso. Pelo menos os três outros prisioneiros escaparam do ritual. Meu último ato de resistência me valeu dez dias na enfermaria e seis meses de muletas. O enfermeiro não era um cara do mal, mas estava longe de ter as competências de um cirurgião e fez o que pôde. A vantagem de estar numa cela é que tive muito tempo para fazer meus exercícios de reabilitação.

— Eu sinto muito mesmo, Mitch — suspirou Anna, muito emocionada.

— Você não tem culpa de nada.

— Bater nesse carcereiro foi uma ação bem suicida. Você devia ter pensado duas vezes antes de chegar nesse estado.

— Eu estava desse jeito e fiquei assim durante todo o tempo da prisão, e agora estou de novo no mesmo estado. Não penso em outra coisa desde que saí: me vingar do cara que me colocou atrás das grades.

— Mais que dos guardas que te infligiram esse suplício?

— Eles vivem num universo de violências. A maioria dos detentos não estava ali por razões políticas. Aterrissei na prisão errada. Já Salinas goza de uma existência privilegiada, é um homem instruído e cruel que sente prazer em abusar do próprio poder. Ele me usou, plenamente consciente do que estava fazendo no dia em que me fez ser condenado. Ele nem se deu ao trabalho de ler um dos dois livros que me acusaram de ter guardado na minha livraria. Perdi cinco anos da minha vida por causa de dois livros. Por mais que eu tente ser racional, essa raiva é mais forte do que eu.

Anna tirou o lápis que segurava seu coque e começou a batê-lo no banco, um tique que tinha quando estava nervosa. Ela estava mantendo o sangue-frio, mas a história de Mitch a deixou furiosa.

— Como pretende saciar essa sede de vingança, se é que não estou sendo indiscreta?

A pergunta pareceu deixar Mitch surpreso. No entanto, depois de tudo o que já havia dito, achou que nada mais justo contar toda a verdade a ela.

— Eu só te contei tudo isso para você não pensar que meu desejo tem um quê de instinto animal, ou que sou louco. Quando vi Salinas se pavoneando nas escadarias do palácio de justiça, tive vontade de acertar as contas com ele. Bom, acho que foi isso que senti.

— Para fazer isso, é melhor ter certeza de quais são suas intenções — ela disse tirando uma mecha de cabelo que estava caída em sua testa.

— As intenções são uma coisa, agir é outra. É como a coragem... Ao atravessar uma ponte, a gente sonha com o momento de heroísmo pensando que se alguém se afogasse a gente pularia na água. Mas é preciso que isso aconteça pra gente saber do que é capaz... ou não.

— Você já pulou num rio para salvar alguém?

— Nunca salvei nem matei ninguém, o que faz de mim um cara bem banal.

— Isso não, Mitch, não te acho nem um pouco banal.

— É um elogio?

— Até suas perguntas têm uma inocência pouco banal.

— Porém, eu quase parti para a ação hoje de manhã.

— E você desistiu?

— Sim, e parece que você ficou decepcionada...

Anna caminhou alguns passos, perdida em seus pensamentos; seu rosto se iluminou e ela voltou para perto dele.

— Você não é doente, mas é contagioso. Estou de acordo.

— De acordo com o quê?

— Hoje de manhã você me ofereceu ajuda. Eu estou de acordo, mas com a condição de que você aceite que eu também te ajude. Também concordamos que é somente uma ajuda mútua e nada mais.

— Nada mais — garantiu Mitch.

Ela beijou o rosto dele como se fossem bons amigos, depois eles juntaram os restos de comida e os talheres, que guardaram na bolsa de Anna, e foram embora, cada um para o seu lado, com a esperança de que o outro não pensasse em uma só palavra do que acabaram de prometer.

18. A senhora Bergol

Dois dias depois, Mitch foi visitar Anna de novo. Ela estava na cozinha com um humor pavoroso, em plena discussão com o pedreiro, pois era óbvio que se o trabalho dele tivesse sido bem-feito a última fileira de azulejos não ia desaparecer na diagonal atrás das pias. Afinal, as linhas foram inventadas por uma boa razão. O pedreiro teve a pachorra de dizer que a linha do horizonte era curva e que todo mundo estava acostumado com isso. Anna não aguentava mais um homem tratá-la como idiota só porque ela era mulher; ela sugeriu que ele fosse se foder lá na linha do horizonte. Um silêncio tomou conta da cozinha.

Antes mesmo de cumprimentar Mitch ela já o convocou como testemunha.

— Isso aqui está horizontal ou não? — ela perguntou.

— Está torto — ele respondeu num tom relativamente atento.

— Viu só, está torto — ela repetiu gritando com o pedreiro. — Ele é arquiteto, e ele, pelo menos, conhece o próprio trabalho.

O pedreiro pegou a mochila e saiu do restaurante batendo a porta de um jeito que fez tremer a cristaleira.

— Estou por aqui com os pintores também! — ela exclamou.

Ela encheu os pulmões e cerrou os dentes. Não era seu rosto mais bonito, mas as covinhas que apareceram na sua bochecha eram bem charmosas.

— Eles prometeram que iam dar duas demãos — ela continuou —, mas tenho certeza de que só deram uma. Vai lá olhar e me diz se tenho razão.

— Com meu olhar de arquiteto?

— Não é engraçado e não estou a fim de rir.

Mitch achava cada momento passado na companhia de Anna ao mesmo tempo maravilhoso e assustador. Maravilhoso porque ela era a mulher mais incrível que ele conheceu, e assustador porque ela dava a impressão de que ele não estava à altura do que ela tinha o direito de esperar de um homem.

Ele se manteve voluntariamente à distância. Na outra noite, sentados no banco, o perfume dela tinha provocado um sentimento que durou a noite toda. Tão persistente que, de manhã, ele quase não teve mais vontade de matar Salinas; e o mais perturbador era que, em vez de querer acertar as contas com o promotor, ele sonhava em mergulhar o rosto na nuca de Anna, no lugar de onde emanava um cheiro de sabonete, gesso e chocolate.

Anna arranhou a parede com a unha; a pintura lascou.

— Viu? Uma demão só.

— Você só precisa pedir a eles darem uma segunda demão, não é o fim do mundo.

Ela estava decepcionada, mas não demonstrou nada. Achou que Mitch estivesse mais interessado pelo problema, que sugeriria pintar essa porcaria de segunda demão com ela. Ele não tinha prometido ajudá-la? Sim, tinha sim! Ela estava desiludida, embora soubesse perfeitamente que o verdadeiro problema era outro. Quando ele fez a solda na cozinha, e principalmente no banco em frente ao rio, quando ela ficou do lado dele, ela mergulhou num desejo de que ele a beijasse e na vontade de se afastar o mais rápido possível para que ele não a beijasse; ela chegou a escalar um morro com a desculpa de querer admirar os últimos raios de sol, quando na verdade ela não dava a mínima pra isso.

— Preciso trabalhar — ela disse num tom seco — e tenho certeza de que você também precisa. Passo na livraria depois de trucidar os pintores. Aliás, não ouse matar o promotor sem mim, entendido?

Morrendo de medo dela, Mitch respondeu que não tinha essa intenção.

— Ótimo, prefiro que a gente entre num acordo sobre isso também.

Ele se perguntou por que um azulejo diagonal e uma camada de tinta a deixavam tão obcecada, pois eles poderiam ter ido se sentar na varanda de um café para aproveitar o vento morno da cidade e compartilhar uma tarde que tinha tudo para ser perfeita.

Ela o beijou no rosto para se despedir, o que o aborreceu, mas ao mesmo tempo lhe permitiu se embriagar rapidamente com o odor de sabão, gesso e chocolate, com um leve toque de acrílico que não estragava nem um pouco a experiência.

— Tenho uma proposta para te fazer — ele disse da porta.

Ela esperava que ele fosse tirar a blusa e pegar um pincel.

— Da próxima vez que estivermos juntos, não vamos falar nem da minha livraria, nem da sua reforma, nem de nada que diga respeito diretamente a nós.

Anna achou essa proposta absurda, mas tinha preocupações demais para fazer qualquer observação.

— Ótimo, vamos falar do que você quiser.

— Não, não, precisamos estar de acordo sobre isso. Cinema, política e religião, o que acha?

— Política e religião, por que não... mas qual a relação com o cinema?

— Nenhuma — respondeu Mitch.

E ele foi embora.

*

A senhora Bergol o visitou no fim da tarde. Ela usava um vestido esvoaçante cor de pêssego que com certeza era bonito na vitrine de uma loja, mas que não lhe caía muito bem. Ela encontrou Mitch perdido em seus pensamentos e tossiu três vezes antes de conseguir a atenção dele.

— Como posso ajudar? — ele perguntou, fechando a caderneta de anotações.

— Você teria uns tomates bem maduros?

— Eu não sabia que a senhora tinha um senso de humor tão apurado — Mitch respondeu imperturbável.

— Não era minha intenção ser engraçada. E você devia colocar uma placa com os horários de atendimento na entrada, porque está bem confuso. Cada vez que me esforço para vir até aqui comprar um livro a loja está fechada. Se você agora é jardineiro, cuidado, é uma atividade que pode se tornar obsessiva rapidinho. Meu marido passava mais tempo com seus legumes do que com sua esposa.

— Sinto muito por isso.

— Não tem mais importância, ele já morreu de infarto fulminante enquanto colhia brócolis.

— E ainda dizem que os legumes fazem bem à saúde!

Mitch pigarreou para esconder seu constrangimento, pois as palavras tinham-lhe escapado.

— Quero dizer...

A senhora Bergol se voltou quando ouviu uma cliente rir da piada. Mitch só olhava para ela e a senhora Bergol o lembrou, com educação, mas com firmeza, que tinha chegado primeiro.

— Eu pensei bem na sua sugestão e é impossível — Anna exclamou.

— Ah é, e por quê? — perguntou Mitch.

— Porque a religião e a política são exatamente os motivos por que cortei relações com a minha família, então é impossível falar sobre isso de forma neutra. E sua condição foi falar de coisas que não nos dissessem respeito, certo?

— Então pode ser a pintura, o cinema... Esquece a pintura; cinema e...

— Você vai me atender ou vai continuar proferindo essas asneiras com essa cafona? — protestou a senhora Bergol.

— Bom, vai pensando — disse Anna antes de ir embora. — Me encontra no restaurante, mas só depois das 21h, porque ainda tenho duas paredes pra pintar e estou sozinha.

A senhora Bergol esperou ela fechar a porta e se virou para Mitch.

— Você está frito. É uma pena não dar para falar de religião, é um assunto que rende. Você pode se sair bem com o cinema, mas desde que não a deixe entediada falando de filmes pomposos só para parecer inteligente, ela já sabe que você é. Aliás, qualquer que seja o assunto que você escolher, não seja entediante, o que vier depois é lucro.

— Que depois? — perguntou Mitch.

— Você gosta dela, ela gosta de você, então não perca tempo complicando as coisas.

— Quais coisas? — ele insistiu.

— Sua vida está prestes a mudar e você finge que não sabe de nada, isso é chocante — ela acrescentou num tom rude. — E eu que vim buscar alguma coisa para me distrair! Ver você nesse estado distrai mais que um livro. Amanhã eu volto no mesmo horário, daí você me conta sobre sua noite, e não ouse não abrir!

A senhora Bergol foi embora em seu vestido esvoaçante e deixou Mitch perplexo.

*

A expectativa da noite com Anna ocupava totalmente seus pensamentos. O cinema não era seu assunto predileto, sua mãe só o levava para ver filmes *noir*, que ela adorava. E quando ele tinha idade suficiente para ir sozinho, as sessões eram caras demais para o seu bolso.

Ele subiu na escada para alcançar uma prateleira, pegou uma enciclopédia sobre cinema e leu sem parar até 20h45 em ponto. Então vestiu o casaco, se olhou no espelhinho do estoque, serviu o jantar do gato e seguiu para o encontro.

*

Anna estava com os cabelos soltos, usava um avental amarrado na cintura por cima do vestido. Uma mesa para dois estava organizada no meio do salão. Mitch se perguntou por que milagre ela teria conseguido realizar tantas coisas desde aquela manhã. O piso estava impecável, um lustre com doze ramificações pendia do teto, as paredes estavam reluzentes — isso e o cheiro de tinta fresca não deixavam a menor dúvida sobre a forma como ela tinha ocupado sua tarde — e ela tinha cozinhado macarrão com lagosta, incrementado com molho de raspas de limão.

— Algum problema? — ela perguntou, pois Mitch a olhava no mais profundo silêncio.

Ele se sentou, e como estava proibido falar de qualquer coisa que dissesse respeito a um deles, não fez nenhuma pergunta sobre a receita e devorou o macarrão parabenizando-a várias vezes. Nada que se assemelhasse a uma conversa. Na sobremesa – uma mousse de chocolate incrível –, ele decidiu arriscar.

— Por que a religião e a política te afastaram da sua família?

— E a regra? — Anna observou batendo com um dedo na mesa.

— Está bem, você venceu, eu me rendo.

— Meu pai era um grosseirão que acreditava piamente num Deus que nunca veria e se recusava a acreditar nos homens com quem convivia. Ele não tinha a menor fé na realidade. Ele pregava o amor no domingo e se enchia de ódio durante o resto da semana.

— Onde ele está?

— Não sei e não quero saber.

— Ele te fez algum mal?

— Se ser humilhada o tempo todo for uma dor, então ele me impôs o pior — respondeu Anna com uma voz lúgubre —, mas preciso agradecê-lo por ter me dado uma vontade feroz de conquistar tudo sozinha e de provar que ele não passava de um cretino.

— E sua mãe?

— Ela era serva ou cúmplice dele, dependendo do dia. Ela morreu quando eu tinha 10 anos e a partida dela deixou meu pai ainda mais orgulhoso. Você gosta de bombas?

Mitch se perguntou de que tipo de bomba Anna falava. Ela desapareceu na cozinha e voltou com uma bomba de chocolate que o fez imediatamente lembrar do perfume de sua nuca.

— Me diz se exagerei no creme.

Depois de repetir duas vezes o macarrão com lagosta, ele estava empanturrado, mas provou.

— Não exagerou não.

Anna mordeu a bomba e soltou um longo suspiro.

— Você é um péssimo mentiroso! O creme está muito espesso e a cobertura está inconsistente. Preciso recomeçar do zero.

— Se você acha mesmo... — respondeu Mitch.

Ele não tinha a menor vontade de contrariá-la, a bomba se encarregaria disso.

— De tanto viver rodeado de livros, você nunca pensou em escrever? — ela perguntou, levando as sobremesas de volta para a cozinha para jogá-las no lixo.

— Se minha livraria fosse uma clínica veterinária, você me perguntaria se tenho vontade de ser um gato?

O olhar de Anna mergulhou no resto de creme de chocolate que ficou na panela e ela pareceu bem ofendida.

— Desculpa, não quis ser grosseiro.

Mitch podia jurar que ela não era nada sensível. Ele não sabia nada quando o assunto era relacionamentos, e a possibilidade de que a reação de Anna tivesse sido causada pelos sentimentos que ela tinha por ele não lhe ocorreu.

— ...Sim, era meu sonho — ele retomou —, e ainda sonho com isso, mas não me sinto capaz.

— Por quê?

— Bem...

— Por que confiar tão pouco em si mesmo, você não sabe quem é?

— Diante de você, nem um pouco.

— Não fale essas coisas, Mitch.

Ela se virou e se debruçou sobre a pia, para ter certeza de que ele não veria seu rosto.

— Mas é verdade.

— Está bem, então me diz o que você pensa de mim.

— Penso que tenho sorte — ele disse indo para junto dela.

— É muito gentil e muito insuficiente. Especifique!

Por mais que ele tivesse um vocabulário rico, alimentado por suas leituras, Mitch não encontrava as palavras e menos ainda a ordem em que gostaria de formulá-las. Não havia nada mais complexo do que descrever uma mulher, sobretudo quando se tinha sentimentos por ela. Ele achava Anna viva, brilhante, determinada, tenaz, atenciosa, que ela se comportava de um modo singular que o fascinava. Que junto dela ele não se sentia mais um estranho no mundo, que ela lhe dava vontade de abraçar e o fez se sentir livre para contar o que jamais teve coragem de dizer a alguém. Mas Mitch não sabia como confessar tudo isso, então ele estendeu a mão para o rosto dela e finalmente fez o que ela esperava... O meio mais sincero de provar o que pensava sobre ela. Anna se deixou beijar e o beijou de volta.

— Não sou o cara corajoso que você imagina, Anna.

— Sou mais perspicaz do que você pensa, Mitch. E supondo que esse beijo se repita, precisaremos ser sinceros.

— Eu sempre fui — respondeu Mitch.

— Acredito em você, senão não teria te beijado, mesmo que eu tenha a impressão de que foi você quem me beijou. Quis dizer sinceridade consigo mesmo. Temos em comum o fato de não sermos muito sociáveis. O que para um livreiro e uma futura dona de restaurante é um grande problema. O que também me leva a pensar no que prometemos, que é nos ajudar mutuamente, ainda que não tenhamos exatamente cumprido essa promessa à risca.

— Eu preferiria que isso não fosse uma hipótese.

— Como assim?

— Que esse beijo se repita.

— Sim, eu também, mas não muda de assunto. Precisamos nos esforçar para que as pessoas nos vejam de outra forma.

— Como você quer ser vista?

— Para começar, quero que reconheçam que sou uma grande chef de cozinha e não uma dondoca.

— Ninguém pensaria isso, ainda mais quem te conhece.

— É justamente esse o problema, é difícil me conhecer. Nunca fui muito boa em criar laços — ela admitiu com os dedos enrolados na corda do avental.

Ela respirou fundo e seu olhar se perdeu tão longe que Mitch preferiu se calar.

— Também tive minha dose de humilhações, você não foi o único que sobreviveu a violências — ela confessou, passando as mãos nervosamente pelos cabelos.

A ideia de alguém ter encostado em Anna de forma violenta lhe embrulhou o estômago.

— De que tipo de violência você está falando? — ele perguntou.

Sua expressão ficou séria e Anna deduziu que ainda não estava na hora de contar mais coisas. Ela segurou as mãos dele nas suas.

— Você quer tanto assim essa vingança?

— Sim, mas não sei como fazer — respondeu Mitch, como se sua ignorância deixasse a situação mais amena.

— Vamos pensar nisso juntos. O problema é que no momento de agir você pensa demais, a ponto de esquecer o que esse promotor te fez.

Ainda que a ideia de Anna tivesse lógica, ela pareceu exagerada.

— Quem é você, Anna?

— Eu te fiz a mesma pergunta e você não soube responder, não me pergunte o impossível.

Ele quis ajudá-la a arrumar tudo, mas ela mostrou o canto da bancada de trabalho onde ele devia se sentar. A cozinha era território dela. Quando terminou de limpar tudo, ela lavou as mãos, tirou o avental e se virou para ele.

— Eu não te contei tudo, mas já que a gente prometeu ser sincero...

Pela primeira vez seu jeito de falar era mais descontraído, e o que quer que ela escondesse, desde que não fosse o fato de existir alguém em sua vida, Mitch não daria a mínima.

— Eu matei um homem — ela disse com a mesma simplicidade de quem diz que errou uma receita de bolo.

— Os problemas de que você falava...

— Sim — Anna o interrompeu —, o que explica por que fui morar em outro país. Se você não mudou de ideia, podemos passar a noite na minha casa. Você sabe onde moro, porque outro dia ficou me olhando pela janela de um trem.

19. Matar mais ou menos

Mitch não teve muitas aventuras na vida, mas Anna era a mulher mais generosa que ele já tinha conhecido. De manhãzinha, enquanto ela dormia profundamente, sua perna prendeu na dele e ele não se mexeria por nada no mundo. Olhando para o teto, que era seu único horizonte, ele se perguntou se tudo aquilo era mesmo real. Para ter certeza, ele cheirou discretamente a pele de Anna e se deu conta de que se embriagar com o perfume de uma mulher enquanto ela dormia era sinal de amá-la.

— Os pedreiros não vão vir hoje — ela praguejou.

— Poxa, sinto muito — ele respondeu, pensando exatamente o contrário.

— Hoje é feriado, alguma data religiosa, mas não me pergunte qual.

— Então a gente pode passar o dia juntos?

— E sua livraria?

— Fechada por causa do feriado.

— Você está progredindo rápido nas pequenas mentiras.

— Dez quilômetros mais pro norte tem um lago navegável, a gente podia alugar um barco…

— Dez quilômetros mais pro sul tem meu restaurante, a gente podia instalar as arandelas no salão, limpar todo o equipamento da cozinha…

Fazê-la feliz o deixava feliz, e Mitch achou a programação maravilhosa.

Ele segurava a furadeira com uma mão e um lápis entre os dentes para marcar o lugar dos furos, enquanto Anna segurava a arandela para que ela ficasse perfeitamente reta. Quando terminaram de instalar e a acenderam, os dois tiveram a sensação de ter dado um passo à frente. Se alguém se desse ao trabalho de os observar, teria ficado impressionado com a cumplicidade que os unia, e ninguém teria acreditado que eles só tinham passado uma única noite juntos.

Um pouco depois, Mitch nivelava a porta da despensa – Anna, enquanto guardava a louça nas prateleiras da cristaleira, jurou que aquela porta estava enroscando na parte de cima da ombreira – quando ela parou de repente segurando uma molheira.

— Quer saber por quê?

— Por que a molheira tem que ficar na prateleira de cima?

— Porque matei um homem.

— Só se você quiser me contar.

— Não faço questão, mas se você me perguntar eu conto.

Mitch pegou a plaina de novo e continuou nivelando a porta.

— Um acidente? — ele perguntou.

Tinha acabado de entrar uma farpa no seu dedão.

— Não exatamente — respondeu Anna, tirando uma saladeira do lugar para, alguns segundos depois, colocá-la de volta onde a tinha guardado inicialmente.

— Um assassinato?

Ele tirou a farpa e o dedão começou a sangrar.

— Mais ou menos — ela respondeu com certa indiferença.

Enquanto ela colocava um curativo em seu dedo, Mitch se perguntou o que ela quis dizer com *mais ou menos*. Gosto *mais ou menos* dele fazia sentido, eu o matei *mais ou menos* não fazia nenhum sentido. A não ser que tivesse sido um assassinato acidental; mesmo que ele não tivesse a menor ideia do que isso poderia significar, cada uma dessas palavras tinha uma definição bem precisa.

Causar a morte no volante em estado de embriaguez era um assassinato completo, não tinha lugar para *mais ou menos*, e Anna não demonstrara nenhuma tendência a beber demais. Durante o piquenique na beira do rio, ela serviu chá e tomou água para acompanhar o macarrão com lagostas. A não ser que sua sobriedade fosse reflexo de um vício antigo. Mas Mitch logo descartou essa hipótese.

Ele pegou a plaina novamente – com a energia que estava aplicando, logo alguém conseguiria passar por baixo da porta –, e quanto mais pensava no sentido dado a *mais ou menos*, mais o mistério crescia. Se Anna tinha matado alguém por acidente, ela não teria precisado fugir. Mesmo se tivesse empurrado seu agressor da sacada, sem ter a intenção de o derrubar por cima da balaustrada, também seria um acidente e um caso incontestável de legítima defesa. Anna não tinha um temperamento violento, mas como só tinha matado *mais ou menos* alguém, ela provavelmente só era *mais ou menos* responsável. Uma conclusão que ele achou reconfortante.

— Uma pergunta, e vai ser a única — ele disse, finalmente parafusando a porta na dobradiça — Você se arrepende?

— Não — ela respondeu.

Mitch parou por ali. Na meia hora seguinte, Anna não pronunciou uma única palavra, nem ele, cada um ocupado com suas coisas num silêncio que dizia tudo.

De repente, Mitch revisou seu julgamento sobre o temperamento de Anna. Ela tinha acabado de pegar um martelo de um tamanho impressionante e fazia uma cara que ele ainda não conhecia.

Ela bateu violentamente contra os azulejos acima das duas pias de louça, destruindo metodicamente a primeira fileira, depois a segunda. Ela fez uma pausa para avaliar o massacre e bateu com mais força ainda, só parando depois de ter destruído totalmente a terceira e quarta fileiras.

— Não estava reto — ela vociferou à beira das lágrimas. — O rejunte vai acabar cedendo. A água vai infiltrar e depois o mofo vai contaminar tudo!

No meio de uma nuvem de poeira, Mitch encontrou nos olhos de Anna um problema muito mais sério do que o alinhamento dos azulejos brancos, por mais tortos que estivessem. Ele sabia exatamente por que ela estava sofrendo.

— Um atraso na inauguração do restaurante não é tão problemático assim. Você está com medo, e é normal, porque você é muito talentosa. Mas vai dar tudo certo.

— Porque nada indica o contrário — ela murmurou.

Mitch foi até a despensa, pegou uma vassoura e uma pá, então juntou todo o entulho para jogar no lixo. Quando tudo ficou limpo, ele fez uma segunda viagem e voltou com os braços cheios de uma caixa de azulejos e de um balde de massa corrida.

Enquanto ele arrumava o estrago, um caminhão veio estacionar na frente do restaurante. Dois entregadores tiraram mesas e cadeiras empilhadas de dentro do baú. Sob o olhar de Mitch, Anna indicou a eles como elas ficariam dispostas, mudando dez vezes de ideia até que os dois homens largaram tudo no meio do salão e foram embora sem dizer mais nada.

Então Anna se perguntou se a fé de Mitch em seu futuro não era exagerada.

— Sabe o que lembrei — disse Mitch da cozinha —, tenho um livro incrível sobre coquetéis pro seu bar. Se eu me dedicar a ler tudo direitinho, tenho certeza de que posso me sair bem. Posso vir à noite depois que fechar a livraria, pode ser uma boa solução para reduzir os custos no começo.

Ela se virou para ele com os olhos semicerrados.

— Se você ainda não leu o livro, como sabe que ele é incrível?

Mitch ficou mudo por um instante.

— Bom, o que eu quis dizer é que se você precisar de um par de mãos, as minhas estão à disposição.

Anna o beijou. Ponto para Mitch.

*

Por volta das 20 horas, o salão começava a se parecer com o de um restaurante. As paredes estavam secas, o chão brilhante, e o lustre lançava uma luz muito bonita sobre as mesas ainda em desordem. O medo recuou enquanto Anna observava o resultado daquele longo dia. Mitch a pegou em seus braços e pediu para ela dizer o que estava pensando, e que prometesse ser totalmente sincera.

— Ah, é que...

Sua voz vacilou.

— Pode falar, o que você não gostou?

— Não quero que você me julgue, eu sei do esforço que você fez para me ajudar, mas hoje tive vontade de largar tudo.

— E ontem?

— Também.

— Bom, ao todo, desde que você começou, quantas vezes?

— Pelo menos uma dezena de vezes.

Ele riu.

— Não tem graça.

— Dez vezes? Bobinha. Quando comprei minha livraria, quase joguei tudo pro alto umas 100 vezes enquanto reformava tudo.

Anna se olhou no espelho grande e se achou feia.

— O mais difícil já está feito — disse Mitch, passando os braços em volta dos ombros dela.

Ele não tinha a menor vontade de deixá-la, queria passar a noite com ela e acrescentou inclusive que era o que mais desejava, mas depois de também se olhar no espelho e constatar seu estado, ele não tinha outra escolha a não ser ir para casa. Se corresse ainda poderia pegar o último trem.

Anna tirou uma chave do bolso e mostrou a caminhonete estacionada na frente do restaurante.

— Eu aluguei — disse ela. — Amanhã vou num bazar. Se a sorte me sorrir, volto com todo o material que ainda está faltando, e a lista é grande.

*

Assim que seguiram viagem, Mitch sugeriu acompanhá-la nas compras, já que ela precisaria de ajuda para carregar todo o material. Anna agradeceu e lembrou que ele tinha uma livraria para tocar, e leitores que precisavam dele para recuperar o tempo perdido por uma lei imbecil; ela ia se virar sozinha, tinha chegado bem até ali e não tinha a intenção de mudar isso.

Eles pararam num posto de gasolina, completaram o tanque e jantaram um sanduíche e um pacote de salgadinho na loja de conveniência. À meia-noite, finalmente chegaram na casa dele.

Anna admirou as prateleiras de livros que cobriam as paredes da sala, e encontrou um ponto que não tinha em comum com Mitch. Na casa dela não havia nenhuma foto de família.

Eles fizeram amor no banho e se aninharam na cama.

— Se eu fechar a livraria um pouco mais cedo, posso ir te encontrar. Você só precisa deixar os equipamentos mais pesados na caminhonete. A lava-louças, o congelador, a geladeira devem pesar uma tonelada; e se você já tiver descarregado tudo, posso instalar para você. Não é uma ideia ruim, certo?

Anna dormia, ou fingia dormir.

*

Na manhã seguinte, ao acordar, Mitch encontrou um bilhete em cima do travesseiro.

Não se esqueça do seu amor pelos livros, cuide dos seus clientes e não se preocupe comigo.

Passo para te ver assim que puder, e não faça o contrário.

Um beijo,

Anna.

P.S.: na boca.

Ele leu duas vezes. Algumas palavras e um sorriso bastam para embelezar o dia, e o *post-scriptum* de Anna estava cheio de sorrisos.

No meio do dia, enquanto ele guardava nas caixas os exemplares não vendidos, deixando sempre uma prateleira separada para lhes dar uma chance, ele se perguntou se seu desejo de vingança ainda estava intacto... E não era o caso, senão ele não se questionaria, mas outra pergunta surgiu: será que ele conseguiria ser plenamente feliz se não matasse essa sede de vingança?

Ele passou a vida querendo ser útil e a profissão que escolheu cumpria esse propósito: servir e honrar a vida, começando pela do seu pai, a quem dedicou sua livraria. Ele sempre se colocou em segundo plano, pois só encontrava prazer no que oferecia aos outros ou compartilhava com eles. Na escola, seus professores escreviam no boletim que ele era um garoto gentil, curioso, atencioso, coisas que a maioria considerava uma fraqueza, quando na verdade se comportar assim demandava uma boa dose de imaginação e de coragem. Mas o que seria da sua gentileza se ele fizesse Salinas sofrer com tudo o que ele sonhava em fazer quase toda noite? Seus pensamentos foram interrompidos pela chegada de uma cliente que ele não via há muito tempo.

— Então é verdade mesmo que você voltou, que notícia maravilhosa! — exclamou a senhora Ateltow.

Ela parecia tão emocionada que Mitch achou que ela iria abraçá-lo.

— Pois é, voltei.

— E como foi essa viagem? Que mudança de vida!

— Quais bons ventos a trazem, senhora Ateltow? — perguntou Mitch, indiferente.

— Mas que pergunta. A vontade de te ver e de lembrar dos velhos tempos. Senti tanta saudade dos nossos encontros... Nunca tive a oportunidade de te agradecer, você foi embora tão rápido. Minha livreira assumiu a função, mas nunca foi a mesma coisa.

— Eu sinto muito — ele respondeu num tom gélido.

A senhora Ateltow mordeu o lábio superior, passou a mão nos cabelos brancos e se contorceu meio desajeitada.

— Os livreiros são submetidos a um sigilo profissional? — ela perguntou com muita seriedade.

— É claro — respondeu Mitch, como se isso fosse óbvio. — Mas por que, se não for indiscreto perguntar?

— Porque não confio na minha.

— Em relação à escolha das leituras?

— Não. Para isso até que ela é boa, mas ela fala demais. Sabe, meu filho se preocupa muito com meu bem-estar. A ponto de ter se transformado num verdadeiro tirano. Ele vigia minhas ações e gestos e afirma que é por causa das minhas leituras que tenho a cabeça nas nuvens, que se eu não ficasse apaixonada pelas histórias fantasiosas, seria mais racional e não divagaria tanto sobre o modo como quero conduzir minha vida.

— Racional em que sentido?

— Para começar, nas minhas ideias, ele não suporta o fato de pensarmos de modo diferente sobre política.

— Mas que absurdo. Que idade tem seu adorável querubim?

— Vai fazer 42 anos em dezembro.

— Neste caso, ele não tem mais salvação — suspirou Mitch. — É lamentável ele exercer tamanha influência sobre a senhora, e mais ainda ele ter um espírito tão obtuso.

— Não é o que ele pensa que me influencia, mas o fato de que eu vivo da pensão que ele me dá e não posso mandá-lo às favas, ainda que não me falte vontade. Não me julgue de forma tão dura, espero que você se saia melhor do que eu quando tiver a minha idade. Ser independente é bem mais difícil do que se imagina para as mulheres da minha geração.

A senhora Ateltow tinha conhecido o marido no colégio onde trabalhava como professora assistente, e ele era o provedor. Ela sempre foi complexada em relação ao seu físico, e se tivesse se olhado com outros olhos perceberia o charme que tinha... O senhor Ateltow lhe sorria toda vez que ela vinha lhe entregar um documento, e seu jeito amável com uma jovem vestida de maneira esquisita e de pescoço comprido, equilibrando-se sobre pernas muito magras (os alunos a chamavam de avestruz) logo a convenceram de que não encontraria partido melhor; a ideia de ser uma velha encalhada a aterrorizava. Seis meses depois de uma sessão de cinema, eles se casaram e ela precisou renunciar provisoriamente à carreira de professora com a qual sonhava desde a adolescência para se dedicar ao lar.

O senhor Ateltow foi amável durante os poucos meses em que a cortejou; depois de colocar a aliança em seu dedo a coisa mudou de figura. Ao longo dos anos, ele se revelou um homem autoritário, egocêntrico e bem menos inteligente do que ela imaginava quando o desposou, e ela constatou que ele ignorava o número incalculável de estupidezes que proferia; pior que isso, ele tinha preconceitos a respeito de tudo.

Ela se aborreceu ao lado dele durante 20 anos. O nascimento de Rony, que, desde muito jovem, já demonstrava ter herdado os genes do pai, foi apenas um pequeno parêntese. Quando o senhor Ateltow foi atropelado por um caminhão de lixo durante o passeio dominical de bicicleta, sua viúva descobriu um talento de atriz que não sabia que tinha até então. Dominada por uma expressão estranha, ela arrancou a pá das mãos do coveiro e se apressou em cobrir o caixão do marido. As pessoas do seu entorno pensaram que seu comportamento traduzia um sofrimento terrível e não a felicidade extrema que ela sentia com a ideia de finalmente recuperar sua liberdade, alimentando a esperança de um dia viver o grande amor que ela nunca tinha encontrado. Esperando pela providência, ela retomou sua profissão e passou a ensinar para alunos mais velhos.

Infelizmente, as parcas economias deixadas pelo senhor Ateltow acabaram rapidamente e a aposentadoria mirrada de professora não mudou muito sua condição financeira. Rony assumiu a responsabilidade, dando à mãe uma vida confortável em troca do poder cada vez maior que exercia sobre ela.

Adepto a um estilo de vida saudável, ele começou restringindo sua comida, inspecionando a geladeira com certa frequência, confiscando as guloseimas e autorizando somente uma taça de vinho por dia, na hora do jantar.

Muito tempo depois, quando a senhora Ateltow começou a sair – com muita frequência para o gosto do filho – com um professor de música que tinha um salário anormalmente inferior ao que um homem de sua idade deveria ganhar, Rony, que tinha um cargo importante num banco grande, buscou informações suficientes para elaborar mais uma ideia fixa. Era inconcebível ela se satisfazer com um suposto artista falido e que, para completar, dançava tango aos sábados. As leituras da mãe eram a causa das suas divagações sentimentais. No dia seguinte, *Gamiani: duas noites de paixão*, de Musset, *O amante*, de Marguerite Duras, e também *O amante de Lady Chatterley* foram para no lixo.

Ao ouvir a antiga professora de literatura se abrir, esparramada pelo balcão como se fosse um divã, Mitch entendeu que Rony provavelmente sabia das desilusões amorosas de Verner.

— Fique tranquila, se seu filho vier me perguntar qualquer coisa sobre a senhora, o que duvido muito, dou minha palavra de que não direi nada. Agora que está tudo esclarecido, a senhora gostaria de ler algum livro em particular? — ele perguntou.

A senhora Ateltow não respondeu, quer, dizer, não imediatamente. Ela se ajeitou e passeou sua longa silhueta pela livraria com a bolsa pendurada no braço.

— Foi ele quem me contou que você tinha voltado — disse ela enquanto folheava um exemplar de *Trópico de câncer*.

— Ele? — perguntou Mitch.

Ele sabia muito bem que ela falava de Verner, mas estava demonstrando seu comportamento exemplar em termos de segredo profissional de livreiro.

— Nós nos encontramos escondidos de vez em quando, por pouco tempo e muito raramente. Ele me contou que você estava viajando, que sorte a sua, esse é meu maior sonho.

Seu rosto se iluminou como se ela acabasse de ter uma relevação.

— É isso que eu deveria fazer, fugir!

— Na sua idade, seria melhor pensar em outras soluções, não? Conversar com seu filho, por exemplo, e contar a ele o que sente.

— Ele não me ouviria. Ele não faz por mal, ao contrário, está convencido de que tudo que faz é para o meu bem, e quando reclamo ele diz que estou perdendo a cabeça. A verdade é que os filhos são horríveis, são pequenos vampiros que fincam os pés na sua vida e sugam seu sangue até a última gota. E a coisa não melhora quando eles crescem. Tenho tanto medo de um dia ele me mandar para um asilo. Prefiro a prisão!

— Acho que não prefere não — respondeu Mitch, lacônico.

— Enfim, não vim me lamentar sobre minha vida, ainda que eu só tenha feito isso desde que cheguei. Vou comprar este aqui — ela disse, agitando o romance de Henry Miller —; vou escondê-lo debaixo da minha cama, ao lado da caixa de chocolate e da garrafa de uísque. Não tem nada melhor do que essa combinação para uma boa noite.

Ela voltou a passear com sua bolsa pelas mesas, murmurando algumas palavras que só ela ouvia, parou diante da seção "Religiões e esoterismo" e se virou contemplando os próprios sapatos.

— Se você precisar de ajuda para organizar as coisas por aqui, vou ficar feliz em colaborar.

Mitch achava sua livraria perfeitamente organizada, mas a proposta da senhora Ateltow parecia um pedido de ajuda que o fez refletir.

— Tenho outra ideia — disse ele. — Suponhamos que a senhora venha me visitar duas vezes por semana, tipo às terças e quintas, na hora do almoço. Talvez um dos nossos conhecidos em comum por acaso também esteja aqui. E podemos supor que, juntos, vocês organizem meu estoque, mas só um pouco.

Os olhos da senhora Ateltow se puseram a brilhar como um farol perdido sobre sua rocha no meio da noite escura.

— E como esse conhecido saberia das minhas visitas?

— Eu cuido disso — respondeu Mitch.

— Ninguém mais além dele vai ficar sabendo?

— Segredo profissional — respondeu Mitch —, e não tem janela no estoque.

A senhora Ateltow cerrou a bolsa contra o peito com o mesmo carinho que teria se fosse um poodle. Lágrimas se derramavam de seus olhos. Mitch a acompanhou até a porta e prometeu que tudo ficaria bem.

Pouco depois de sua partida, ele teve vontade de compartilhar o episódio com Anna. Ele já tinha se controlado duas vezes desde o começo do dia, obrigando-se a respeitar as orientações que ela deixou no bilhete.

*

Ele fechou a livraria um pouco antes do meio-dia. Hoje Salinas voltaria para casa na hora do almoço, como fazia toda semana, sozinho, afinal sua solteirice explicava as noites passadas no bordel.

O promotor era um homem de rotina e de pouca imaginação. Ele desconhecia a fantasia, até o sedã combinava com seus hábitos. Sua vida era metódica.

O ar do outono estava quente e esmagadoramente úmido; Mitch esperava que as portas-janelas do primeiro andar do hotel particular estivessem abertas, o que o pouparia de ter que arrombar a fechadura. No plano que ele tinha amadurecido durante muito tempo, a glicínia serviria de escada.

Ele tinha no bolso tudo de que precisava para saciar sua vingança e se livrar do homem que o impedia de ser plenamente feliz.

Às 12h30 ele entrou na rua privativa. A ruela estava deserta. Ele ficou vigiando por alguns instantes sobre a calçada a fim de garantir que não havia ninguém na janela de alguma casa vizinha e se jogou.

Durante o tempo de cativeiro, a corda de escalada tinha sido o único esporte que ele conseguiu praticar depois do passeio forçado pelo caminho dos mortos. A única atividade em que sua perna não se colocava como uma deficiência impeditiva. No fim de um ano de exercícios assíduos, ele chegava no gancho parafusado no teto mais rápido do que qualquer outro detento, e subia usando somente a força dos braços. Seu recorde foram duas subidas consecutivas de cinco metros em menos de 9,54 segundos. De acordo com suas estimativas, a sacada ficava a seis metros do chão.

Para escalar a glicínia, menos regular que a corda de cânhamo, ele precisou de sete segundos; e de mais dois para passar para o outro lado da balaustrada. As janelas estavam encostadas, fechadas apenas com as cremonas, e ele só precisou levantar a trava para adentrar na sala.

Um sofá e duas poltronas de veludo azul ficavam de frente uns para os outros nos lados opostos de uma mesa de centro de lápis-lazúli. Mitch consultou o relógio, Salinas só chegaria em 15 minutos. Mas ele ouvia barulhos de passos no andar de baixo; ele pensou em tudo, menos nos empregados da casa. Ele viu uma porta no fundo da sala, passou a cabeça e encontrou o escritório do dono, que abrigava duas estantes de livros majestosas. Uma fileira de armários de madeira ocupava a parede inteira de frente para a porta-janela.

Ele se enfureceu ao percorrer com os olhos os títulos das obras que estavam dispostas nas prateleiras. A maioria deles fazia parte da lista de livros proibidos, incluindo uma edição original de *Fahrenheit 451* e uma de *O conto da Aia*. Salinas tinha usado os livros de sua própria biblioteca para o condenar.

Estava prestes a pegar um exemplar na mão quando ouviu a voz do promotor na sala principal. O mordomo que o acompanhava anunciou que o almoço estava servido. Salinas respondeu que precisava dar um telefonema que não podia esperar.

Mitch se precipitou até a porta do primeiro armário. Impossível se esconder ali, estava cheio de pastas; o segundo, um roupeiro, continha três casacos, um velho fuzil de caça pendurado pelo cabo e um guarda--chuva, oferecendo espaço suficiente para que ele pudesse entrar ali a tempo. O promotor entrou no escritório, serviu-se de uma taça de vinho do Porto, pegou o telefone e respirou fundo.

— Obrigado por me atender — ele disse —, eu sei que seu tempo é precioso. Estou lhe pedindo muito e serei eternamente grato. Preciso ganhar esse processo — implorou.

Salinas olhava fixamente para o aparelho telefônico, enrolando o fio nos dedos, balançando a cabeça cada vez que soltava um muxoxo reagindo à fala de seu interlocutor.

Mitch, com o rosto colado na fresta do armário, devia ter cedido à vontade de saltar sobre ele e matá-lo, mas o espetáculo a que assistia lhe dava uma sensação inédita, uma estranha alegria. O belo hotel particular, o mordomo de voz pomposa, o carrão azul combinando com as poltronas não serviam de nada: Salinas tinha perdido a soberba. Ele suplicava, e a pobreza de sua alma transpirava por sua testa pingando de suor.

— Prometo que o senhor não está lidando com um ingrato — ele acrescentou. — É sempre um prazer conversar com o senhor, sim, pode contar comigo, negócio fechado. Agradeço imensamente.

Como era difícil ser promotor. Aliviado, Salinas desligou e voltou à sala principal. Mitch aguardou em seu esconderijo de orelhas em pé. Ele ouviu o mordomo anunciar que alguém queria ver *o senhor.*

— Não estou esperando nenhuma visita — retorquiu o promotor.

— Eu me informei antes de subir para falar com o senhor, mas essa pessoa insiste, ela garante que tem revelações importantes a fazer.

— Neste caso, vamos ver quem é.

*

O caminho agora estava livre. Mitch saiu de dentro do armário, passou por trás da mesa do escritório, se sentou na poltrona do promotor e observou a sala, incomodado pelo sentimento que o dominava. A pena não tem nada a ver com a compaixão ou a empatia, ela é condescendente, arrogante, suficiente, todo o contrário do que ele era. Contudo, era exatamente pena que ele sentia. Salinas era afortunado, tinha poder, dinheiro, reputação e vivia numa solidão mais terrível do que a que Mitch enfrentou na cela, pois ela era causada por ele mesmo.

Essa pena não mudaria a decisão que ele tinha tomado. Ele fixou a taça de vinho do Porto, pegou-a, colocou-a de volta na mesa alguns instantes depois e saiu daquela mansão pela porta-janela da biblioteca.

20. Encontro amoroso

Mitch era um homem de palavra. Ao deixar a rua particular, ele pegou o caminho do conservatório para informar a Verner que ele seria esperado na livraria às terças e quintas na hora do almoço. O professor de música recebeu a notícia primeiro com cautela, depois, o que não era do seu feitio, abraçou Mitch rapidamente sem dizer mais nada.

— Não vai me perguntar por que tem que vir às terças e quintas no estoque da livraria? — Mitch se surpreendeu.

— Não.

— Mas você virá?

— Evidente que sim.

— Você sabe que não é para bebedeiras?

— Isso me parecia bem provável.

— E não quer saber mais nada?

— Nada.

— Posso perguntar qual é o motivo dessa falta de curiosidade?

— Bom, Mitch, eu prometi não abrir o bico, mas como eu te devo essa: a caríssima senhora Ateltow me telefonou para contar tudo sobre sua proposta generosa. Sabe o que me deixa louco? Faz anos que trabalho na ideia de um lugar secreto onde poderíamos nos encontrar em segredo. Sugeri alugar um pequeno apartamento e até deixei que ela escolhesse o bairro. Propus inclusive que nos matriculássemos juntos numa academia, de iniciá-la no tango, nada feito. E bastou você organizar as coisas para ela aceitar.

— Se eu entendi bem você está tentando me agradecer, Verner?

— Não.

— De nada.

Enquanto Mitch se preparava para ir embora, o professor o interpelou para perguntar se vir com flores seria uma boa ideia ou um exagero.

— Tudo depende do tamanho do buquê — respondeu Mitch.

— É claro — Verner aquiesceu, parecendo satisfeito com essa solução. — Se você quiser fazer uma pequena pausa, vamos tocar Grieg.

Mitch recusou educadamente e voltou ao trabalho. O dia passou arrastado e lhe pareceu até insuportavelmente comprido. Às 20 horas, ele não tinha recebido nenhuma notícia de Anna e voltou para casa. Talvez fosse melhor espaçar as noites e demonstrar elegância não se impondo. Afinal, que mal há em deixar a saudade se instalar? A vontade de se reencontrar só aumentaria, mesmo achando essas procrastinações amorosas tão inúteis quanto um experimento científico cujo resultado não daria em absolutamente nada.

Às 20h15, Anna ouviu o tique-taque do relógio do forno, o ronco regular da câmara fria, enternecida como os pais quando ouvem seu bebê recém-nascido ronronar depois de os ter atormentado durante todo o dia. O restaurante ganhava vida. Ela o colocou sozinha no mundo e o observava, emocionada, inquieta em vê-lo crescer, aterrorizada pela desordem que ele criaria em sua vida. Cuidar disso demandava mais do que trabalho, era um sacerdócio.

O dia a deixou esgotada, ainda que o reforço de um carregador que ela contratou na loja de usados, encontrado no começo da tarde para descarregar a caminhonete, tenha permitido que ela recuperasse um pouco do tempo perdido. Ela reservou uma hora no meio da tarde para um encontro importante. Extenuada, apagou as luzes e finalmente voltou para casa.

No mesmo momento, Salinas jantava em seu escritório, preparando a acusação do processo que o preocupava. No fim da refeição frugal, que ele regou com uma taça de vinho do Porto, sentiu um cansaço enorme. No dia seguinte aconteceria algo importante para sua carreira e ele precisava de uma boa noite de sono. Ele deixou a poltrona, atravessou a sala principal e seguiu pelo corredor que levava aos seus aposentos.

Às 20h45, o promotor estava deitado em sua cama e gotas de suor apareciam em sua camisa na altura do peito. Os olhos bem abertos fixavam com indiferença o dia que chegava ao fim. E ainda estavam fixos quando a noite chegou com as estrelas, o silêncio e a escuridão.

*

Dois dias se passaram sem Mitch receber uma visita ou um telefonema de Anna, o que algumas vezes o deixou perplexo e muitas vezes triste.

Ele usou todos os meios de que dispunha para fugir de sua solidão, organizando a livraria, abrindo um livro para devolvê-lo no lugar logo depois, com a mente muito ocupada em buscar a razão para esse silêncio que o corroía por dentro. E encontrou muitas.

Mergulhada em seus problemas, ela tinha fugido de novo… Uma hipótese que lhe parecia pouco provável. Se depois de ter matado *um pouco* alguém ela tinha encontrado tempo para comprar um livro, também teria encontrado tempo para avisá-lo. Ela tinha decidido pôr um fim na relação deles… Mas, nesse caso, ela teria falado para ele. Tudo o que aprendeu sobre ela desde que a encontrou provava que ela não tinha medo de assumir suas decisões. As obras do restaurante estavam atrasadas, e por orgulho ou por não querer abusar da boa vontade dele, ela não quis pedir sua ajuda…

Enquanto pensava nessa terceira hipótese, Mitch repensava na primeira, depois na segunda, e assim por diante. Ele andava em círculos, mesmo quando ia passear na beira do rio para arejar a mente, ou quando cuidava de tarefas totalmente inúteis. Os livros nunca mudaram tanto de lugar nas prateleiras e nas mesas. Anna escreveu que ele não precisava se preocupar com ela, que ela viria visitá-lo assim que pudesse, observando que não queria que acontecesse o contrário. Fazia dois dias e Mitch tinha se dado um dia a mais antes de ir tirar a história a limpo. A única coisa que o impedia de abrir a porta do restaurante, ainda que tivesse ido duas vezes até a rua de comércio, era seu desejo irreprimível de beijar Anna e não a deixar mais até que tivessem terminado todas as instalações, não importa quanto tempo levasse. Havia uma razão lógica e simples para isso. Para Mitch, nada deixava a vida mais alegre do que ajudar quem se ama, fazer as coisas juntos as tornavam formidáveis, inclusive instalar azulejos.

Ele considerou diversas vezes a possibilidade de não respeitar os pedidos que ela fez. Ele caminharia direto até ela, sem lhe dar tempo para argumentar, e a pegaria em seus braços. Mas Mitch pensava que esse tipo de coisa não fazia sentido quando uma mulher tinha escolhido a ausência.

À noite, quando ele já estava na cama e o sofrimento subia mais um degrau, ele se rebelava, murmurava debaixo de sua barba crescida – ele não se barbeava mais – que ele não era seu marido de aluguel, que nada justificava esse abandono, que estar muito ocupada não era desculpa e que um telefonema bastaria para resolver toda a situação.

De manhã, ao acordar, ele só tinha certeza de uma coisa: a desordem que tomava conta de seus pensamentos não era do seu feitio. Talvez fosse melhor não fazer nada.

*

Encostada na parede, as mãos enfiadas nos bolsos do avental, Anna observava o salão do restaurante, virava a cabeça para a cozinha, parava diante do seu reflexo no espelho grande e suspirava antes de retomar a visão panorâmica.

Posicionar as mesas na diagonal e equidistantes entre si era uma tarefa impossível de ser feita sozinha; cada vez que deslocava uma, ela dava dez passos para trás para constatar que o alinhamento estava errado. Na cozinha, as prateleiras de louça não estavam na altura certa, ela teria que esvaziá-las e reposicioná-las. Uma das bocas do fogão industrial estava quebrada, mas o leiloeiro tinha garantido que o fogão fora totalmente revisado. A segurança da câmara fria, um botão vermelho enorme que garantia que ninguém ficasse preso dentro dela, funcionava vez sim, vez não; quando o inspetor viesse supervisionar o local antes de lhe dar a licença, seria a primeira coisa que verificaria.

Ainda que a razão de seu desânimo fosse outra, Mitch não ia visitá-la há dois dias; pior ainda, ele não tinha dado nenhuma notícia. Sim, ele tinha uma livraria para administrar, uma clientela a atender e sim, ele tinha uma vida tão ocupada quanto a dela, mas não, não eram desculpas suficientes.

Um simples telefonema bastaria. Ela tinha quase se arrependido de ter deixado o bilhete que falava demais sobre seus sentimentos.

Cada vez que ela procurava entender a razão do silêncio dele, encontrava vários. Ele estava cheio de dúvidas, pois uma mulher como ela era uma coisa muito complicada; suas questões o deixaram preocupado; ela tinha abusado demais do tempo dele. E à noite, antes de pegar no sono, quando a tristeza subia mais um degrau, ela se lembrava de também ter dedicado bastante tempo a ele recentemente, mesmo que ele não soubesse de nada.

Naquela noite, assim como na anterior, com a cabeça no travesseiro e olhando para o teto, Anna se perguntou como tinha chegado até ali. Ela tinha sofrido humilhações, enfrentado violências indescritíveis, se reconstruído sozinha em meio a uma natureza hostil, tinha sido copeira, garçonete, ajudante de cozinha, trabalhando sem folga durante anos para conseguir chegar aonde queria; seu sonho estava se realizando, e por mais que estivesse acabada, não conseguia dormir. Ela não demorou muito para encontrar a razão de sua insônia: o encontro entre duas pessoas que sobreviveram ao mal que haviam sofrido sem perder a capacidade de amar não é um encontro qualquer.

Pois havia uma semelhança evidente entre eles, como entre dois seres que descobrem uma aversão em comum por óperas ou por brócolis cozidos e que se extasiam diante de um tal milagre.

*

Mitch pegou o primeiro trem da manhã e chegou bem antes do seu horário de costume. O gato não se dignou a abrir nem um olho quando ele atravessou o pátio interno. Ele tinha acordado no meio da noite pensando na bagunça do estoque no momento em que Verner e a senhora Ateltow estavam prestes a se encontrar ali. Não havia lugar para se sentar, nem onde apoiar uma xícara de chá, e nem mesmo uma lâmpada para iluminar a conversa deles. Nenhum dos dois tinha idade para ficar de pé se olhando como dois suspeitos. O encontro tão esperado corria o risco de se transformar numa tragédia e a responsabilidade seria todinha dele.

Ele tirou o casaco, arregaçou as mangas e começou a trabalhar, iniciando por trocar de lugar todas as caixas, que empilhou num canto. Depois ele aspirou o tapete, desistiu de se aventurar no subsolo para subir alguns móveis e, para compensar a covardia, desocupou uma mesa da livraria e a levou para o estoque. Depois foi a vez do banco que ficava atrás do balcão e da escadinha móvel que servia para alcançar as prateleiras mais altas. Como não havia cadeiras, Verner e a senhora Ateltow não iam poder se sentar na mesma altura para conversar olhos nos olhos, mas iam conseguir se virar com o que tinham à disposição. Porém, as duas taças lascadas tinham um aspecto bem mediano... Mitch correu até o café onde costumava comer de manhã e conseguiu emprestadas duas xícaras com pires. Uma passada rápida no mercadinho, onde comprou uma caixa de chás, um pacote de biscoitos, açúcar, um litro de leite e guardanapos com estampa de Papai Noel. Dezembro ainda estava longe, mas o mercadinho só vendia esses artigos durante as festas de fim de ano e o único que ainda tinha na prateleira era o que tinha sobrado do ano anterior.

Um pouco antes do meio-dia, Mitch dispôs sobre a mesa as duas xícaras de porcelana, um bule de chá, a chaleira elétrica, o pacote de biscoitos, um suporte para o leite (que naquela manhã ainda era um porta-lápis) e duas colheres pequenas. Só faltava agora tirar o esfregão de dentro do balde antes de enchê-lo com água para receber o buquê de flores da senhora Ateltow. Ele admirou o conjunto e achou admirável o fruto dos seus esforços.

Verner foi o primeiro a chegar, vestindo um terno verde inglês, um colete xadrez amarelo e mostarda e um par de mocassins marrom. Mitch o levou até o estoque e sugeriu que ele se sentasse na escada, que era menos confortável que o banquinho. A senhora Ateltow chegou alguns minutos depois, usando um vestido branco de musselina que lhe caía muito bem. Os cabelos estavam presos com uma presilha de madrepérola e Mitch nunca a viu tão maquiada, mas sua expressão radiante compensava esses detalhes e a rejuvenescia uns 10 anos. Ela caminhou pela livraria, lançou alguns olhares furtivos para a vitrine, como se temesse ter sido seguida. Mitch designou o local do encontro com o olhar, ela caminhou para lá discretamente e desapareceu por trás da porta do estoque.

Por discrição, ele se manteve o mais distante possível dos dois pombinhos.

Às 12h30, um furgão escoltado por um carro preto estacionou em cima da calçada. Oito policiais entraram de forma precipitada na livraria. Somente um deles não usava uniforme. Um inspetor, que informou a Mitch que ele estava detido. Dois policiais o agarraram e colocaram seus braços para trás, um terceiro colocou as algemas enquanto o inspetor explicava que ele estava sendo acusado de assassinato, que tinha o direito de permanecer calado e que, a partir daquele momento, tudo o que dissesse poderia ser usado contra ele. E antes que Mitch pudesse protestar, levaram-no à força.

— As provas são esmagadoras — acrescentou o inspetor empurrando-o para dentro do furgão.

A escolta partiu com as sirenes ligadas em direção à sede da polícia.

Mitch, no meio de dois policiais, tinha a impressão de estar mergulhado num pesadelo, e não era a primeira vez que ele dava esse mergulho.

21. A confissão

Ele estava sentado numa cadeira, as mãos algemadas nas costas; o inspetor sentado de frente para ele estava em silêncio, virando lentamente as páginas de um dossiê, balançando a cabeça de vez em quando para dar mais seriedade ao momento. A artimanha já durava dez longos minutos, depois o policial pegou uma foto em branco e preto, uma tiragem extraída de uma gravação feita por uma câmera de vigilância, e a estendeu a Mitch.

— Você reconhece esse homem sentado num banco do palácio de justiça, bem em frente à sala de audiência?

A imagem estava um pouco desfocada, mas Mitch estava muito bem-posicionado para saber que era o homem em questão, e como tudo o que dissesse poderia ser usado contra ele, não respondeu.

— Muito bem — fez o inspetor estralando a língua.

Ele colocou outras três fotografias bem debaixo do nariz de Mitch.

— E aqui, no estacionamento do Palácio, nenhuma ideia de quem poderia ser?

Na primeira foto, Mitch descia a rampa que levava ao subsolo; na segunda, era possível vê-lo escondido atrás de uma coluna; e na terceira, ele aparecia de costas subindo até o andar térreo.

— Nada ainda? — retomou o inspetor num tom exasperado.

Desta vez era flagrante, Mitch estava totalmente reconhecível.

— O que é que tem, por acaso é proibido ir ao palácio de justiça ou estacionar o carro lá?

— Não, desde que se tenha um carro. O ponto é que não encontramos nenhum carro registrado no seu nome. O que me leva a perguntar o que você estava fazendo enfiado naquele estacionamento.

O rosto do inspetor continuava impassível, o paletó do seu terno era apertado nos ombros, dando a ele um porte ainda mais imponente.

Abotoaduras brilhavam em seus punhos, como se ele as polisse de manhã depois de se barbear e engraxar os sapatos. Tudo nele transpirava a vestimenta de quem se arruma para querer impressionar.

— Não me lembro, caía uma tempestade naquele dia — respondeu Mitch —, eu me abriguei ali e não vejo nada de ilegal nisso.

— Suponhamos que sim. E se eu disser que o promotor Salinas foi assassinado há três dias, vai insinuar que não sabia de nada?

— Eu não tinha ideia. Como poderia saber?

— Pela imprensa ou pela tevê, por exemplo.

— Eu só leio livros e não tenho televisão.

— Ah, sim, claro! Mas temos outro porém, mais grave do que o anterior. Um vizinho do promotor, a quem mostramos estas fotos, o reconheceu oficialmente e afirma tê-lo visto várias vezes perto da casa dele, e não faz muito tempo! — disse ele, dando um murro na mesa. — Um ex-presidiário que acabou de ser solto, que teve o senhor Salinas como promotor, é pego rodeando o palácio de justiça, o estacionamento onde a vítima estacionava seu veículo, diante de sua residência, onde ele por acaso se encontrava no dia do assassinato. Mas que grandes coincidências, não acha? Nunca vi tantas em 20 anos de carreira. Segundo o senhor, quanto tempo os jurados vão levar para se convencerem de que o senhor é o culpado? Tem consciência de que desta vez o que o espera é a prisão perpétua? — disse ele num tom condescendente. — A menos que…

— Que o quê? — perguntou Mitch com a garganta apertada como um cano enferrujado.

— Que confesse! Posso alegar que, por remorso, o senhor colaborou espontaneamente. Eu poderia fazer com que só pegasse 20 anos de prisão. É muito tempo, mas não tanto para um reincidente. O senhor é jovem, o que faz com que sobrem muitos anos para viver em liberdade, desde que não mate mais ninguém, é claro.

— Eu não matei ninguém e o crime pelo qual fui condenado não existe! — Mitch vociferou.

— É claro, todos dizem isso. Minha oferta só é válida por uma hora, depois será tarde demais — afirmou o inspetor batendo mais uma vez na mesa. — Eu já estava esquecendo de um último detalhe: a brigada criminal encontrou uma série de impressões na residência do promotor, ainda não recebemos os resultados, mas prefiro mencionar caso o senhor já saiba que as suas aparecerão na lista. Uma hora, nem um minuto a mais — acrescentou o inspetor se levantando.

Ele saiu da sala e deixou Mitch refletir sobre a proposta. Alguns minutos bastaram para que ele chegasse à conclusão de que estava em maus lençóis. Ele tinha deixado suas impressões espalhadas pela casa, no escritório de Salinas, na maçaneta da porta, nas prateleiras da estante de livros, nas capas dos livros que tinha pegado nas mãos e na taça de vinho do Porto. E, como se isso pudesse mudar alguma coisa em seu destino, ele se perguntou de que janela alguém o espiou, pois ele tinha certeza de ter vistoriado todas elas e não ter visto ninguém.

E se o policial estivesse blefando e esse vizinho não existisse? Quanto às impressões, ele poderia alegar que o promotor tinha aceitado recebê-lo em sua casa e lhe oferecido uma bebida. O mordomo desmentiria, e a palavra de um ex-detento não teria muito peso na balança. Mitch, que tinha lido muitas histórias, era incapaz de sustentar uma. Vinte anos ou a perpetuidade seria uma equação rapidamente resolvida por alguém que nunca esteve na prisão, mas para quem tinha conhecido o inferno, os abusos do Sargento, o frio das noites de inverno, o calor sufocante do verão no caminho dos mortos, o cálculo era mais complexo.

Ele avaliou suas chances de conseguir uma anulação. O motivo seria facilmente invocado pela acusação, pois as provas que o promotor tinha eram irrefutáveis. As únicas zonas sombrias eram a arma do crime e a hora exata em que ele ocorreu. Mitch queria ter seu relógio para saber quanto tempo lhe restava antes de seu destino ser traçado. O que era duplamente impossível, pois ele tinha sido confiscado e o menor movimento imediatamente lhe apertava ainda mais as algemas que já cortavam seus punhos. Ele estimou uma meia hora pelo menos, um pouco menos talvez, e retomou o fio da meada desde o início.

Ele repassou na memória os processos descritos nos romances do gênero, como os de Grisham e Connelly, de que ele gostava muito, se demorando nos momentos decisivos, quando tudo parecia condenar o acusado e a situação tinha uma reviravolta súbita. Então ele se colocou na pele do advogado que lhe seria designado.

Seu cliente tinha de fato ido até o Palácio. Depois de pagar uma pena injusta, ele tinha o direito de entender por que o promotor Salinas tinha sido tão implacável contra ele. Por não desejar ser visto na companhia de um ex-detento, o promotor pediu para que ele o esperasse perto do seu carro no segundo subsolo (até aí a história tinha fundamento), sem ser visto (o que explicava por que ele tinha se escondido atrás de uma coluna). O que o acusado acabou fazendo, em vão. Supondo que o procurador o tivesse despistado ou atrasado o encontro, ele se resignou a deixar o estacionamento (terceira fotografia). O promotor saiu um pouco depois, dirigindo seu carro, e, vendo-o caminhar na rua sob uma forte chuva, convidou-o a entrar no carro. Ele o levou até em casa, o recebeu diretamente em seu escritório (razão pela qual o mordomo ignorava sua presença). Um livreiro apaixonado não poderia resistir a folhear um ou outro livro de sua biblioteca (as impressões digitais). O promotor serviu uma taça de vinho do Porto ao acusado (de novo as impressões digitais). Mas a chegada de um visitante tinha encerrado prematuramente a conversa deles. O acusado teria saído com a mesma discrição com que entrou. Essas explicações racionais e claras levavam à seguinte pergunta: quantos homens e mulheres Salinas tinha condenado indevidamente? Quantas de suas vítimas tinham sido mandadas injustamente à prisão para contribuir com sua ascensão profissional? Quantas delas queriam se vingar? A polícia teria se dado ao trabalho de estudar outras pistas? Não estávamos mais uma vez assistindo a uma demonstração flagrante de uma justiça expeditiva? Não teriam designado o culpado ideal quando nada provava sua implicação a não ser uma infeliz combinação de coincidências?

Mitch estava quase orgulhoso por ter construído tal narrativa, aceitável para um romance, menos crível na realidade, mas não totalmente impossível. Mas ele estava apavorado e só lhe restavam no máximo quinze minutos para tomar a mais importante decisão da sua vida. Declarar sua inocência e se arriscar a uma prisão perpétua, ou confessar; o tique-taque o impedia de refletir sobre as falhas do seu raciocínio. Suas mãos tremiam, seu coração estava quase saindo pela boca, o suor enxarcava suas costas; à beira de um ataque, ele sufocava e a única esperança de se safar, se é que isso ainda era possível, exigia que ele se acalmasse – mais fácil falar do que fazer quando o tempo está contado.

No centro penitenciário, quando o medo o sufocava, ele fugia através dos seus pensamentos, que nem as paredes nem as grades podiam controlar. Mais uma vez, Mitch fechou os olhos e se viu atrás do balcão de sua livraria. Alguns clientes passeavam de mesa em mesa, ele aconselhava um deles, recolocava os livros no lugar, parava para colocar sob a capa de uma obra a ficha de recomendação que havia redigido.

Sua respiração voltou quase ao normal e ele se perguntou com que tipo de promotor teria que lidar, se um amigo de Salinas que queria vingá-lo ou um de seus inimigos a quem ele havia ofuscado. O requisitório lhe pareceu mais claro.

A acusação apresentava as fotos aos jurados, perguntava por que um homem que alegava ter um encontro se escondia atrás de uma pilastra, a não ser pelo fato de ser um assassino que espreitava sua presa. O vizinho misterioso testemunhava que ele vagava sozinho pela rua particular, o mordomo explicava que era impossível o promotor entrar em casa sem ter cruzado com Mitch. Sobrava apenas a questão da arma do crime.

Cinco minutos, 300 segundos, confessar e se decidir por 20 anos de reclusão, nunca mais ver Anna, perder sua livraria para sempre, 20 anos tentando sobreviver todos os dias, 20 anos ou arriscar a prisão perpétua. *Tique-taque*.

O inspetor entrou bruscamente, levantou-o pelo braço e o arrastou pelo corredor até uma sala de interrogatório sinistra. Primeira etapa de uma longa descida até o inferno.

— Espere aqui — ele ordenou, como se o prisioneiro tivesse escolha.

Trancado sozinho naquela sala sem janela, Mitch baixou a cabeça. Uma tempestade de imagens, lembranças, capas e páginas, palavras e barulhos desfilava diante dos olhos dele, depois tudo se apagou e deu lugar ao seu par de sapatos, cujos cadarços tinham sido retirados. Cada um vê o desespero à sua maneira.

*

A porta foi reaberta 10 minutos depois.

— Pronto, minha decisão está tomada — gritou Mitch, aterrorizado com a possibilidade de que o prazo já estivesse esgotado.

O inspetor, com a mandíbula cerrada e olhar de maldade, demonstrava uma vontade imensa de lhe dar um soco na cara. Ele tirou as algemas e ordenou que ele saísse imediatamente dali.

— É uma armadilha? — perguntou Mitch esfregando os punhos. — Conheço essa história. Assim que eu sair você vai me acusar de ter tentado fugir, talvez até bata a própria cabeça na parede para que acreditem que eu lhe agredi.

— Você lê livros demais, isso não é bom para a saúde. Que parte do "saia já daqui" você não entendeu?

— Vocês encontraram o verdadeiro culpado?

— O único culpado é você e eu vou provar isso, ainda que alguém esteja dizendo que estava com você na noite do crime. Parece que você tem um álibi, aproveite desse tempo curto de trégua antes que eu prove que isso não passa de mais uma mentira.

*

Um policial de uniforme o acompanhou até o pátio central da delegacia. O responsável pelas entradas e saídas lhe entregou seus pertences, a carteira, as notas e moedas que ele tinha no bolso no momento em que foi detido, os cadarços, o relógio e as chaves.

Mitch olhou em volta. Um bom terço da sala, dividido por uma grade que percorria toda a extensão dela, formava uma gaiola. Dentro dela, uma mulher muito bêbada esperava passar a bebedeira sentada num banco. Sua cabeça balançava lentamente, seu busto oscilava ora para a direita, ora para a esquerda, e somente o quadril e as pernas resistiam à onda.

Um batedor de carteiras balbuciava palavras incompreensíveis por causa de um belo corte em seu lábio inferior. Dois caras que tinham brigado, algemados numa grade de cada lado da porta, se olhavam torto, prontos para uma nova briga. Uma prostituta perambulava de uma parede à outra, ajeitando sob o corselete os peitos murchos pelo desamor dos homens. Mitch avançou até a porta e deixou aquele show de horrores.

A noite tinha chegado precocemente, trazendo em seu rastro uma daquelas garoas persistentes que penetram cada vão de roupa até dar um frio de doer os ossos. Os pedestres avançavam com a cabeça enfiada no casaco, mas Mitch, que tinha encontrado a liberdade, via todas as cores do mundo se debaterem para existir naquele espetáculo cinzento. As lonas dos guarda-chuvas se chocavam na calçada, as carrocerias dos carros brilhavam, o asfalto reluzia sob a luz dos postes. Quanto tempo ele tinha passado atrás daquelas paredes?

Uma buzina o fez virar a cabeça. Os faróis de uma caminhonete pareciam piscar para ele. Ele avançou até a porta e viu Anna no volante fazendo sinal para ele entrar no carro.

— Desculpa por não ter te esperado lá dentro, mas não me sinto muito à vontade nesses lugares e também não queria caçar encrenca.

— Como você soube que tinham me levado?

— Essa é uma história e tanto — ela respondeu arrancando com o carro.

Ela tinha ido visitá-lo no começo da tarde. A livraria estava deserta, mas mesmo assim ela abriu a porta.

— Ouvi uns cochichos no estoque, então pensei…

— O que você pensou?

— Que você estava escondido lá com outra mulher! E quando entrei, a situação era bem diferente do que eu estava imaginando. Um casal estranho me olhava com os olhos arregalados. O homem tranquilizava a esposa com uma voz doce, garantido que certamente se tratava de um erro e que era óbvio que você não tinha matado ninguém.

— Ela não é a esposa dele.

— Tudo bem, mas me parece que essa não é a coisa mais preocupante no momento.

— É um pouco sim, porque eu estraguei tudo.

Mitch explicou a importância daquele encontro para Verner e para a senhora Ateltow, e Anna se perguntou se achava esquisito ou charmoso o fato de ele lamentar mais ter estragado o encontro secreto deles do que ter sido acusado de assassinato.

— Ou então — disse ela, fazendo o câmbio ranger —, pode considerar que ofereceu a eles uma lembrança inesquecível.

Ela passou no farol vermelho e buzinou para o motorista que precisou frear bruscamente.

— Pensa em tudo o que eles têm pra contar um pro outro — ela acrescentou colocando a mão no rosto dele.

Enquanto ela dirigia, Mitch olhava o movimento na calçada, cheia de homens e luzes.

— Você não tem mais motivo para ficar preocupado já que sou seu álibi — Anna emendou.

— Só que eu não estava com você na noite do crime.

— Eu sei e lamento por isso — ela disse —; e o pior de tudo isso é que senti uma saudade absurda de você, ainda que eu saiba que não se diz essas coisas.

Mitch se virou para ela, tão comovido quanto.

— Tudo bem, você está conseguindo lidar com isso? — ela perguntou.

Ele aguardou um instante antes de responder. Não, ele não estava conseguindo lidar com tudo aquilo, ele estava só engolindo tudo, atordoado, pensando no futuro que o aguardava.

— Vivi dois períodos na prisão — ele disse com uma voz cansada. — Aquele em que sentia falta da minha vida de homem livre. O cheiro do café de manhã, o banho que eu tomava na privacidade do meu banheiro, meus passos até a estação, a plataforma onde eu esperava meu trem para a periferia, reclamando que ele estava atrasado, o odor particular desse trem, a sujeira no vidro que deformava a luz da manhã, meus passos mais uma vez quando caminhava até minha livraria, o barulho da chave na fechadura. Eu revisitava cada detalhe aos quais eu achava que nunca tinha dado importância, com uma precisão surpreendente. E depois chegou o dia em que tudo desabou sem que eu percebesse…

Ele se interrompeu no meio da frase. Anna esqueceu o caminho por um instante para observá-lo; ele estava desarrumado, o rosto pálido, o olhar derrotado, perdido num mundo que ela ignorava, mas cuja dureza começava a vislumbrar. A caminhonete esbarrou no acostamento; com um movimento de volante ela a endireitou na pista.

— E depois desse dia? — ela perguntou timidamente.

— Só pensei no meu cotidiano de prisioneiro. A hora da refeição, o passeio no pátio, a sala de ginástica, o declínio das cores com o cair da tarde, a angústia de ouvir durante a noite uma tempestade esburacar o caminho dos mortos, minha corrida para escapar da loucura quando uma nova manhã adentrava na minha cela.

Ela tirou o pé do acelerador, entendendo que era preciso dirigir pelo maior tempo possível para que Mitch contasse o que lhe pesava no coração, porque aquelas confidências pertenciam àquela estrada que eles percorriam juntos.

— Eu não te contei tudo sobre o meu processo — ele prosseguiu. — O promotor apresentou outros livros no tribunal além dos dois encontrados no meu estoque. *O estrangeiro*, de Albert Camus, *O conto da Aia*, de Margaret Atwood, *A confissão*, de Jack London, *A escrita ou a vida*, de Jorge Semprun, *Fahrenheit 451*, de Ray Bradbury, me acusando de tê-los distribuído a uma juventude inocente para pervertê-la, de querer despertar nos jovens o medo e o ódio ao poder, de desestabilizar a sociedade ao me opor à vontade de seus pais e professores. Eu mal conseguia ouvir, só pensando no estranho paradoxo ao qual eu assistia. Aquele homem estudado temia o poder das palavras. E eu não parava de me perguntar o que poderia ter acontecido na vida dele para ele chegar nesse ponto. As obras que usou como prova para me condenar vinham da biblioteca dele. Salinas era um grande leitor, ele sabia do mal que estava fazendo e mentia para os outros e para si mesmo.

A cidade e a periferia desapareceram e a estrada formava uma longa faixa que se estendia diante deles no meio do campo. Sob a noite estrelada, terras cobertas de cevada e trigo se estendiam a perder de vista. Anna abriu o vidro e encheu os pulmões de ar.

— Como você descobriu a origem desses livros? — ela perguntou.

— Entrei na casa dele no dia em que ele foi morto.

Mitch encostou a cabeça no vidro e fechou os olhos. Anna não fez mais nenhuma pergunta.

Quando chegaram numa cidadezinha à beira-mar, ela parou a caminhonete ao lado de um dique e esperou que as luzes do amanhecer surgissem para acordá-lo. Depois ela abriu a porta e desceu, cheia de energia.

— Tira os sapatos também e vem comigo! — ela disse, alegre.

Enquanto ele desamarrava os sapatos, ela já estava correndo em direção às ondas.

Os gritos das gaivotas sobrepunham o som da ressaca. O vento soprava forte, fazendo os cabelos de Anna caírem sobre seus olhos.

Na véspera, Mitch estava algemado numa sala de interrogatório, pensando que nunca mais veria o dia de outro modo, a não ser por detrás das grades. Naquela manhã, ele caminhava descalço na areia, embriagado pela maresia e pelo riso de uma mulher. Desde que encontrou Anna, sonho e realidade se misturavam com furor.

22. A cor púrpura

O SOL JÁ CRAVAVA SEUS REFLEXOS NA ESPUMA DAS ONDAS. MITCH E Anna se despiram e, mesmo com o calor crescente, a água estava congelando.

Um pouco mais tarde, deitado na areia, Mitch estava com a cabeça na barriga de Anna e sentia sua pulsação bater sob a nuca. Eles pegaram suas coisas, subiram na caminhonete e foram até o centro da estação balneária procurar um lugar para tomar café da manhã.

Andando na calçada, Anna parou numa banca e comprou o jornal do dia. O retrato de Salinas estava na capa. Ela dobrou e o guardou no bolso.

Quando eles se instalaram numa mesa, ela colocou o jornal na frente de Mitch e pediu para ele ler a notícia.

— Ele teve uma morte cruel e sofrida — Mitch anunciou, fazendo um esforço para esconder sua satisfação.

— Como? — perguntou Anna, mergulhando o pão numa xícara de café com leite.

— Envenenado — respondeu Mitch.

— Original — ela disse, com um sincero desapego.

Ela apertou os olhos e sorria de um jeito estranho. Mitch tentou ler seus pensamentos, curioso em saber se ela ainda estava ali com ele ou se sua mente tinha fugido para o fogão e a geladeira de seu restaurante, a centenas de quilômetros dali.

— Não vai me perguntar se eu o matei?

— Você o matou?

No café, não se ouviu mais nada além do silêncio. A garçonete que arrumava os talheres nas mesas ficou paralisada, um garfo numa mão, um guardanapo na outra, e a boca aberta.

— Neste caso, não falemos mais do assunto — concluiu Anna.

Ela se levantou, pegou dois croissants numa cesta sobre o balcão e voltou a se sentar de frente para Mitch, oferecendo-lhe um.

— Incrível como o ar marítimo abre o apetite. Devia ter vindo morar aqui. As pessoas devem sentir fome o tempo todo; pelo menos eu sinto. Bom — disse ela afastando o jornal —, agora que sabemos qual foi a arma do crime, resta saber o motivo.

— Salinas tinha muitos inimigos.

— Não tenho a menor dúvida, mas a polícia só prendeu um.

— De tanto bisbilhotar a vida dele, eu dei bons motivos para acharem que fui eu, simples assim.

— Bom, eu acho que é mais complicado que isso, e também acho que não te escolheram por acaso. Desde que você não o tenha matado, é claro, mas nós prometemos não falar mais nisso. E mesmo que fosse, seria sensato encontrar outros culpados.

— O autor do crime, por exemplo?

— É exatamente isso que eu quis dizer. Enfim, um ou outro, desde que ele tenha cometido um crime. O que te levou à prisão da primeira vez?

— Eu já disse, os livros que eu não tinha o direito de vender na minha livraria.

— Não é isso que quero saber. Como a polícia descobriu que você tinha esses livros?

— Um fiscal tinha me dado uma multa semanas antes, e me recusei a retirar o *Diário de Anne Frank*, porque isso era absurdo e indigno. Imagino que o relatório dele bastou para que os policiais viessem fazer uma apreensão.

— Quantos policiais vieram no dia dessa apreensão?

— Não lembro. Uns seis, talvez oito.

Anna apoiou o queixo sobre as mãos, os cotovelos escorados na mesa, e olhou para o teto.

— Oito policiais por causa de um simples relatório. Isso não faz sentido. Conheci restaurantes que foram autuados por causa de problemas de higiene, trabalhei em outros que receberam multa; no pior dos casos eles receberam uma segunda visita algumas semanas depois, mas nunca uma batida policial de verdade.

— Os tiranos têm mais medo dos livros do que de comida estragada.

— Nunca te passou pela cabeça que alguém pode ter te denunciado?

— Por que alguém faria isso? — perguntou Mitch.

— Para te mandar pra cadeia. Alguém do seu entorno queria se ver livre de você?

— Desculpa, mas não consigo pensar em ninguém.

Mitch perdeu o apetite e colocou o croissant de volta no prato. Anna comeu tudo em duas mordidas.

— O ar marinho — ela repetiu limpando o canto da boca.

— O antiquário talvez? — retomou Mitch. — Ele me vendeu o imóvel onde montei minha livraria; depois me pediu pra sublocar meu subsolo, mas recusei.

— Como era esse antiquário?

— Bem pouco amável.

— Bem pouco amável é um bom começo — disse ela lambendo os dedos. — Você topa dividir um brioche? Não, esquece, eles são muito pequenos.

Ela foi de novo até o balcão, voltou com a cesta de folhados e voltou para falar com a garçonete que secava o mesmo copo há dez minutos, sem desviar o olhar deles.

— Se nossa conversa te interessa, pega um café e vem sentar com a gente, quem sabe você não tem alguma boa ideia para dar.

A mulher deu de ombros e voltou a se ocupar de seu pano de prato.

— Desculpa — ela disse se sentando novamente —, herdei o gene do "detesto pessoas que se metem onde não são chamadas".

— Isso existe? — perguntou Mitch.

— Sim, é uma mutação de "não gosto das pessoas no geral".

— Como você fez para convencer o inspetor a me liberar? — questionou Mitch, que preferia mudar de assunto para não estregar o dia em que apreciava cada instante.

— Em resumo ou em detalhes?

— Em detalhes — reforçou Mitch.

— Por causa do meu passado, as delegacias não são o lugar onde me sinto mais à vontade, então, antes de entrar, primeiro respirei bem fundo. Quando entrei, pedi para falar com o policial que tinha te levado. O guarda da entrada quis saber o motivo, e seu tom foi arrogante o suficiente para eu encontrar a determinação que eu tinha perdido diante das fardas. Eu me inclinei na direção dele e disse que tinha um segredo importante para contar.

— Que segredo?

— Que eu tinha passado a noite e a madrugada com o homem que estavam interrogando. Também falei que o superior dele tinha coisa mais importante para fazer do que perder tempo com um suspeito que não podia ter cometido o assassinato pelo qual tentavam culpá-lo, e que era melhor colocá-lo a par antes de forçar uma confissão, porque senão eu contaria tudo à imprensa. Ele me olhou torto e meu ar desenvolto acabou por convencê-lo.

Anna contou tudo isso num fôlego só e o fluxo da sua fala demonstrava que essa fanfarronice tinha lhe custado mais caro do que ela queria admitir.

— Você quer mesmo que eu continue? Sim, você quer. Bom, depois o inspetor me levou até o escritório dele e repeti exatamente a mesma coisa. Ele tentou me pressionar, afirmando que não te soltaria tão facilmente assim, e que eu tinha que revelar em que momento exato nós estávamos juntos, onde e o que estávamos fazendo na hora do crime. Eu ainda não te contei, mas durante minha adolescência eu joguei muito poker, e um pouco depois também; bom, o poker é um jogo de blefes, e o blefe é a arte das pequenas mentiras. No início da partida, quando você não tem cartas boas, você faz uma cara, um gesto particular, um tique nervoso, enfim, você entendeu a ideia. E quando você tem um jogo bom, você reproduz o mesmo tique. Seus adversários dão um lance e você ganha a partida. Entendeu aonde quero chegar?

— Estou tentando, mas não entendo a relação com meu caso.

— Aí é que você se engana, e eu vou te provar. Eu expliquei a esse inspetor que para responder à pergunta dele era necessário saber a que horas exatamente tinha acontecido o crime. Ele era estúpido demais para perceber o alcance da sua burrice. Acrescentei que se tivesse acontecido perto das 17h ou depois, você não poderia ser acusado porque estávamos juntos no meu futuro restaurante, onde você estava me ajudando a alinhar as mesas na diagonal, o que todo mundo sabe que é impossível fazer sozinho, e que nós jantamos juntos na cozinha antes de ir pra minha casa.

— E ele acreditou nas suas palavras? — Mitch se surpreendeu.

— Você não entendeu nada do poker — suspirou Anna. — A questão não era ele acreditar em mim, mas adivinhar se ele estava blefando e o desestabilizar antes que ele quisesse apresentar suas cartas. Acrescentei que o entregador da loja, que contratei naquela tarde, estava presente quando você chegou e certamente se lembraria que eram 17h30 em ponto, porque na hora de acertar a conta, eu fui generosa e paguei a hora cheia. Quando comecei a descrever o entregador, seu inspetor me fez parar de falar, mostrando um ar de derrota. Ele me pediu pra te esperar no saguão. O resto você já sabe, preferi minha caminhonete, porque as fardas realmente me deixam desconfortável.

— E ele não te pediu um documento de identidade?

— Claro que sim, e eu apresentei tudo.

Isso contrariou visivelmente Mitch.

— Meu Deus, Anna, com os seus problemas e o seu passado, você nunca deveria ter corrido esse risco.

— Quem de nós dois se ofereceu primeiro para servir de álibi para o outro? — ela se irritou. — Por acaso você não tinha um passado complicado quando me ofereceu a mesma coisa?

— Sim, mas não é a mesma coisa.

— É exatamente a mesma coisa, isso se chama estar em pé de igualdade, o que é fundamental num relacionamento.

Mitch esqueceu os problemas que o incomodavam, o rosto do inspetor, a hora passada numa sala de interrogatório contando seus últimos instantes de liberdade, e até o fato de ter decidido confessar o crime. Uma sensação de calor subia do seu peito na direção dos braços, se espalhava pelos ombros, seguia até a nuca e irradiava as bochechas. Anna tinha qualificado a relação deles como um relacionamento, o que para alguém que conhecia o valor das palavras e o que elas revelam quando prestamos atenção nelas abria a porta para outra dimensão.

— Por que você está me olhando desse jeito? — perguntou Anna.

— Por nada — respondeu Mitch.

Ela se mantinha ereta, os cabelos penteados para trás, a pele ainda mais iluminada por causa do ar marítimo, os dedos batucando a mesa no meio das migalhas de croissant, e o calor que ele sentia quando estava com ela ficou ainda mais forte. Desta vez, Mitch agiu de acordo com a situação e estendeu as mãos para colocá-las no rosto de Anna. Esse beijo foi o primeiro de um relacionamento a partir de então assumido.

23. Sangue frio

— Sabe onde encontrar o tal antiquário? — Anna perguntou ao saírem do café.

— Ele mora num imóvel cujos fundos ficam de frente para o pátio. Bom, pelo menos foi o que ele disse.

— Viu só, você duvida da sinceridade desse homem e devia confiar nos meus instintos.

Ela entregou as chaves do carro para ele e se sentou no banco do carona.

— Não consigo dormir desde ontem.

Eles tinham viajado à noite para chegar com o amanhecer àquela estação balneária, e viajariam de dia para chegar na cidade quando já tivesse anoitecido. Durante o trajeto, Anna dormiu pouco. Ela contou a Mitch da sua temporada no Canadá, do momento em que chegou até a hora em que, tendo economizado dinheiro suficiente, conseguiu comprar um restaurante caindo aos pedaços. Ela falou da animação que sentiu ao se instalar em sua casinha nas altas planícies, das dificuldades que enfrentou em meio aos invernos mais rigorosos que poderia imaginar, das nevascas encantadoras e da sua admiração pela vida selvagem.

Durante os primeiros meses, tinha sido difícil conseguir uma vaga na equipe de um restaurante e ela precisou aprender a trabalhar com um chef tão autoritário quanto apaixonado, cujo talento ela admirava muito. Depois de um ano, o respeito se tornou mútuo, aos poucos ele a deixou mais livre para criar, primeiro por curiosidade, depois se interessando mais pelo trabalho dela, e lhe ensinou muitas coisas antes de mandá-la caminhar com as próprias pernas.

— Pelo menos estava cercada de pessoas boas — disse Mitch.

— É mais complicado do que parece — respondeu Anna.

Ela falou da íntima relação que mantinha com a solidão: os exilados se chocam contra as paredes de sua memória e suas lembranças são exigentes. Sentem saudade das manhãs que nasciam em sua terra, das noites que caíam sobre sua cidade. Os prisioneiros têm uma nostalgia semelhante. Mitch se reconheceu em cada palavra. Quando ela mencionou os fins de dias obscuros em que a noite parece te estrangular, os dias preenchidos de esperança, a tristeza que surge sem avisar, a preocupação quando se ouve o eco tão próximo e tão distante de sua própria voz quando falamos sozinhos e, quando o sono te atormenta, a sensação dessa solidão passa a ficar tão profundamente enraizada que não te abandona mais. E mesmo quando a gente consegue administrar, a noite sempre volta. Trabalhar no tumulto de uma cozinha, com a cacofonia do salão, se misturar à multidão quando as calçadas se enchem de pedestres à noite, jantar tarde num pub em meio às outras pessoas, tudo isso não fazia nenhuma diferença.

— Em que você pensava quando estava na prisão? — ela perguntou.

— Em minha mãe no asilo, e muitas vezes em meu pai. Eles viveram na pobreza e nunca aceitaram a resignação. Meu pai era um batalhador e só encontrava paz nos livros. Ele costumava dormir mal porque pensava o tempo todo no sofrimento alheio. À noite, em minha cela, antes de dormir, eu me perguntava como ele teria enfrentado minha situação, se isso lhe teria causado mais tristeza ou mais orgulho. Eu odiei o Salinas, jurei pra mim mesmo nunca o perdoar e impedi-lo de fazer mal a mais alguém. Meu pai não teria ficado contente porque abominava a raiva, mas eu o enfrentaria porque acho que se cedemos uma vez, cedemos sempre. Eu me lembrava das palavras dele quando ele lia histórias pra mim, debruçado sobre minha cama de criança, e ele lia muito. Ele me dizia que bastava um instante de desatenção para perder a dignidade, que a vida demandava muita atenção, e que aqueles que tinham perdido sua humanidade carregavam dentro de si uma dor terrível da qual precisavam ser curados. Que era exatamente esse o papel dos livros, serem remédios contra o medo, o preconceito e o ódio. Meu pai queria apenas ser um homem, e mesmo que a vida dele tenha sido curta, sei que ele conseguiu.

Anna, que teve um pai mandão, ficou em silêncio e se virou para Mitch com o olhar triste. Seus olhos ficaram vermelhos e quando ele segurou a mão dela, ele entendeu que não era o sofrimento que a dominava. Ao contrário. Agora a solidão finalmente a deixou.

Ela se concentrava na estrada há algum tempo, em silêncio. Mitch ligou o rádio; 100 quilômetros depois, ela o desligou rápido e o mirou com os olhos cheios de malícia.

— Você não pensava em mais ninguém quando estava trancado na cela? Não mente!

— Às vezes, em uma jovem com quem tive uma relação sem futuro, mas que teve o mérito de existir.

— Sem futuro por causa dela ou por sua causa?

Mitch virou brevemente a cabeça para observar Anna. Encostada na porta, com os joelhos dobrados, os pés nus sobre o banco, ela estava tão à vontade quanto estaria no sofá de casa.

— Nunca falamos sobre isso — completou Mitch. — Estávamos bem como estávamos, sem precisar pensar em outra coisa.

— Entendi. E como a história terminou?

— Mathilde não devia gostar de relações à distância, porque não tive mais notícias dela depois da minha prisão, nem enquanto estava preso, aliás.

— E depois de ter saído?

— Não pensei em dar notícias a ela.

— Você ainda era apaixonado por ela?

— Não, mas por um tempo tive boas lembranças dos momentos que compartilhamos.

— Se ela desapareceu da noite pro dia, ela poderia muito bem ter te denunciado.

— Ela era estudante e uma crítica fervorosa do governo.

— Essa também era a desculpa das toupeiras da União Soviética. Garotas de programa fingiam ser estudantes para seduzir suas presas. Parece que a espionagem sexual ainda é muito praticada hoje em dia, e não apenas nos países totalitários. Sabia que, não faz muito tempo, os serviços de informação ingleses descobriram que um de seus ministros confessava segredos de Estado no travesseiro para impressionar sua amante que trabalhava para a Rússia?

— Para, por favor. Não quero falar dela nesses termos.

— Você pelo menos sabe onde foi parar a sua Mathilde?

— Não tenho a menor ideia, ela provavelmente terminou os estudos e suponho que trabalhe num laboratório… ou numa farmácia.

— Ou então ela nem estava na faculdade.

— Por que teimar em dizer que alguém me denunciou?

— A gente está falando do assassinato de um promotor e o inspetor não vai parar por aí, ele precisa encontrar um culpado, e rápido. Ele tem fortes vantagens em mãos para manter suas acusações contra você e te mandar pro hall dos acusados. Eu sou sua única defesa, mas meu testemunho também vai levá-lo a me investigar.

Mitch avaliou a situação e supôs que as coisas só iriam piorar.

— Você vai se retratar. Amanhã mesmo vai contar que se enganou de data.

— Precisamos nos apressar — emendou Anna, como se a sugestão de Mitch não tivesse nem sido pronunciada ou não fizesse o menor sentido —, e fornecer o que ele quer antes que ele tire conclusões definitivas. Depois será tarde demais pra nós dois.

— Que relação poderia existir entre essa pessoa que teria me denunciado e a morte do Salinas?

— Talvez nenhuma, mas para os policiais terem reunido tantas provas, e tão rápido, é porque sabiam o que estavam procurando. Eu acho que tem sim uma relação; em todo caso, quero acreditar nisso — confessou Anna.

E como se tivesse esperado chegar nesse ponto do raciocínio para se entregar ao cansaço, ela fechou os olhos e dormiu encostada na porta do carro.

Mitch passou o resto da viagem ruminando, pensando nas pessoas que conhecia, se perguntando sem parar quem poderia ter tanta raiva dele a ponto de enviá-lo para detrás das grades e por qual motivo.

O antiquário tinha se comportado de maneira estranha depois de ter lhe vendido seu imóvel e o interesse repentino dele pelo subsolo poderia explicar a denúncia. Verner não tinha nenhum motivo para atacá-lo, tampouco a senhora Ateltow. A livreira dela, por ciúme ou convicção, talvez. A velha senhora Bergol tinha passado muito tempo na livraria e foi ela quem suplicou para participar dos encontros. Ela tinha milagrosamente recuperado a visão, o que era uma estranha coincidência, mas não o suficiente para se tornar suspeita. Quanto a Mathilde...

— Talvez não seja a Mathilde, a polícia nunca encontrou a entrada! — exclamou Mitch, que se recusava a ficar paranoico.

— Que entrada? — perguntou Anna dando um longo bocejo.

— Da livraria secreta.

— Que livraria secreta é essa?

— Depois da promulgação da lei HB 1467, eu reunia, duas vezes por semana, estudantes com quem compartilhava leituras inéditas. Eu não estava sozinho na empreitada, Mathilde e a senhora Ateltow, minha antiga professora de literatura, movimentavam os debates comigo.

— Sua Mathilde estava mesmo por toda parte. Vocês eram muitos nessas reuniões?

— Uns 50 no começo, depois os números começaram a crescer. No final já estávamos com uns 150 participantes.

— Você empurrava as mesas pro canto para fazer todo mundo caber?

— Não, justamente. O antiquário que me vendeu o imóvel tinha comentado sobre a existência de uma sala enorme construída no subsolo. Ele alegava que era só uma lenda, mas eu suspeitava de que ele sabia mais do que admitia. Um dia, quebrei um tijolo e descobri que essa sala existia mesmo. Ele voltou para me perguntar se eu a havia descoberto, porque queria alugá-la. Menti e respondi que não tinha nada ali. Isso o deixou furioso, ele alegou que me observava da janela quando eu carregava os materiais. E paramos por aí.

Fazendo um gesto com a mão, Anna pediu para ele interromper sua fala. Ela se virou para pegar uma sacola de pano e tirou de dentro dela um caderno espiralado e uma caneta.

— O que você está fazendo? — perguntou Mitch.

— Este caderno é reservado para minhas receitas, mas não tenho outra coisa para usar e quero tomar umas notas. Então — ela retomou enquanto rabiscava —, por que o antiquário queria tanto alugar esse subsolo?

— O espaço que descobri debaixo da minha livraria era muito mais do que um simples depósito, era uma sala de vendas clandestinas onde se comercializavam produtos receptados em grandes roubos.

— E o antiquário era o leiloeiro?

— Provavelmente. De todo modo, as paredes que escondem o salão foram construídas às pressas, porque o mobiliário ainda estava lá quando eu o reformei. Poltronas, mesas, cadeiras, um bar, tudo para receber uma boa quantidade de pessoas. Da forma como ela foi construída originalmente, a entrada era feita descendo pela escotilha de carvão, através do pátio. Criei um novo acesso passando pelo assoalho do estoque e construí uma pequena escada que permitia descer até lá sem passar por fora do imóvel. Desse modo, meus convidados entravam na livraria e passavam para esse salão sem serem vistos de fora. Essas reuniões fizeram um sucesso inesperado, até o dia em que...

— A polícia apareceu! E você diz que eles não acharam essa sala secreta?

— Não, e ainda bem: se eles tivessem se dado o trabalho de levantar um tapete, Salinas teria me condenado a dez anos.

— E eles não pensaram em abrir a escotilha do pátio?

— Pensaram, mas debaixo dos degraus só encontraram um porão empoeirado sem nada de interessante. Eu construí uma biblioteca que escondia a abertura na parede. Ela foi feita com tábuas velhas e painéis de madeira que davam a impressão de sempre terem existido ali.

— Tem uma coisa que não entendi muito bem. O antiquário te espiona da janela de casa, entende que você encontrou o esconderijo dele e volta pouco depois para te pedir para usá-lo. Se ele tinha tanto apego assim ao local, por que te vendeu o imóvel?

— Me fiz essa pergunta durante um bom tempo. Suponho que ele tenha vendido por dois motivos. Primeiro: ele temia que acabassem estabelecendo uma relação entre seu comércio legal na superfície e suas atividades ilícitas no subsolo, e com esse nível de receptação ele pegaria uma pena pesada. Segundo: privado de boa parte dos seus ganhos, ele precisava de dinheiro e acabou tendo que vender a loja.

— E quando as coisas se acalmaram ele quis recomeçar — concluiu Anna.

— Foi o que pensei.

— O que faz dele um suspeito com um verdadeiro motivo; ele tinha todas as razões para não falar da existência dessa sala para a polícia. Depois da sua condenação, o campo ficou livre para ele retomar as atividades. Ele fez isso?

— Não sei, ainda não tive coragem de descer. Eu sei que parece idiota, mas é isso.

— Não é idiota, admitir um trauma é o contrário de uma confissão de fraqueza.

— Vamos supor que nossas hipóteses façam sentido. Por que ele mataria Salinas?

— Para te acusarem de novo e você voltar para a cadeia, e desta vez para sempre. O Estado toma sua livraria e a coloca à venda. Ele só precisa recuperá-la por um preço baixo. Um belo negócio para ele.

Mitch franziu as sobrancelhas, a teoria de Anna o inquietava, mas não dava para negar que era plausível.

O dia abandonava suas últimas luzes quando eles chegaram ao subúrbio.

Durante o jantar, o silêncio foi esmagador. Abatido e preocupado, Mitch evitava o olhar de Anna. Mesmo sem estar totalmente convencido da culpa do antiquário, ele agora imaginava seriamente que alguém tentou destruí-lo para tirar proveito da sua perda.

Deitado junto de Anna, ele a esperou adormecer para colocar a mão em sua barriga, como se ela fosse um bote salva-vidas ao qual se agarrar para não afundar. Os rostos de Verner, da senhora Ateltow e sua livreira, da senhora Bergol e de Mathilde desfilavam diante dele assim que ele cerrava as pálpebras.

Ele só via um jeito de acalmar o coração: enfrentar suas lembranças e encontrar coragem para descer até a livraria dos livros proibidos.

À meia-noite, ele foi vencido pelo sono debaixo de um cobertor de céu e estrelas.

24. A caderneta azul

Mitch acordou com o barulho de Anna cantarolando na cozinha; um cheiro de pão quentinho se espalhava pela casa toda. Ele desceu ao encontro dela. Anna conseguia ler Mitch como se ele fosse um livro, ela sentia as coisas que ele queria lhe esconder e sabia que a conversa deles da véspera não sairia de sua cabeça e que assim que acordasse ainda o preocuparia. Ela fingiu que nada aconteceu, beijou-o, serviu um pouco do café que tinha colocado na mesa, beijou-o novamente e declarou que tinha coisas importantes a dizer. Entendendo que não obteria nada dele em jejum, ela o convidou a se sentar, preparou ovos mexidos e começou a caminhar pela cozinha enquanto ele tomava seu café da manhã.

— Você tinha inimigos? — ela interrogou num despretensioso, como se perguntasse se ele gostava de ovos.

— Acho que não.

— Normalmente a gente sabe essas coisas. Além da Mathilde, com quem mais você saía na época?

— As únicas pessoas que eu via regularmente eram os clientes da livraria.

— Quais clientes?

— Verner e a senhora Ateltow, com quem você cruzou no estoque. Mas não acho que sejam capazes de trucidar quem quer que seja.

— Eles te visitaram quando você estava na cadeia?

O silêncio de Mitch respondeu à pergunta.

— Então você não os conhece tão bem assim. Quem mais?

— A senhora Bergol, uma senhorinha inofensiva.

— As velhinhas nunca são inofensivas, eles foram jovens e se lembram disso.

— Nem a senhora Bergol nem os outros teriam motivo para matar o Salinas.

— Quem te garante que essa charmosa velhinha, ou um dos seus outros *amigos* — ela pronunciou a palavra como se fosse veneno — não tiveram problemas com ele? Tenho uma teoria além dessa do antiquário.

Mitch franziu a sobrancelha, ele não gostava de apelar para acusações precipitadas. Assim como os rumores, elas podiam se espalhar depressa e ficar impregnadas nas pessoas. Se alguém te fala que seu açougueiro é um assassino que esquarteja suas vítimas, seja verdade ou não, a carne moída dele nunca mais vai ter o mesmo gosto, mas Anna estava incontrolável.

— Vamos pegar sua ex-professora, por exemplo — ela emendou —, e suponhamos que ela teve alguma desavença com a justiça. Ela propõe uma troca ao promotor. Uma denúncia num caso muito mais interessante do que aquele que diz respeito a ela.

Perplexo, Mitch hesitou em comer os ovos mexidos que estavam diante dele. Ele soltou o garfo educadamente, limpou a boca e se voltou para Anna.

— Será? — ele questionou num tom falsamente interessado. — Ela teria me denunciado pro Salinas para envenená-lo cinco anos depois?

Anna ergueu os ombros, como se isso fosse natural.

— Não tem graça.

— Ri sem querer, mas se você conhecesse a senhora Ateltow, teria achado tão divertido quanto eu achei.

— Ela ou o amante — respondeu Anna secamente.

— Eu não acho que ele possa ter chegado a esse ponto, mas por qual motivo? — perguntou Mitch.

Anna foi até a pia e começou a lavar a louça enquanto procurava o motivo que explicaria tudo. Resolver problemas era sua paixão; e para chegar num resultado ela tinha um método: formular o enunciado e estudar as soluções possíveis sem deixar nenhuma delas de lado, inclusive as menos prováveis. Morrer num acidente de avião é pouco provável, mas pode acontecer. E quando Anna pensava, ela não conseguia ficar parada no lugar. Uma característica que tinha desde a infância. Ela revisava as aulas em voz alta e recitava as lições andando de um lado para o outro.

— Não quer se sentar? — Mitch suplicou.

— Não, preciso pensar.

Ele baixou os olhos para o prato e esperou que a tempestade se dissipasse.

— Então, a senhora Atelseilaoquê entra num acordo com o Salinas pra ele a deixar em paz, sem imaginar que você vai ter que pagar uma pena tão pesada. Ela tenta lidar com a própria consciência até o momento em que você reaparece. Ao te rever, ela não suporta mais o peso da própria traição, vai até a casa dele com o pretexto de ter uma informação a dar e o envenena. Aí está o motivo. Aliás, o que você estava fazendo na casa dele no dia do assassinato?

Mitch balançou a cabeça, incrédulo.

— Você pensou em tudo isso sozinha?

— Onde está o pano de prato?

— Na cadeira aí na frente.

— Devo ter lido algum roteiro desse tipo numa fotonovela na recepção do dentista.

Ele se levantou, pegou o pano de prato e entregou para ela, consciente de que não ia escapar de entrar no seu jogo.

— Essa dedução também poderia ser aplicada a Verner, ou à senhora Bergol, ou...

— À Mathilde — completou Anna, feliz de ter deixado o melhor para o final.

— Ou a qualquer estudante.

Ela enxaguou os dedos ensaboados, secou as mãos e o olhou com uma cara estranha.

— Falei alguma coisa errada? — Mitch se inquietou.

— O que não explica por que a polícia só encontrou dois livros no estoque e não a sala secreta que guardava centenas deles. Por que aquele ou aquela que te denunciou não mencionou essa parte?

— Se a gente deixar o antiquário de fora... porque essa pessoa ignorava a existência desse lugar ou o que havia lá dentro — respondeu Mitch.

— Estamos andando em círculo, isso não tem o menor sentido.

Mitch se levantou e a abraçou.

— Anna, essa história não pode se transformar numa obsessão. Antes de qualquer coisa, você precisa pensar na inauguração do seu restaurante e não quero ser o responsável por te impedir de fazer isso.

— A não ser que — ela continuou, imperturbável — o assassino do Salinas não tenha se limitado a um acordo e seja um delator regular.

— Neste caso, qual é a relação comigo?

— Pouco depois de você ser libertado, Salinas precisa de outra informação pra ganhar uma causa importante. Você mesmo disse que nada conseguiria detê-lo na ascensão da carreira. Ele chama seu delator, por um motivo que ainda não descobri, talvez porque seu pedido fosse arriscado, e o delator se recusa a responder. Salinas ameaça revelar que ele te denunciou. O delator se revolta e se livra do chantagista.

— Por que não? — concordou Mitch, que já não aguentava mais.

Anna consultou o relógio e mandou ele se vestir no mesmo tom como se ele estivesse atrasado para ir para a escola.

— Desculpa — ela disse com um tom mais conciliador —, tenho um encontro inadiável.

Um argumento imbatível contra o qual Mitch não encontrou nada a dizer.

Quinze minutos depois, eles deixavam a casa de Anna, ele com as roupas que já usava há dois dias, ela usando um vestido curto verde que tinha comprado dois anos antes num brechó, mas que parecia ter sido feito sob medida.

No farol vermelho ela olhou para ele.

— Você tem razão numa coisa, não posso esquecer meu restaurante, nem você sua livraria. Eu não ficaria surpresa se o inspetor começasse a vigiar nossas ações, precisamos levar vidas normais, pelo menos na aparência.

Ela sugeriu que quando algum dos suspeitos aparecesse, ele pensasse em fazer perguntas que poderiam ajudar a avançar na investigação.

— São meus clientes, não suspeitos — Mitch retificou.

A caminhonete parou na frente da livraria.

— Um dia — ela disse com uma voz tranquila — vai se arrepender muito de ter me subestimado.

Ela o beijou e pediu para ele descer.

— Que tipo de pergunta? — ele perguntou.

— É só se interessar pela vida deles, sempre dá certo. A maioria das pessoas adora falar de si.

— Detesto isso — objetou Mitch.

— Você é diferente, Mitch. Vai logo, não posso perder essa reunião. Vamos encontrar o culpado que vai nos inocentar, acredita em mim.

Mitch nunca tinha encontrado alguém tão obstinado em não ceder. Depois que ela foi embora ele se perguntou sobre o que ela quis dizer com *diferente*. Ele sempre se sentiu deslocado, mas pela primeira vez enxergava isso com certo orgulho.

Ele subiu a avenida e entrou numa loja de departamento. Como suas noites se tornaram imprevisíveis, ele precisava urgentemente de umas roupas de reserva. Diante do espelho de um provador, ele se perguntou o que uma mulher como Anna via de sedutor nele. O único elogio que já tinham feito sobre seu físico se limitava ao seu sorriso, que não era mesmo tão ruim assim, já que depois que tinha se apaixonado por Anna ele sorria bastante.

*

Às 11 horas, Verner entrou na livraria com o andar hesitante. Mitch esperou ele se aproximar do balcão.

— Você há de convir que não tenho sorte — disse o professor.

— Sinto muito, não tinha pensado que a polícia viria me prender.

— Fico feliz que o tenham liberado, eu não duvidei nem por um segundo que se tratava de um erro, isso beira a perseguição.

— A senhora Ateltow se recuperou do susto?

— Aí é que está todo o problema — Verner gemeu —, e o motivo da minha visita.

— Entendo — respondeu Mitch.

— Duvido muito. Pois imagine que ela achou o incidente romântico pra burro, emocionante, ou talvez ela tenha dito empolgante, e ainda acrescentou que não ficava tão excitada assim há anos. Excitada! Você percebe a gravidade do problema?

Não era o caso, e Verner não disse mais nada.

— Bem, pelo menos fico tranquilo em saber que meus dissabores contribuíram para vocês passarem um momento agradável juntos. Você nunca teve nenhum problema com a justiça? — ele perguntou, certo de que Anna ficaria orgulhosa daquela pergunta feita à queima-roupa.

— Sou muito acanhado para infringir a lei — respondeu Verner com uma ponta de arrependimento na voz.

— E a senhora Ateltow?

— Não conheço tudo do passado dela, mas a julgar pela animação dela enquanto estávamos presos no seu estoque, deduzo que não. Francamente, você subiu o nível demais; como vou conseguir excitá-la tanto?

Verner esfregou o queixo e assentou sua pesada carcaça no banquinho. Mitch percebeu um grande desespero em seu rosto, uma espécie de desmoronamento interno que beirava o naufrágio. Um longo silêncio se instalou, Verner com o olhar preguiçoso, Mitch virando as páginas da sua caderneta de pedidos.

— O senhor veio buscar algum livro? — sugeriu Mitch.

— Ah, não, eu vim te pedir um pequeno favor.

Alguns instantes depois, bebendo um chá morno, Verner tomou a iniciativa. Mitch era responsável por seu problema e precisava ajudá-lo a encontrar um meio de fazer renascer na senhora Ateltow um momento que a encantaria, em circunstâncias que ele classificou como *das mais ordinárias*.

— Sem policiais nem algemas, se eu entendi bem — respondeu Mitch.

— De preferência — observou Verner.

— O tango?

— Ela não parece ficar muito empolgada com meus passos de dança.

— Você já fez a pergunta a ela? — sugeriu Mitch.

— Não, porque ainda que ela aceitasse, isso deixaria de ser uma surpresa.

— Tem certeza de que ela quer ser surpreendida?

— Me aconteceu de acordar no meio da noite com um desejo enorme de fazer amor com ela, e tenho certeza de que isso também já aconteceu com você, só que eu não ia telefonar para ela às 3 da manhã para contar o causo.

— Eu estava me referindo a uma surpresa... menos surpreendente — respondeu Mitch num tom evasivo. — Você não considerou a possibilidade de não ter sido a invasão da polícia que ela achou romântica e empolgante, mas o fato de estar trancada sozinha com você no estoque, de ter descoberto uma proximidade até então inédita?

Verner ficou olhando Mitch boquiaberto e maravilhado.

— Não me deixe mais ansioso, estou sentindo que você tem uma ideia e eu não tenho nenhuma, então o que sugere? — disse ele com um entusiasmo que depositava todas as suas esperanças em Mitch.

— Um jantar a dois.

— Ela nunca vai aceitar, ela morre de medo do disse-me-disse.

— Está se referindo ao filho dela?

— Ela te falou sobre ele?

Mitch não respondeu, pois o segredo profissional de um livreiro é sagrado.

— Verner — ele disse com seriedade —, confie em si mesmo, infrinja a lei, ao menos a dela, e reserve uma mesa num lugar discreto, busque ela em casa sem dizer nada e a surpreenda.

— Uma espécie de sequestro? — perguntou Verner com os olhos brilhando.

— Sim, algo do gênero.

O professor de música se ajeitou sobre o banquinho e bateu as mãos, visivelmente muito satisfeito.

— Você tem toda razão, não fazer nada não me levaria a lugar nenhum, e sua ideia é bem original!

— Não exagere, mas ela tem o mérito de…

Mitch não teve tempo de concluir a frase, Verner já estava quase saindo pela porta.

— Não vai levar nenhum livro então?

— Sim, claro que sim, é o mínimo. Escolha um por mim, ou melhor, dois, e coloque na minha conta. Vou passar outro dia para pegá-los e aproveito para contar tudo.

— Você não tem uma conta aberta — gritou Mitch.

Mas Verner já estava longe com seus passos apressados pela avenida.

*

Mitch recebeu um rápido telefonema de Anna para marcar um encontro aos pés da escadaria do palácio de justiça às 13 horas, insistindo para que ele fosse pontual. Ela já estava lá quando ele chegou.

— Numa escala de 1 a 10, que nota você daria pro seu talento como ator? — ela perguntou.

Não foi o fato de ela fazer essa pergunta que o surpreendeu, mas sim ela o ter beijado no rosto, e de um modo distante.

— Não faz essa cara, precisamos ser profissionais até o fim. Bom, lá dentro você vai entender. Ao menos desta vez vamos dispensar as regras desta sociedade patriarcal; você é meu assistente e quem vai falar sou eu — disse ela ao entregar a ele a máquina fotográfica que trouxe do seu período de exílio.

Ela pegou na mão dele, mas foi um reflexo que logo retificou, pois só faltava ela ser suspeita de assediar um subalterno bem nas dependências do palácio de justiça.

— O que eu faço com isto? — perguntou Mitch enquanto a seguia subindo por um corredor a toda velocidade.

— O que você acha? Tirar uma foto no momento certo.

Ela pediu informação a um advogado que lia o jornal num banco sobre o lugar onde ficava o escritório dos escrivães.

— Preciso te dizer uma coisa — Mitch anunciou enquanto ela o arrastava até uma escada.

— Depois. Deixei o técnico da câmara fria sozinho para conseguir chegar a este encontro. De todo modo, ele não tem escolha, já que eu tranquei a porta.

— Encontrei o Verner, ele é inocente — disse Mitch, chegando ao primeiro andar.

— Ele te contou sobre a vida ele?

— Não, mas…

— Então você não sabe de nada.

Ela parou diante de uma porta onde havia uma pequena placa com um aviso:

Entrada proibida ao público.
Atendimento somente na parte da manhã, e com hora marcada.

Ela entrou sem bater.

— Boa tarde — ela disse.

Surpreso por ouvir uma voz, o escrivão empurrou a gaveta de um armário de divisórias que escondia seu rosto, que era bem comprido, com a testa tão franzida quanto um mapa em relevo, o nariz proeminente emergindo no centro da paisagem, tal como uma cadeia montanhosa.

A toga por cima do terno estava impecável, mas o escritório era exatamente o oposto, um verdadeiro caos de dossiês empilhados e mal equilibrados.

— A senhora não sabe ler? — ele resmungou.

— Muito prazer — respondeu Anna.

— A senhora não tem o direito de entrar aqui — insistiu o escrivão, exasperado.

— Não ter direito em um palácio de justiça, anote isso — disse ela a Mitch —, pode render um bom cabeçalho.

— Que cabeçalho? — o escrivão se inquietou.

— As pequenas frases em letras grandes que aparecem sobre uma notícia, chamamos isso de cabeçalho no jargão da profissão.

— Vocês são jornalistas?

— Eu teria preferido marcar um horário, mas até conseguir falar com o senhor isso não seria mais uma notícia fresca — completou Anna.

— Que notícia?

— A morte do saudoso promotor Salinas, um caso trágico e suficientemente raro para justificar o interesse dos nossos leitores. O público não sabe quase nada sobre ele.

— Pelo jeito você também não; do contrário, não teria usado o termo *saudoso*. Mas por favor, não escreva isso em seu artigo.

— Conte comigo, e eu conto com o senhor para me esclarecer.

— O que exatamente a senhora quer saber?

— Exatamente? Dizem que ele era poderoso.

— O trabalho dele era conseguir condenações.

— Mesmo quando o acusado era inocente?

— Sou escrivão, não juiz.

— Ele era querido pelos colegas?

— Salinas era um homem inteligente, culto e exigente. Um orador sem igual, perfeccionista, implacável no trabalho, e preparava seus casos meticulosamente, sem deixar nada ao acaso. De fato ele era poderoso e temido, não apenas por aqueles que lidavam com ele nos pretórios.

— Isso não responde à minha pergunta.

— Ele sempre foi muito cortês comigo.

— O senhor conhecia inimigos dele?

— A senhora conhece promotores que não têm inimigos? O que procura saber exatamente?

— Quem poderia querer matar ele, pois parece que a investigação não está avançando, não é?

— Ele morreu há poucos dias… um homem da posição dele… o culpado vai ser preso logo.

— Se fosse o senhor o assassinado, o culpado teria mais chances de se safar?

O escrivão se sentou em sua poltrona e apontou as duas cadeiras em frente à sua mesa para que os dois visitantes pudessem se sentar.

— Devia haver alguma coisa de louvável na vida desse homem — retomou Anna.

O escrivão deu de ombros, com o ar de um aluno que não estudou para a chamada oral.

— Nossas fontes sempre são anônimas — disse Mitch, saindo da sua zona de silêncio.

O escrivão esfregou a testa enrugada enquanto pensava em sua resposta.

— Os colegas dele mantinham contato sobretudo por conta dos favores que podiam obter com ele — o escrivão prosseguiu. — Mas nada era gratuito e quando ele precisava deles, não era preciso falar duas vezes.

— O senhor poderia ser mais específico? — pediu Mitch, franzindo a sobrancelha.

— Quanto mais ele ganhava casos importantes, mais a carreira dele avançava. Quanto mais ela avançava, mais seu poder crescia. Um poder que ele também delegava a certos advogados que, em troca, jogavam a toalha antes de subirem no ringue.

— Os julgamentos eram arranjados? — perguntou Mitch com o olhar fixo na capa de um dossiê que se destacava em uma pilha.

— Não, somente os jurados estão aptos a decidir, de acordo com sua consciência. Mas quando o requisitório era encaminhado por Salinas, sem uma defesa que buscasse contradizê-lo, o resultado já estava determinado desde o início.

— Os jurados estavam a par desses pequenos combinados? — perguntou Anna.

— Digamos que não os ignoravam. Meu trabalho consiste em reportar cada palavra pronunciada na sala de audiência, e eu faço esse trabalho há muito tempo. É um trabalho exaustivo, mas que tem o mérito de desenvolver uma memória fora do comum — ele acrescentou, olhando fixamente para Mitch. — Agora vamos parar com esse joguinho estúpido, e vocês parem de me tratar como idiota. Quando o senhor entrou no meu escritório, seu rosto não me pareceu estranho, e quando empalideceu olhando este dossiê — ele disse enquanto se virava —, eu lembrei quem é o senhor: um livreiro e não um jornalista. Me lembro muito bem do seu caso; como também sou um entusiasta da leitura, ele me deixou enojado na época. Felizmente aquele tempo ficou para trás e estou contente em saber que o senhor está livre. Se quer saber minha opinião, Salinas não precisava de ninguém para terminar assim, o veneno já estava em seu sangue. Se me garantirem a mais total discrição, eu talvez possa lhes segredar uma coisa que lhes interessa.

— Que coisa? — perguntou Anna.

O escrivão lançou um olhar à porta para garantir que ninguém passava no corredor.

— A caderneta de anotações dele — ele disse afastando a poltrona. — Às vezes o acaso faz umas brincadeiras estranhas. Na véspera de sua morte, Salinas a esqueceu no meu escritório. Ele vinha com frequência me importunar, me obrigando a ler em voz alta a transcrição de uma audiência para anotar o que lhe interessava.

— A polícia não confiscou essa caderneta? — Anna perguntou, surpresa.

— Não me pediram, afinal não sabem que ela existe; do contrário, eu não teria como entregá-la a vocês.

O escrivão abriu sua gaveta e colocou sobre a mesa a caderneta de couro azul-marinho.

— Que inspetor curioso, que só se interessa pelo assassino e não pela vítima. Nem pelo homem que era ou pela vida que levava. Eu, no lugar dele, não começaria minha investigação por aí, mas não sou policial.

Durante seu breve processo, Mitch não prestou atenção naquele homem que, na sala, tinha registrado tudo o que foi dito ao longo da audiência. Ele pegou a caderneta de Salinas e agradeceu o escrivão com um sincero aperto de mãos.

— Como o senhor deve imaginar, o promotor tinha mais de uma caderneta. Seu caso é antigo demais para figurar nesta, mas talvez o senhor encontre aí o que procura. Posso perguntar por que o dossiê que está atrás de mim o fez estremecer?

— Uma velha conhecida — Mitch se contentou em responder.

— O senhor gostaria de ver o seu? As regras não permitem, mas o tribunal lhe deve isso. Basta retornar amanhã, vou procurá-lo nos arquivos.

*

— Quem era essa velha conhecida? — perguntou Anna na saída do Palácio.

— Mathilde.

— *Sua* Mathilde?

— Não tem graça.

— Eu não pretendia ser engraçada.

— O que a gente faz agora? — perguntou Mitch.

— Eu estudaria a caderneta de Salinas o mais rápido possível; e você, amanhã, quando voltar a encontrar esse escrivão, tente dar uma olhada no caso da sua ex. Os percalços dela com a justiça poderiam nos ajudar em alguma coisa. Se ela era informante do Salinas, por exemplo, isso explicaria seu dossiê ainda estar em um escritório do palácio de justiça por tanto tempo.

Como Anna tinha muito trabalho, ela propôs que eles se encontrassem para o jantar. Nem na casa dela nem na dele, mas num restaurante, como um casal que não teme a cada instante que a polícia apareça para jogá-lo na prisão.

*

— A câmara fria está arrumada? — perguntou Mitch quando chegou o momento de se sentarem à mesa.

Ela tinha jogado a bolsa no chão antes de desabar na cadeira, visivelmente exausta com a jornada.

— Fico comovida com sua preocupação — ela respondeu ao pegar o cardápio.

Ela o estudou durante longos minutos, em silêncio, raramente surpresa, várias vezes incerta. Mitch acabou por se perguntar se ela hesitava em escolher ou se estava em plena espionagem industrial. Quando ela sugeriu que ele pedisse raviólis e um *tian* de legumes e optou pelo prato do dia, ele entendeu que ela estava sendo guiada pela razão profissional.

— Ele teve que mudar todo o mecanismo — ela emendou, retomando o fio do seu pensamento. — Vai me custar uma fortuna. Nesse ritmo, vou conseguir a proeza de falir antes mesmo de inaugurar meu estabelecimento.

Ela pegou o cardápio de volta, exasperada.

— O chef que trabalha aqui é um vigarista, ou não entendeu nada sobre a química da cozinha — praguejou Anna.

Mitch também não estava entendendo nada, mas sentiu que ela logo preencheria essa lacuna.

— Um ser humano não consegue distinguir mais de três sabores ao mesmo tempo, é um limite do nosso palato, então vender um "pato com cinco ervas" ou é ignorância, ou exibicionismo, nos dois casos isso significa rir dos clientes — afirmou ela, exasperada.

— Tenho umas economias que não uso, eu poderia...

Vendo a ausência de reação de Anna, ele logo se arrependeu de suas palavras.

— Talvez fosse melhor tentar não te deixar desconfortável — ele disse antes de tomar seu copo d'água numa golada só.

*

Anna girou passivamente seu garfo num prato de espaguete à bolonhesa que o garçom tinha acabado de trazer.

— Por que me esforçar tanto se as pessoas se contentam em comer porcaria? Olha à nossa volta, todo mundo parece contente, ninguém parece insatisfeito, mas olha o que tem no seu prato!

Mitch se debruçou sobre seus raviólis, que boiavam num molho opaco e muito sutilmente cremoso. Ele tirou uma nota do bolso, deslizou-a para debaixo da cesta de pães e se levantou.

— Vem, tenho uma ideia — ele disse apontando para a saída.

Na rua, ele a segurou pela cintura e a arrastou; desta vez sabia exatamente aonde ir. Dez minutos mais tarde, depois de caminhar muito além da velocidade confortável para sua perna, ele parou debaixo do toldo de um quiosque de crepes e fez o pedido sem recorrer à opinião de Anna. Ao morder seu crepe com creme de castanha, ela arregalou os olhos e se aproximou do fazedor de crepes.

— O senhor faz isso com castanhas de verdade?

— Se gosta do que eu faço, seja educada — respondeu o homem.

Dois crepes depois, ela estava saltitante, saciada e feliz.

— Está melhor agora? — perguntou Mitch enquanto eles se distanciavam.

— Desculpa pelo meu comportamento agora pouco. Estou uma pilha de nervos.

— Por ter me salvado de um envenenamento? Talvez Salinas tenha ido jantar naquele restaurante na noite de sua morte.

— Não vou conseguir. Talvez seja melhor eu parar antes que seja tarde demais e perguntar pro José se ele precisa de uma *sous-chef.*

— Anna, não tem nada de errado em acreditar em você mesma.

— Estou correndo contra o tempo, nunca vou conseguir cozinhar, reformar e administrar esse maldito restaurante.

— O tempo é muito mais longo do que pensamos, eu já passei por essa experiência. Seja paciente, você vai ver.

Eles pegaram a caminhonete; Mitch assumiu o volante e a levou em casa. Assim que entraram, eles subiram para o andar de cima e entraram no quarto de Anna.

Ele a despiu e a segurou, nua, em seus braços. Pegou-a no colo, a carregou até a cama, insuflando todo seu amor em suas carícias e beijos. Anna mergulhou as mãos no cabelo dele, se deixando levar pelos movimentos, fortes, mas não rudes, acolhendo com embriaguez o prazer que crescia dentro dela. Ela soltou um grito, a pele encharcada, a respiração tão ofegante que pensou não saber mais como respirar. O rosto escondido no pescoço de Mitch, ela voltou lentamente à realidade.

— No dia em que te conheci — ela cochichou —, me senti segura pela primeira vez na vida. Você emanava alguma coisa que eu não sabia explicar. Não era uma sensação, era quase uma certeza de que nada mais seria como antes. Você se esforçou muito para me conhecer e me condeno por não ter feito o mesmo. Mitch, não sei até quando nossa história vai durar, não sei se vamos ficar juntos durante dez meses, dez ou cem anos, se teremos tempo de viver todas as promessas e todos os sofrimentos, mas me promete que se, um dia, enquanto você estiver na minha frente, eu não te olhar, você vai me pedir pra te olhar; se eu não te ouvir quando você estiver do meu lado, você vai me pedir pra te ouvir. Hoje eu sei como isso é importante, que é inclusive o que mais conta, mas não quero esquecer isso amanhã.

*

No meio da noite, enquanto Mitch dormia profundamente, Anna se levantou em silêncio. Ela vestiu lentamente a camisa que tinha largado aos pés da cama e desceu, parando cada vez que o assoalho rangia, antes de se aventurar no degrau seguinte.

Sentada à mesa da cozinha, ela abriu a caderneta de Salinas.

A primeira frase soou como uma confissão:

Nesta sociedade à beira do colapso, cada um deve ser considerado como um inimigo em potencial. É a única maneira de lutar contra a loucura e as aberrações.

Ela virou a página e prosseguiu a leitura. Uma hora depois, um mau pressentimento a fez erguer a cabeça. Ela saiu da cozinha, atravessou a sala e se aproximou da janela que dava para a rua. A escuridão exalava perigo. Ela observou os carros estacionados ao longo da calçada e pensou ter visto uma silhueta atrás de um volante. O carro estava muito longe para ter certeza, mas Anna tinha aprendido a confiar em seu instinto, que nunca a enganou.

25. *Fahrenheit 451*

Eles saíram de casa logo cedo. Anna deixou Mitch na livraria antes de passar na feira e chegar no restaurante. O empreiteiro prometeu que chegaria às 10 horas para verificar quais eram os últimos acabamentos a fazer. Ela achava *acabamentos* um termo de um otimismo exagerado.

Mitch só tinha vendido dois livros desde a abertura da livraria naquela manhã, e decidiu voltar ao palácio de justiça às 11 horas. Pensando na senhora Bergol, ele colou um bilhete na porta avisando que voltaria às 14 horas.

O escrivão parecia quase feliz em vê-lo entrar em seu escritório, interrompendo sua poeirenta solidão. Mais parecia uma criança quando o velho homem entregou o dossiê a Mitch, convidando-o a se sentar.

— Preciso ir para uma audiência — ele disse. — Vou deixar você ler tranquilamente o documento, não mexa em nada, conheço minha bagunça como a palma da minha mão.

Mitch, absorto na leitura, respondeu com um gesto de mão. O escrivão fechou a porta.

Já nas primeiras páginas, ele relembrou daquela tarde passada no banco dos réus e isso lhe doeu o coração. Inocente, ele acreditava piamente que aquele teatro terminaria em anulação, que voltaria para casa algumas horas depois, na pior das hipóteses com uma multa no bolso. Nunca lhe passou pela cabeça que cinco anos se passariam antes que ele pudesse girar novamente as chaves na fechadura da porta de sua livraria.

Ele não lembrava de quase nada do que foi dito naquele dia, sua cabeça vagando para outro lugar durante o tempo que seu processo demorou. Lembrava-se vagamente do ar de desapego de seu advogado ao entrar no pretório. Mitch não entendia a insistência dele em evitar cruzar com seu olhar, pensando que seu caso provavelmente o entediava. Mas quanto mais avançava na leitura do dossiê, mais entendia que os dados estavam viciados e a partida decidida de antemão. Seu advogado não tentou uma vez sequer combater o promotor, ele não fez nenhuma objeção quando Salinas acusou Mitch dos piores vícios, afirmando que os jurados estavam diante de uma alma perversa, de um recidivista comprometido com uma ação pensada para desviar a juventude.

Seu olhar parou na peça de evidência número três, a prova irrefutável, segundo as palavras de Salinas, e Mitch afundou na cadeira enquanto lia as declarações do promotor.

Fahrenheit 451, *eis um livro que o acusado está obstinado a vender às nossas crianças, ainda que lhe seja estritamente proibido fazê-lo, e por bons motivos. Um suicídio, uma jovem de 17 anos que vive rodeada de homens, sem mãe, uma menina pretensiosamente associal que se acha diferente porque pensa. Eis a bela moralidade que este livreiro tem o prazer maligno de divulgar. A própria temática deste romance testemunha as intenções do acusado. O herói, ou eu deveria dizer o lamentável personagem principal dessa narrativa escandalosa, é um homem que não ama sua esposa, um homem que não tem a consciência tranquila porque infringe a lei. E como? Roubando um livro que as autoridades haviam banido. Se vemos nisso uma simples coincidência é porque já estamos cegos.*

O escrivão tinha se preocupado em anotar que o promotor gritara tão alto que o juiz, diante dos jurados incomodados, lhe pediu que se contivesse um pouco.

Um homem que assassina o chefe dos bombeiros, que veio apagar um incêndio que estruiu sua casa, abandona os seus e se refugia numa comunidade de marginais que alegam ser capazes de memorizar o conteúdo dos livros. Eis o resumo do veneno que o acusado destila e comercializa. Que meu confrade não venha pôr em dúvida a proveniência desse libelo contra os valores morais da nossa sociedade. Uma fonte anônima teve a honestidade de colocá-lo nas mãos da justiça: o carimbo da livraria está visível na capa.

O escrivão indicou que o promotor tinha feito o livro circular entre o júri e que três jurados se recusaram a pegar o livro nas mãos.

Como Salinas tinha conseguido ter acesso ao romance de Bradbury? Quem era essa fonte anônima que ele mencionou? Mitch se lembrava perfeitamente de sua desconfiança depois da visita do fiscal. Ele não o venderia a um desconhecido. Salinas teria enviado alguém da sua confiança para o incriminar? A senhora Bergol, a senhora Ateltow ou

Verner? Anna estaria certa em supor que um deles era seu espião? Mitch tinha certeza de uma coisa, Mathilde era rebelde demais para ceder a uma chantagem.

Ele se levantou, entreabriu a porta, passou a cabeça pelo corredor a fim de garantir que o escrivão não estava voltando da audiência que o mantinha ocupado, e a fechou bem devagar. Depois foi para trás da mesa dele, pegou o dossiê que estava no topo de uma pilha e passou os olhos por ele antes de guardá-lo debaixo da camisa. Em seguida, escreveu um bilhete de agradecimento, colocou-o de forma visível sobre seu próprio dossiê e deixou o palácio de justiça.

Dez minutos depois, descendo a avenida, ele passou por uma caçamba de lixo onde jogou o dossiê de Mathilde. Depois correu até o restaurante de Anna.

*

— Ele fala de uma fonte anônima? — ela perguntou pela terceira vez.

E pela terceira vez, Mitch fez que sim com a cabeça.

— E você tem certeza de que o livro era seu?

— *Fahrenheit 451* não é um livro qualquer — ele protestou.

— É impressionante esse dom que você tem de se afastar do essencial para focar nos detalhes. Bom, como se trata de uma grande obra — ela colocou ironia suficiente na voz para que Mitch revirasse os olhos —, deve se lembrar exatamente para quem o entregou.

— Mas é aí que está o problema, eu tenho certeza de que não vendi esse livro.

— Nem emprestou para alguém durante uma das suas reuniões secretas?

— Se tinha um carimbo da minha livraria na capa, é porque ele faz parte da minha coleção pessoal.

Anna retornou precipitadamente à preparação de sua receita; uma emulsão de leite transbordava da panela e a boca do fogão estalava em chamas fortes.

— A gente subestima o poder do calor — ela suspirou enquanto pegava uma espátula.

Ela jogou toda a mistura na pia, decepcionada, e recomeçou do zero, arranhando uma fava de baunilha com a ponta de uma faca.

— O que você estava falando do meu dom a respeito do essencial?

— Me passa a caixa de ovos em vez de falar besteiras.

— Besteiras ou não, você riu.

— É, mas foi involuntário; de todo modo — ela prosseguiu, imperturbável —, você vai criar coragem, pelo menos uma vez, e esta noite vamos descer juntos nessa porcaria de livraria de livros proibidos. É uma ordem.

— Alguma coisa está te deixando contrariada, dá para ver, e nem vem me falar que é esse *creme brulée*.

— É um zabaione — ela disse —, não tem nada a ver com *creme brulée*. Esta noite, enquanto lia as anotações do finado Salinas, tive a sensação de que alguém estava me espionando.

— Sua casa é assombrada?

— Estou falando sério, Mitch; fui até a janela e tive a impressão de ter visto alguém dentro de um carro estacionado na rua.

— Você achou ou tem certeza?

— Se eu tivesse certeza, teria te falado.

— Que tipo de carro?

— Um descaracterizado.

— Se a polícia está de guarda na frente da sua casa, é porque nós dois somos suspeitos. Você encontrou alguma coisa interessante nessa caderneta?

— A confirmação do que o escrivão nos revelou. Salinas negociava seus processos com antecedência, fazendo umas combinações com seus camaradas. Eu perco um, eu ganho outro, você perde um, você perde outro, a gente troca favores, os dele contavam em dobro, e o jogo estava decidido. No dia seguinte à morte dele, ele ia defender um caso importante, que, é claro, ele tinha manipulado.

— Como?

— Conseguindo com o advogado de defesa que ele esqueceria de apresentar uma prova que lançaria uma séria dúvida sobre a culpa do cliente dele — respondeu Anna.

Mitch se lembrou da conversa ao telefone, que ele ouviu escondido no armário do escritório do promotor.

— Bom, pelo menos a morte dele poupou a vida de um inocente — ele disse, desistindo de contar o ocorrido a Anna.

— É um jeito de ver as coisas. Mas isso não é tudo: algumas horas antes do último aplauso, ele recebeu a visita de alguém que não tinha hora marcada e que foi direto até a casa dele. Ele escreveu na caderneta que se sentia em dívida com essa pessoa que lhe prestou um serviço precioso no passado, e lamentava não poder retribuir, porque, abre aspas: *os tempos mudaram.*

— Você acha que...

— Que pode haver uma ligação entre esse visitante e o seu caso? Se Salinas não tivesse morrido um pouco depois, eu teria achado a coincidência improvável, mas eu realmente tenho dúvida.

— E ele não fala nada da identidade dessa pessoa?

— Não, nenhuma indicação sequer — Anna mentiu na cara dura, pois leu claramente: *Recebi a visita do meu vizinho e nossa conversa me deixou contrariado. Por mais que eu tenha uma dívida com ele, não posso atender à sua solicitação, pois não existe nada contra o homem que ele queria ver de volta na cadeia; claro que isso não é do meu feitio, mas os tempos mudaram.*

— Isso não nos ajuda muito a avançar na investigação — suspirou Mitch.

— Ao contrário — respondeu Anna, sentenciosa. — Temos a prova de que alguém visitou Salinas algumas horas antes da morte dele, o que a polícia parece ignorar, ou pelo menos alega ignorar. Mas é um suspeito de primeira ordem.

— Se o carteiro lhe entregou uma carta na manhã do mesmo dia, isso não faz dele um assassino.

— A menos que a carta que ele entregou estivesse embebida de um veneno mortal que o contaminou por via cutânea.

— Sabe tanto assim sobre veneno? — perguntou Mitch, estupefato.

— Um pouco — ela respondeu voltando ao seu zabaione.

Mitch pegou o casaco pendurado nas costas de uma cadeira. Uma manga estava virada e ele lutava para conseguir passar o braço, o que era praticamente impossível. Ele estava irritado, e não por causa das elucubrações de Anna, mas porque desde que saiu do escritório do escrivão ele só pensava numa coisa, que já estava se transformando em obsessão: encontrar a quem ele poderia ter entregado o romance de Ray Bradbury, *Fahrenheit 451*.

— Pode ser que você se irrite com isso — retomou Anna —, mas nós vamos visitar essa sua sala secreta assim que eu terminar minha receita, lá pelas 18 horas. E imagino que você não tenha nada a me dizer sobre sua ex, certo?

Mitch vestiu o casaco do avesso e caminhou até a porta.

— Nada a ver com a gente. Ela foi processada por porte de maconha sem intenção de revender.

— É mesmo? — perguntou Anna com uma voz falsamente aguda, os olhos fixos nos ramequins que tinha alinhado à sua frente.

Na ausência de uma resposta, ela levantou a cabeça em direção à vitrine. Na calçada, Mitch tentava desesperadamente colocar as mãos nos bolsos que estavam do lado de dentro do casaco.

Ela o viu partir, sorrindo com malícia; uma ideia tinha acabado de germinar sobre seu zabaione.

*

Do outro lado da cidade, o inspetor roía as unhas de impaciência em seu escritório. Ele tinha uma expressão apagada e os olhos inchados de quem não tinha dormido o suficiente. E por uma boa razão. O prefeito, um velho intrometido, telefonou duas vezes na véspera e de novo esta manhã para lembrá-lo de que o assassinato de um promotor não podia de modo algum permanecer impune por muito mais tempo. A pressão estava aumentando. Não a do público em geral, que não dava a mínima para isso, mas a do Ministério da Justiça, que queria garantir o mais rápido possível, para se tranquilizar, que se tratava de um caso isolado e diretamente ligado à pessoa do Salinas.

Já circulavam rumores de que um justiceiro tinha decidido castigar os altos funcionários corrompidos. Se o rumor se confirmasse, era urgente interpelar o criminoso antes que aquilo se transformasse numa carnificina.

O inspetor só tinha uma pista, que por força das circunstâncias tinha se tornado muito incipiente. Era urgente dar-lhe corpo, engrossá-la, teria dito Anna falando de um molho. O livreiro que ele tinha interpelado tinha mais cara de doidivanas do que de assassino em série, e seu comportamento durante o interrogatório o deixou em dúvida. No entanto, ele já tinha sido preso, o que o fazia parecer menos inocente, ainda que o fosse. Ele tinha perseguido a vítima feito uma alma penada, e com tamanha falta de jeito que chegava a ser patético. Tudo isso teria bastado para montar um dossiê crível, não fosse o testemunho inesperado daquela mulher que lhe forneceu um álibi; álibi que era preciso destruir. Em outras palavras, era preciso provar que ela estava mentindo.

E o inspetor tinha quase certeza de que era o caso. Primeiro porque desejava isso com todas as forças, e também porque ela tinha aparecido na janela às 4 horas da manhã. Ora, tirando um policial emérito, obrigado a passar a noite dentro do carro para satisfazer o pé no saco do prefeito, uma pessoa que não devia nada estaria dormindo àquela hora.

Quando um subalterno lhe entregou o dossiê solicitado, há muito tempo para o seu gosto, ele mergulhou imediatamente em sua leitura.

Uma hora depois, suas sobrancelhas se levantaram. O inspetor tinha a expressão feliz agora. Ele vestiu o sobretudo e correu com seu carro até a brasserie *Aux Trois Cousins.*

*

Ela tinha caminhado até a livraria, num passo apressado como se navegasse até uma ilha onde um tesouro desenterrado da areia os libertaria. Assim que entrou, Mitch baixou a porta de ferro da vitrine e diminuiu as luzes.

Lado a lado no estoque, eles contemplavam um velho tapete persa disposto sobre o assoalho, como se este cobrisse uma sepultura antiga que pertencesse a algo sagrado. Mitch pensava em tudo o que tinha acontecido naquele subsolo antes de ser enviado à prisão. Anna pensava em comprar uma batedeira planetária.

— Não estou com vontade de ir — disse Mitch.

— Imagino, mas a gente nem sempre faz o que quer — retorquiu Anna.

Estava na hora dela assumir a situação.

— Inspira e expira profundamente, a gente só precisa levantar uma coisa poeirenta. A menos que você tenha enterrado uns cadáveres aí embaixo… e se for o caso, não se preocupe, vou continuar te amando.

A palavra escapuliu sem ela perceber. As bochechas de Anna ficaram vermelhas.

Ainda que ela não tivesse a intenção, sua declaração inesperada produziu um efeito inesperado. Mitch tirou o tapete de uma vez só, abriu a escotilha e desceu a escada até a livraria dos livros proibidos.

— Deus do céu! — ela exclamou, esperando não cruzar com algum esqueleto no pé da escada.

*

A sala era maior do que ela imaginava. Ela a percorreu em silêncio, parou diante das prateleiras que cobriam totalmente a parede do fundo, e ficou boquiaberta diante do pôster de Freddie Mercury pregado em cima do balcão, e que parecia com os que se via nos velhos pubs ingleses.

— E então? — ela disse timidamente, contemplando as duas poltronas que ficavam de frente para o palco.

— Então nada — respondeu Mitch —, além da poeira, nada mudou.

— Ninguém voltou aqui desde a última noite?

— Ninguém — afirmou Mitch observando o copo lascado que ele tinha deixado sobre o balcão cinco anos atrás.

As lembranças subiam até a superfície em ondas sucessivas.

Era em torno de meia-noite, o encontro tinha durado mais do que de costume. Verner e a senhora Ateltow tinham ido embora juntos, Mathilde declarou estar exausta com sua intervenção antes de escapulir, deixando-o sozinho para organizar tudo. Foi a última vez que se viram. No dia seguinte, Mitch foi preso.

Ao ler o dossiê dela, Mitch ficou surpreso com o fato de Mathilde continuar morando no quartinho que ocupava quando eles saíam juntos. Ele soube que ela teve um emprego de manipuladora na farmácia do bairro ao norte da cidade. Uma profissão que lhe dava acesso a tudo de que precisava para preparar um veneno, mas a ideia de que ela o tivesse denunciado não fazia sentido.

— Não é aí que está a chave — ele disse num tom de voz lúgubre.

— Que chave? — perguntou Anna olhando para o cofre que estava aberto.

— Como eu não fiz essa associação antes? — ele continuou, falando sozinho.

— Mitch?

Ela agitou a mão na frente do rosto dele. Ele tinha o olhar de um homem que foi engolido por outra dimensão, lutando contra um demônio que veio do passado.

— Que chave? — Anna insistiu.

— O quê?

— Ah, pronto, voltou pro mundo dos vivos?

— A gente precisa subir — ele disse, febril, pegando-a pela mão.

Ela o seguiu até o estoque, inquieta, quase lamentando tê-lo levado àquela descida até as profundezas. Antes de levantar aquele maldito tapete ele parecia mais ou menos normal, mas agora não estava mais. Mitch apontou para uma pilha de livros sobre uma caixa, atordoado como se contemplasse a ponta da pirâmide de Imhotep, que teria desenterrado alguns minutos antes.

— Mitch, fala alguma coisa, por favor!

— Pensei que tinha sido algum roedor — ele balbuciou.

— Alguma coisa sensata, eu te suplico.

— Não era *O conto da Aia*!

— Do que você está falando?

Com o rosto transformado, Mitch a abraçou e beijou apaixonadamente na boca. O que não deixou Anna mais tranquila.

— Alguém entrou no estoque. Eu tinha quase certeza disso, mas não entendia o motivo — ele disse. — Não tinha nenhum objeto de valor ali. Pelo menos não do tipo que os ladrões cobiçam, e não parecia faltar nada. Foi um detalhe que me alertou. *O vermelho e o negro* não estava no lugar de sempre, como se o intruso tivesse pegado ele na mão antes de colocá-lo de volta, mas não exatamente no lugar onde o encontrou. Eu desconfiei, porque achava que tinha deixado *O conto da Aia* no alto da pilha. Mas me enganei, era o *Fahrenheit 451*!

— O *Fahrenheit* de que o Salinas falava?

— *Fahrenheit 451*, o livro de que o Salinas falava — respondeu Mitch. — Como a fechadura da livraria estava intacta, o tapete não tinha mexido, o alarme não tocou, supus que um rato tinha tirado o livro do lugar enquanto pulava. Mas não foi isso, alguém roubou esse livro — ele concluiu com a voz trêmula.

— Tá legal, vamos ficar calmos, bom, principalmente você, e vamos recomeçar do zero. Se alguém roubou esse livro, como você explica que a porta não foi arrombada e que o alarme não tocou? Alguém tinha a chave?

Mitch se sentou pesadamente sobre uma caixa segurando a cabeça entre as mãos.

26. O mistério da câmara fria

O SILÊNCIO DE MITCH, SEU OLHAR VAZIO DE QUALQUER EXPRESSÃO testemunhavam um mal-estar avassalador diante de uma traição evidentemente difícil de admitir. Anna o convenceu de que um pouco de ar fresco e um bom jantar os deixaria em forma. Ela conseguiu arrastá-lo até seu restaurante e preparou um prato de orzo com aspargos – aspargos silvestres que ela tinha comprado naquela manhã na feira para fazer uma nova experiência culinária, uma sopa de primavera com tofu –, mas quando eles se sentaram à mesa, Mitch pareceu ainda mais abatido.

— Mitch — começou Anna com prudência —, parece que o céu caiu inteiro na sua cabeça.

— Não sei mais onde estou, tenho a impressão de que meu passado está ficando efêmero.

— Você acha que vai acabar se esquecendo de tudo?

— Não, mas talvez chegue um dia em que ele não pareça mais ter sido real.

— Sei exatamente do que você precisa para mudar de ares.

Ela tirou sua caderneta do bolso do avental, abriu numa determinada página e o entregou a Mitch.

— Vai encontrar tudo que preciso na câmara fria. Você só precisa seguir o que está escrito, e trazer tudo isso para mim na cozinha, sem esquecer de nada. Pode ser?

Mitch fez que sim com a cabeça e seguiu para o depósito.

— Não esquece de fechar a porta quando sair, a temperatura precisa ficar constante — ela gritou.

Ela suspirou aliviada. Precisava ficar sozinha um instante.

A trégua não durou muito. O inspetor tinha acabado de entrar no restaurante e a examinava de um jeito pouco afável.

— Você acredita em Deus? — ele perguntou com uma arrogância que lhe soava natural.

— Não, mas às vezes eu gostaria de acreditar no inferno, desejando que certas pessoas passassem a eternidade por lá; mas sempre me censuraram por ser otimista demais.

— Nunca vou à igreja, mas hoje revisei meu julgamento a respeito dos mistérios da fé. Tive direito ao meu pequeno milagre — disse ele esfregando as mãos.

— Tenho um cardápio para criar, funcionários para contratar e equipamentos com os quais preciso me familiarizar, então, se você puder me poupar dessas citações de anuário e me dizer o que quer, nós vamos ganhar tempo.

— Nada mal este lugar — respondeu o inspetor. — Decoração bonita e de bom gosto; tomara que você também tenha bom gosto atrás dos fogões, isso seria promissor. A menos que...

Ele passou a língua nos dentes, como se quisesse tirar uma casquinha de amendoim presa entre o canino e o incisivo. O barulho da saliva era insuportável.

— Muito chique. Você quer um palito?

— Então foi no *Trois Cousins* que aprendeu.

— Eu era garçonete, não aprendi a cozinhar lá.

— E depois?

— Fui estudar com um chef...

— Mas você se entendia bem com aquele com quem trabalhava — o inspetor a interrompeu. — Fiquei sabendo que...

— As fofocas enganam. Eu não trabalhava na cozinha, como eu já falei, era garçonete.

— Então você certamente serviu o comissário Jabert. Era um cliente assíduo na época, tinha até uma mesa reservada para ele.

— Servíamos trezentas refeições por período, muitos clientes iam lá sempre, e não tenho dúvida que continue assim.

— Espero que não sejam muitos os que morrem após terem jantado lá. Estranho que pouco tempo depois da morte desse pobre Jabert você tenha ido viver no fim do mundo. Uma partida de certo modo precipitada...

Anna prendeu a respiração, ela tinha ficado tão verde quanto os aspargos silvestres.

— E eis que o promotor Salinas também morre envenenado — prosseguiu o inspetor. — E o principal suspeito é o seu namorado. É claro que isso não passa de mera coincidência, mas na véspera da abertura do seu restaurante, duas pessoas envenenadas no seu entorno, e já que você falava de fofocas, aí está uma que não daria muita vontade de vir até aqui experimentar seus pratos — ele disse colocando a mão no ombro de Anna.

— Encosta em mim de novo e você vai se arrepender disso durante um bom tempo.

— Vai tentar me envenenar também? — perguntou o inspetor, colocando as mãos nos bolsos.

Sua arrogância deixava Anna cada vez mais inquieta e ela começava a desvendar suas intenções.

— As circunstâncias da morte do comissário Jabert nunca foram elucidadas. Isso talvez mereça que eu me debruce sobre o caso, afinal, ele era um colega. A menos que... — ele repetiu.

Ela fingiu não entender.

— Todo mundo pode se enganar. Suponhamos que você não estivesse na companhia do seu namorado no dia em que o promotor foi assassinado, e eu posso esquecer tudo o que descobri a seu respeito. A noite é boa conselheira... Vou deixar você pensar até amanhã.

Ele lançou um sorriso voraz e partiu.

Mitch fechou lentamente a porta da câmara fria, esperou alguns instantes e a reabriu.

— Acho que peguei tudo — ele disse, colocando um caixote em cima da estação de trabalho.

Anna se virou para ele fazendo um grande esforço para não deixar transparecer a raiva que sentia. Uma raiva familiar que a fez lembrar de uma certa noite, na saída do *Trois Cousins.* Ela foi até a pia e lavou as mãos com a parte mais áspera da espoja, com tamanha fúria que seus dedos ficaram machucados.

— Eu li sua receita, ela é fantástica. Por que você esperou tanto tempo para começar? — ele disse, abraçando-a antes de confiscar a esponja.

Anna se enrijeceu, se virou para ele, olhou dentro dos seus olhos e lhe contou o que ninguém mais além de José sabia.

— Porque fui estuprada por um comissário de polícia quando saía do trabalho e eu mais ou menos o matei para me vingar, o que me fez adiar meus projetos.

Mitch não encontrou palavras para expressar a dor que o tomou ao ouvir essa confidência. Ele abraçou Anna e a ternura que ele lhe ofereceu dissipou todas as desilusões e tristezas.

— Você também matou mais ou menos o Salinas para me vingar?

— Mitch, a gente precisa urgentemente encontrar um culpado que ateste nossa inocência.

*

Anna fechou o restaurante e levou Mitch para a casa dela. Desta vez, nem pensar em fazê-lo experimentar uma de suas novas receitas. Ela o convidou a se sentar na sala e ficou de frente para ele, encostada num grande aparador e com as mãos apoiadas sobre a prateleira. Ela o olhou por um bom tempo, examinando-o, como se tentasse decidir de uma vez por todas se sua orelha direita era maior do que a esquerda.

— O que foi? — perguntou Mitch.

— Eu ia fazer essa pergunta.

— Está tudo bem, prometo.

— Mitch, você não tem a menor aptidão para mentir, e eu achava que já tínhamos concordado sobre isso. Não me entenda mal, é uma qualidade que eu admiro, mas já está na hora de você me dizer a verdade. Quando te perguntei como alguém poderia ter entrado na sua livraria sem arrombar a porta e sem disparar o alarme, você quase teve um troço. Não, você teve um troço... porque você pensou imediatamente em alguém. Estava escrito na sua testa, num tamanho maior ainda do que *1Q84* na capa do Murakami — ela disse enquanto pegava um livro de dentro da gaveta do aparador.

— Você o guardou esse tempo todo? — disse Mitch, surpreso.

— Sou muito fiel às minhas amizades, sou muito fiel, ponto. E então?

Mitch balançou a cabeça aceitando a derrota.

— Eu entreguei uma cópia das chaves pra senhora Ateltow e ela sabia o código do alarme. Não sei o motivo, mas ela não queria revisar as palestras na casa dela; então às vezes ela vinha à livraria durante meu horário de almoço para ler no subsolo. Mas não pode ser ela.

— Por que não?

— Porque quando uma coisa é horrível demais para ser verdade, costuma ser o caso — ele disse, tentando não parecer mais deprimido do que já estava.

— Não quero ser do contra, mas acho que também vale quando a coisa é bonita demais.

— A lógica diria que isso funciona nos dois sentidos. Foi ela quem me incentivou a ter mais ambição. Quando a lei foi promulgada, eu só pensava em alugar os livros em vez de vendê-los, e estamos falando de um espírito de resistência. Por Deus, Anna, ela foi minha professora de literatura, e que professora! A literatura é a vida dela.

— Ela não virou a casaca pra música?

— Não tem graça.

— Bom, eu tentei. O melhor talvez seja falar diretamente com ela. — Anna avançou com prudência para não o afligir.

— Acusá-la diretamente — retificou Mitch.

— Não foi o que eu disse, mas podemos ver as coisas dessa forma. Bom, o tempo está passando e preciso obrigatoriamente testar uma receita. Duas por dia é o mínimo se eu quiser inaugurar o restaurante dentro do tempo. E tempo foi o que mais perdi hoje. Não foi bem isso que eu quis dizer — ela se corrigiu —, mas é que senti falta de algumas horas a mais. Uma ajudinha vai ser muito bem-vinda.

Mitch arrastou a perna até a cozinha, colocou um avental e esperou as ordens. Anna ficou parada na sala.

— O que você está fazendo? — ela perguntou.

Ele olhou para ela sem qualquer vestígio de sorriso.

— Talvez eu tenha evocado a ideia de ir pra cozinha — ela retomou com uma voz inocente.

— Talvez.

— Mas foi só pra descontrair um pouco.

Não era o caso; ela realmente pensou em voltar ao trabalho, e quando Mitch aceitou ajudá-la, sem pensar que eles tinham coisas mais urgentes para fazer do que preparar uma pastilla, ela recuperou o bom senso pelos dois.

— Se não quer confrontar sua ex-professora, vamos pelo menos falar com o namorado dela.

— Verner?

— Ela tem outros?

Mitch consultou o relógio e tirou o avental.

— A aula dele acaba em meia-hora — disse ele, pegando as chaves da caminhonete.

*

Mitch e Anna saíram de casa e foram ao conservatório de música. Mas ao chegar no estacionamento, Mitch reparou que todas as vagas estavam vazias. Ele passou pela entrada dos artistas: a sala estava deserta. Ele ouviu um barulho atrás do palco e levou Anna até a coxia.

Verner estava sentado numa poltrona. Ele vestia um roupão e segurava um copo de uísque.

— Vocês chegaram depois da batalha, o que é uma pena porque a apresentação foi um sucesso — disse o professor, que parecia esgotado.

— Grieg? — Mitch arriscou.

— Não, o concerto dos alunos do ciclo básico; eu menti, foi uma catástrofe, mas os pais fingiram gostar. Perceba que depois do Papai Noel e da fada do dente, uma fábula a mais para divertir seus monstrinhos não faz muita diferença. O que traz vocês aqui num horário tão inabitual? — ele perguntou com o olhar direcionado a Anna.

Como sabia que seria custoso para Mitch fazer isso, ela se adiantou e explicou a razão daquela visita.

Verner a escutou com muita atenção, sem interrompê-la, nem quando ela contou o que descobriu na caderneta de Salinas e o que Mitch encontrou ao ler as minutas de seu processo na sala do escrivão, nem quando ela mencionou a denúncia, tampouco quando citou o roubo do romance de Ray Bradbury que foi entregue à justiça como prova incriminatória; mas quando ela mencionou a porta intacta da livraria e o alarme que não disparou, o professor tomou a bebida numa golada só, colocou o copo no chão e se levantou com um ar de culpado para ficar de frente para Mitch.

— Fui eu quem te denunciei.

— Mas por que, Verner, o que eu te fiz?

— Absolutamente nada. Não foi meu intuito ser um canalha, aconteceu por acidente. Aliás, antes de me juntar ao seu projeto de leituras no subsolo, cheguei a pensar que era um homem mais ou menos decente. O que vocês sabem sobre a dificuldade de envelhecer? Vocês devem admitir que só o fato de nos darmos conta de que logo vamos morrer já é por si só bem caótico. Mas tem coisa pior: saber que vivemos como idiotas, acreditem, é pavoroso. E eu não esperei chegar à minha idade para entender isso. Nem os vaidosos são ingênuos em relação à sua mediocridade; aliás, desconfio que eles sejam completamente lúcidos em relação a isso. Então imaginem que a vida lhes oferece a oportunidade de finalmente fazer algo notável, ou que pelo menos faça com que as pessoas os enxerguem, um desvio moral que lhes oferece privilégios que vocês nunca tiveram, um reconhecimento, uma importância qualquer. Trinta anos ensinando música e, ao voltar para casa sozinho à noite, não passar de um sobretudo cinza num vagão de metrô. Trinta anos pra num domingo ficar conversando com patos, sentado num banco na beira do lago. Eles me entregaram uma medalha, me ofereceram uma cadeira na Academia e — ele levantou o dedo em riste, os olhos brilhando de orgulho —, o título de *Honoris Musica*.

— O que é isso? — perguntou Mitch.

— Não tenho a menor ideia, mas certamente é algo de muito prestígio porque, depois disso, fui convidado para participar de recepções oficiais, jantares de gala nos quais, entre discursos e brindes, não sobra um só minuto para conversar com os vizinhos na mesa, é um sonho. Ganhei até uma poltrona pessoal na Ópera, sem falar da honrosa aposentadoria.

— Honrosa mesmo? — observou Anna.

— Não vamos brincar com as palavras. Vocês querem desculpas pelos males que lhes causei? Pois eu apresento as desculpas mais sinceras do mundo.

Anna se levantou e se aproximou de Verner. Ela ficou tão perto do rosto dele que por um instante ele acreditou que ela lhe daria um tapa. Ela se contentou em mergulhar seu olhar no dele, observando-o com tamanha intensidade que parecia que ia penetrar em suas pupilas.

Depois ela se endireitou e sorriu de um jeito astuto que Verner achou espantosamente sedutor, dadas as circunstâncias.

— Você está mentindo, Verner, você não fez nada disso — ela disse.

O professor soltou um suspiro profundo, seus ombros caíram e sua soberba também.

— Você tem razão, não tive coragem de cometer essa covardia.

— Então por que toda essa mentira? — perguntou Mitch.

— Para imaginar por um instante o que teria sido minha vida se eu tivesse mais confiança, na pele de um homem que não fosse uma fraude. Ainda não sei o que posso ter feito para merecer essas honrarias e isso está me corroendo por dentro; primeiro pensei que tinham errado de pessoa. Cheguei até a fazer pesquisas para saber se tenho algum homônimo, mas não encontrei nada. Vocês têm o direito de duvidar que estou dizendo a verdade, mas tudo o que contei aconteceu comigo no ano passado.

— A ideia de que seu trabalho tenha sido recompensado não lhe pareceu ser a mais lógica? — perguntou Mitch.

— Não ria da minha cara, que indelicado — respondeu Verner.

Anna interrompeu a discussão.

— Será que a senhora Ateltow...

O professor se virou, furioso.

— Não tem vergonha, depois de tudo o que ela fez por você, de imaginar que ela possa ter te denunciado? E não falo do fato de ela ter ajudado a organizar as reuniões clandestinas, mas de tudo o que ela te ensinou quando você era...

— Meu querido Georges, você é um homem maravilhoso e certamente o mais cavalheiro do mundo, mas posso me defender sozinha — declarou a senhora Ateltow, que escutava a conversa desde o início, escondida no camarim do regente, e também vestindo um roupão.

Ela colocou um pouco de ordem nos cabelos e caminhou na direção de Mitch.

— Eu não te denunciei, e me magoa muito você ter pensado que fiz isso. Mas preciso confessar que menti numa coisa. Eu sabia que você tinha sido preso. Georges não sabia disso e você precisa acreditar em mim, nunca contei isso pra ele nem para mais ninguém. Eu me calei, apavorada com a ideia de também ter problemas com a justiça, pois de certa forma eu era sua cúmplice. Meu filho jamais me perdoaria. Ele teria medo pela própria reputação, pelo respeito que sempre preservou. Para conservar a decência de seus acionários, pois a maioria pertencia ao governo, ele alegaria que se a mãe se associou a uma organização ilegal, é porque não estava mais gozando do seu pleno juízo mental. Ele me internaria num asilo. O único crime que cometi foi fingir não saber o que aconteceu com você. Mas eu não tinha escolha.

Mitch ergueu os ombros, ele não tinha a menor vontade de julgar alguém e a chantagem que Anna enfrentava contava mais do que qualquer tipo de consideração. O inspetor lhe deu a noite para pensar. E ele já tinha pensado: amanhã, no fim do dia, ele iria até a delegacia central e confessaria ser o autor do assassinato de Salinas.

27. O sol é para todos

Bem mais tarde naquela noite, Mitch parou na soleira do banheiro só para observar Anna escovar os dentes. Ela se virou e sorriu.

Ambos tinham fome de carinho num mundo que já não oferecia mais muita coisa. No calor da cama, Mitch, que começava a contar as últimas horas, fez uma confissão.

— Durante as refeições, na cantina da prisão, eu às vezes contava histórias aos meus companheiros de infortúnio. Nós não tínhamos livros, então em puxava da memória a lembrança dos que li. Reescrevi mentalmente *As vinhas da ira* e *Doce quinta-feira*, *O Conde de Monte Cristo* e algumas passagens de *Os miseráveis*. Steinbeck, Dumas e Hugo devem ter se revirado no túmulo. Eu me divertia com a ironia da situação, porque todas as obras faziam parte da lista dos livros proibidos e eu os recitava diante dos guardas, que não percebiam que eu transgredia a lei bem debaixo do nariz deles. Pelo menos era o que eu pensava, até o dia em que um deles se aproximou de mim durante o passeio e colocou na minha mão uma edição de bolso de *A peste*, de Albert Camus. Ele murmurou: "Não concordo com nada disso, eles enlouqueceram". Nunca troquei uma palavra sequer com ele. Será que se arrependeu do que fez e ficou com medo de que eu o denunciasse? Talvez um laço de amizade tenha sido construído num momento de bravura, por mais curto que tenha sido. Eu li *A peste* tantas vezes que conheço o romance de cor, linha por linha, palavra por palavra.

— Por que está me contando isso, e por que agora?

— Por nada — Mitch respondeu ao apagar a luz.

Há tantas maneiras de superar a dor, de esquecer os dias sem futuro e de só viver com lembranças que se tornaram inúteis.

Anna dormiu rapidamente. Mitch desejou acariciar seu rosto e se aninhar contra ela. Mas se contentou em contemplá-la, imóvel, como um homem à beira do precipício que teme o gesto que o faria desabar.

*

Às 3 da manhã, Anna se levantou na ponta dos pés. Ela desceu até a cozinha pegou sua caderneta e anotou suas reflexões no papel, com uma letra trêmula de nervoso.

Fahrenheit 451.

Por onde ele entrou?

O testemunho anônimo.

Verner...

Mathilde: por que o dossiê dela estava no topo de uma pilha?

Ela mordiscou o lápis e levantou a cabeça, pensativa.

— Espera um segundo — ela murmurou.

Alguns instantes depois, ela empurrou a cadeira, foi até a sala e abriu um armário. Ajoelhada no chão, ela remexeu as prateleiras e encontrou um velho anuário anterior à sua partida para o Canadá.

Ela virou as páginas, acompanhou com o dedo as linhas que a interessavam, e seu rosto de repente se iluminou.

A partir daquele instante, tudo aconteceu muito rápido, tanto em sua cabeça como em suas ações, ainda que tenha precisado de duas horas para deixar a casa pela porta do jardim antes de retornar pela porta principal e se deitar ao lado de Mitch, com os calcanhares terrosos denunciando sua escapadela noturna. Mas como ao acordar Mitch só pensava em sua rendição iminente, ele não prestou nenhuma atenção nisso, tampouco nos sapatos cheios de cocô que ela deixou aos pés da escada.

Se ele soubesse o que Anna fez enquanto dormia, teria se censurado por ter sido tão distraído.

*

— Você está com uma cara bem preocupada — disse ela quando ele a abraçou para acordá-la.

— E você, bem ao contrário; o que te deixa assim de tão bom humor?

— Te ver é mais que suficiente — ela respondeu, beijando-lhe os lábios. — Vai se arrumar, tenho um longo dia pela frente.

Ele a segurou pelo braço quando ela estava prestes a descer até a cozinha.

— Anna, vamos parar de fingir, eu sei da chantagem do inspetor.

— É claro que você sabe, você estava ouvindo atrás da porta da câmara fria. Eu já falei que tenho um longo dia pela frente?

— Falou, agorinha.

— Então por que você está aí enrolando e ainda não tomou banho?

Incrédulo, Mitch pegou no ar a toalha que ela jogou e foi para o banheiro.

Cinquenta e três minutos depois, ela parou em fila dupla na frente da livraria e se inclinou para abrir a porta do passageiro, esperando impacientemente que ele descesse.

— Ah, vem me encontrar no restaurante às 17h em ponto. Tenho certeza de que ele vai ser pontual.

— O quê? — perguntou Mitch, os dois pés na calçada e apoiado na janela.

— Às 17h então — Anna repetiu.

— Mas?

— Sim, também te amo, mas até daqui a pouco então.

— Tem algum motivo particular que explica por que você está tão esquisita?

— Todo mundo é esquisito, você não acha? Se você tivesse visto sua cara hoje de manhã quando acordou.

— Isso foi um sim? — perguntou Mitch.

— Até às 17h — insistiu Anna, engatando a marcha.

Ele seguiu com os olhos a caminhonete que subia a avenida, se perguntando o que estava acontecendo com Anna; saber o que ela pensava era a coisa mais difícil que existia, até para ele, principalmente para ele.

*

Às 17 horas, Mitch entrou no restaurante; pela primeira vez, as mesas estavam arrumadas e, se a cozinha não estivesse tão calma, seria possível acreditar que tinha chegado o dia da inauguração.

— Então? — disse Anna, com os dedos enrolados no fio do avental, observando a reação de Mitch.

Ela estava radiante.

— Então é… realmente uma conquista — ele disse com um sorriso amarelado.

— Também acho — respondeu Anna. — Mesa número 4 — disse ela, apontando com o dedo a mesa que lhe tinha sido designada.

Mitch se dirigiu ao local indicado, pronto para testar um prato sem o menor apetite. Anna se sentou de frente para ele, os cotovelos apoiados na mesa, o olhar colado no relógio de parede, sem falar nada, dedilhando sobre a toalha. Sete minutos depois, um sedã preto estacionou na frente do restaurante.

— Eu me enganei, ele está atrasado — ela disse ao se levantar.

O inspetor abriu a porta do restaurante e caminhou na direção de Anna. Ela ficou de frente para ele, reta e confiante, o olhar cheio de bravura.

— Eu estava com Mitch na noite da morte do procurador — ela exclamou. — Você pode espalhar os rumores que quiser, investigar sobre o que bem entender, mas não mudo meu testemunho.

O inspetor a ignorou primorosamente, passou na frente dela e foi se sentar à mesa número 4, ao lado de Mitch.

— Eu lhe devo desculpas. Prendemos o culpado esta tarde.

*

Se algumas investigações levam meses para serem resolvidas, esta tinha sido concluída ao longo do dia. E que dia, acrescentou o inspetor, que mudou radicalmente de postura e balançava a cabeça com a regularidade de um metrônomo.

— Uma carta foi entregue esta manhã na delegacia. Normalmente não damos atenção às denúncias anônimas — ele explicou.

— É mesmo? — interrompeu Mitch.

O inspetor pigarreou e prosseguiu, ainda mais incomodado do que quando chegou.

— Sim, mas essa continha uma indicação precisa o suficiente para que eu me apresentasse logo cedo na sala do juiz e obtivesse uma ordem de busca imediata.

— Que indicação? — perguntou Anna de forma prudente, se sentando entre eles.

— Ela dizia respeito à pessoa que, no dia seguinte à morte de Salinas, me lançou em sua pista — respondeu ele olhando para Mitch. — Nós encontramos a arma do crime na casa dele, escondida debaixo de um arbusto no jardim em volta de sua residência. A terra ainda estava fresca.

— Uma arma? Eu pensei que Salinas tivesse sido envenenado — observou Anna.

— É um estojo de pelúcia, fechado com uma tira de couro, e dentro dele encontramos dois frascos e uma pipeta. Só foi preciso uma hora no laboratório para identificar a natureza do veneno, a decocção de um cogumelo particularmente toxico. Ao que parece, seis vezes mais potente que o *Amanita phalloides*.

— Eu não trabalho com cogumelos — afirmou Anna —, é muito perigoso, a gente nunca sabe o que tem dentro da caixa comprada na feira.

— Não foi num prato que Salinas o ingeriu, mas numa taça de vinho do Porto.

— Quem é o assassino? — perguntou Mitch com uma voz insegura.

— As estatísticas são precisas, em 70% dos casos, o assassino faz parte do entorno da vítima. Desta vez, era apenas o vizinho. Um banqueiro.

— Ele matou o Salinas por um problema de vizinhança? — perguntou Anna.

— Neste caso, a pergunta não é por que, mas por quem — respondeu o inspetor com um ar de derrota.

Ele se virou para Mitch e se conteve para não lhe dar um tapinha na mão, de tão compadecido que estava.

— Você foi vítima de uma conspiração que começou há muito tempo. Os filhos únicos podem se comportar de modo excessivo com suas mães; não dá para generalizar, mas acontece. E era o caso dele. Ele abusava de um poder doentio que tinha sobre a mãe. Os fatos remontam a cinco anos. Uma noite, Rony surpreendeu a mãe quando ela voltava tarde para casa. Ela contou que estava chegando de um clube de leitura no qual estava inscrita. Em outra noite, Rony a seguiu até uma livraria – a sua, no caso. Você estava no lugar errado, na hora errada. Ela entrou no seu estabelecimento acompanhada de uma centena de estudantes. Mas quando ele se aproximou da vitrine, as luzes se apagaram e Rony não viu ninguém atrás dos furos da porta de ferro. Ele se escondeu. Duas horas depois, a senhora Ateltow saiu de braços dados com um homem, o que não agradou nem um pouco seu filho. No dia seguinte, ele a interrogou e ela se rebelou, admitindo nunca ter amado o pai dele. Ela devia tê-lo poupado dessa revelação. Louco de raiva, sem conseguir raciocinar, Rony decidiu pôr um fim na relação da mãe, e só pensou numa forma de conseguir isso: eliminado o clube de leitura. Aparentemente, a senhora Ateltow era próxima de você, pois o filho conseguiu encontrar na casa dela as chaves da sua livraria e o código do alarme, que ela tinha anotado no chaveiro. Bem pouco prudente, aliás, mas o problema não está aí, ou melhor, está sim, pois uma noite, ele entrou na sua livraria, roubou um livro proibido pela lei em vigor na época e o entregou ao seu vizinho, um promotor poderoso que assumiu o caso. O resto você já sabe. Sua detenção e sua condenação.

Mitch aguentou o baque da melhor forma que conseguiu; ele trocou um olhar com Anna, que sorria com ternura.

— E por que Rony matou Salinas tanto tempo depois? — ele perguntou.

— De novo por sua causa.

— Minha?

— Pois é, e eu acrescentaria que se trata de uma obsessão. Rony Ateltow ficou sabendo da sua liberdade ao vê-lo espionar o promotor na frente de casa. Ver você circular diante de suas janelas o deixou muito preocupado. E o que mais o preocupou foi encontrar na caderneta da mãe o dia e o horário de um encontro amoroso que aconteceria na sua livraria. Ele voltou a procurar o promotor para pedir que te mandasse de volta para trás das grades. Salinas se recusou, porque não havia nada contra você e os tempos tinham mudado. Rony decidiu assumir a situação, envenenou o vizinho, que do seu ponto de vista era culpado por não ter lhe retribuído o favor. Enfim, é o que supomos. Quando ele concluiu o negócio, telefonou para a polícia no dia seguinte e te denunciou. Um ex-detento que circulava pela rua particular da vítima, sem o álibi desta senhora — disse ele, se voltando para Anna — não teria a menor chance de escapar.

— O senhor acha? — Anna interveio.

— Rony confessou tudo a respeito das denúncias repetidas, mas não o assassinato, que ele insiste em negar. Com a arma do crime enterrada no jardim, agora é ele quem não tem a menor chance de escapar.

O inspetor se levantou, estendeu as mangas do casaco para cobrir as belas abotoaduras e caminhou na direção da porta. Antes de sair, ele se virou, admirou o salão e prometeu a Anna que voltaria qualquer noite para experimentar sua culinária. Depois ele lhe desejou boa sorte e entrou em seu carro.

28. A arte de cozinhar cogumelos

Ao longo dos oito dias que se seguiram, Mitch e Anna não trocaram uma só palavra sobre a visita do inspetor. Anna estava ocupada com os últimos detalhes para a inauguração do seu restaurante. Ela contratou um ajudante de cozinha e uma garçonete, que ela treinava todas as noites numa sala de jantar cujo único cliente era Mitch, promovido a cobaia oficial.

No nono dia, ao final do serviço, quando ajudava o funcionário a secar a louça, ele foi encontrar Anna na câmara fria. Ela estava na ponta dos pés, segurando um caixote de tomates sobre a cabeça, com um equilíbrio duvidoso.

— Como você conseguiu essa proeza? — ele perguntou pegando o caixote das mãos dela.

— O gaspacho? Não consegui.

— Anna, por favor.

— Rony? — ela perguntou com um ar ingênuo. — Graças a Verner.

— Verner?

— Não achou estranho ele confessar tão fácil e logo em seguida se retratar?

— Imagino que ele também não sabe mentir.

— Nada disso, ele é um mentiroso e tanto, e tem que admitir que nem precisei apertar ele muito. Mas o que realmente me intrigou foi ver a que ponto ele ficou aliviado de se contradizer, aliviado até demais. Como se o teatrinho dele só tivesse sido elaborado para nos colocar na pista certa. Quer dizer, o teatrinho *deles*, a senhora Ateltow também se envolveu revelando sua história, sob o pretexto de se desculpar por ter mentido para você. Ela suspeitava do que Rony tinha feito com você por causa dela; não, na verdade ela *sabia*, e se quiser saber minha opinião, ela tinha sim contado pro Verner.

Uma mãe não pode entregar o próprio filho, e o homem que a ama também não, enfim, não diretamente. Mas se mais alguém além deles pudesse resolver o problema, todo mundo sairia ganhando...

— Como o Rony conseguiu preparar o veneno?

— A arte de cozinhar os cogumelos? Ele deve ter aprendido nos livros — respondeu Anna com um imenso sorriso. — Será que ele é mesmo culpado pela morte do Salinas? Talvez sim, talvez não, mas culpado de te deixar cinco anos preso, de ter desejado que você voltasse para a cadeia pelo resto da vida e de ter envenenado a vida da própria mãe, isso é certeza. A justiça vai seguir seu curso. E agora, se a gente puder mudar de assunto, estou louca de vontade de você.

*

Alguns dias depois, Mitch decidiu realizar a última coisa que faltava para se sentir livre de tudo. Uma noite, antes de encontrar Anna, ele fez um longo desvio e foi até uma farmácia no norte da cidade.

Mathilde tinha mudado, seus traços haviam endurecido, o rosto mais fino, a indolência que a caracterizava tinha desaparecido. Quando o viu entrar, ela pediu com um tom de voz gélido que ele a esperasse na calçada, e ele aguardou dez longos minutos até que ela fosse encontrá-lo.

— O que está fazendo aqui, Mitch?

— Vim falar com você.

— Sobre o quê? Você está com cara de homem apaixonado, e pior ainda, feliz.

— É exatamente o caso.

— Então o que você quer de mim depois de todo esse tempo? Me contar que está noivo? Não estou nem aí.

— Por que você não veio no dia do julgamento, ou não me visitou pelo menos uma vez na prisão?

— E você, por acaso foi me visitar quando eu estava na prisão? Fiquei seis meses em preventiva.

— Por minha causa?

— Não, não foi por sua causa. Você não é o centro do mundo. Se quer mesmo falar dos velhos tempos, tenho algo a dizer.

Ela se sentou no banco de sua moto, que estava estacionada na frente da farmácia, e acendeu um cigarro. Ela deu uma boa tragada antes de contar a Mitch como os estudantes que participavam das reuniões da livraria dos livros proibidos tinham continuado o movimento que eles começaram.

— Graças a dois tipógrafos simpatizantes da causa, conseguimos recuperar um estoque inteiro de livros censurados. Eles circularam por todas as faculdades. Eram tantos que os policiais não davam conta, a não ser algumas vistorias de tempos em tempos. Os livros que eles confiscavam logo eram substituídos por outros, e as máquinas fotocopiadoras trabalhavam a todo vapor. E nós mesmos encadernávamos tudo. Foi aí que me prenderam. Viu? Eu não tinha nada a ver com o assunto, ou quase nada. O tempo que passei atrás das grades não fez nenhuma diferença, e é aí que a gente percebe que ninguém é insubstituível. Os grupos só aumentavam e os estudantes intensificaram a mobilização. À noite, eles distribuíam livros por toda a cidade, até nos bancos dos bairros chiques. Nas capas estava escrito em letras grandes e pretas: PROIBIDO PELO SEU GOVERNO. As pessoas começaram a se indignar com o fato de tantos livros serem banidos e se conscientizaram da liberdade que tinha sido tirada delas. Outras pessoas se juntaram ao movimento, mulheres que recusavam que os homens atribuíssem a si mesmos o direito de decidir sobre seus corpos proibindo o aborto, as comunidades e as minorias perseguidas pelo poder. E então, um dia, o governador foi deposto. Você vê, Mitch, toda essa energia partiu da sua livraria. Bastaram alguns livros para botar lenha na fogueira. Alguns livros se transformaram em centelhas de liberdade, graças a eles as pessoas se lembraram de que eram mais semelhantes do que inimigas, que compartilhavam as mesmas alegrias e os mesmos sofrimentos, que alimentavam os mesmos sonhos. Nunca fui apaixonada por você — Mathilde jurou com os dedos cruzados nas costas —, mas não lamento ter te conhecido. Espero que você seja feliz com ela.

E foi o caso.

29. A livraria dos livros proibidos

Um ano depois

Desde a inauguração do restaurante, Anna trabalha mais do que nunca e o salão não esvazia.

Mitch aumentou sua livraria, que recebe no subsolo as reuniões do clube de leitura, sob a direção da senhora Ateltow. Toda semana ela convida autores e autoras cujos livros foram censurados no passado. A senhora Ateltow agora mora com Verner, começou a dançar tango também e visita o filho na prisão uma vez por semana.

Toda terça-feira, às 11 horas em ponto, a senhora Bergol aparece na livraria e escolhe sozinha sua leitura da semana.

Numa terça de outono, ela chegou com alguns minutos de atraso.

— É bom esse livro da vitrine? — ela perguntou a título de saudação.

— Qual? — perguntou Mitch, que só estava esperando sua visita.

— *A livraria dos livros proibidos*, eu vi umas pessoas lendo no ônibus e até minha vizinha começou a ler. Ele fala de quê?

— Ah — fez Mitch —, é a história de um homem e da mulher que ele ama, e eles encontram um meio de vingá-lo de alguém que fez ele ser condenado injustamente.

— Como?

— Fazendo-o ser condenado por um crime que ele cometeu *mais ou menos*.

— Mais ou menos?

— É, mais ou menos… É uma longa história. Recomendo fortemente a leitura.

A lei HB 1467 não é uma invenção.

Ela foi assinada pelo governador da Flórida, Estados Unidos, no dia 25 de março de 2022 e permite que qualquer residente do estado exclua livros dos programas de ensino e das bibliotecas escolares e públicas de acesso aos menores de idade.

Durante o primeiro semestre do ano escolar de 2022-2023, 1.477 livros foram proibidos, ou seja, 100 títulos ficaram inacessíveis aos estudantes a cada mês.

A lei HB 1467 foi adotada por outros estados norte-americanos. Os casos de proibição de livros são mais frequentes no Texas, na Flórida, no Missouri, em Utah e na Carolina do Sul. De forma esmagadora, os censores de livros continuam focando em histórias escritas por e sobre pessoas negras e pessoas LGBTQIA+, assim como obras que abordam temas relacionados ao racismo e questões identitárias.

Trinta por cento dos títulos proibidos são de livros que abordam o tema do racismo ou que têm como personagens principais pessoas negras.

Vinte e seis por cento dos títulos proibidos apresentam personagens ou temáticas LGBTQIA+.

Muitas obras são retiradas sob a desculpa de uma prevenção para fins de investigações mais aprofundadas. Trata-se de um artifício usado pelos agentes do Estado para ampliar a censura.

As proibições afetam uma ampla gama de títulos, incluindo aqueles que retratam a violência, principalmente a conjugal, e os abusos de poder, tratam sobre assuntos de saúde e bem-estar ou estão ligados à morte ou ao luto.

A censura impacta um amplo espectro de livros, sobretudo quando escolas, faculdades e bibliotecas reagem a uma legislação voluntariamente vaga que os obrigam a retirar uma grande quantidade de obras antes de qualquer oposição formal.

O processo por trás das proibições de livros não para de evoluir. Durante o ano escolar de 2021-2022, grupos de familiares religiosos ou conservadores se organizaram para fazer a censura de livros progredir. Esses grupos fizeram pressão para que os estabelecimentos escolares e as bibliotecas retirassem obras sem ao menos as ler. Essa tendência prosseguiu durante o ano escolar de 2022-2023, mas também foi intensificada por uma nova fonte de pressão: a legislação estatal. As instituições de ensino e bibliotecas de muitos estados norte-americanos reagem às novas leis que ditam os tipos de livros que podem estar presentes nas escolas, quais políticas os estabelecimentos escolares devem seguir para poder incluir novos títulos e revisar seus acervos.

Os livros são cada vez mais etiquetados como "pornográficos" ou "indecentes". Dezenas de livros foram censurados nos Estados Unidos durante o ano escolar de 2021-2022 sob o pretexto de que continham, mesmo que em poucas linhas, um conteúdo sexual. Mas desde o verão de 2023, essa formulação se tornou assunto de primeira ordem para os ativistas e políticos conservadores, a fim de justificar a retirada de livros que, todavia, não correspondem em nenhuma medida às definições legais e comuns de "pornografia".

A retórica sobre a "pornografia nas escolas" também avançou como justificativa para a passagem ou introdução de novas leis estatais, entre as quais algumas proibiriam todos os livros que mencionam o corpo ou a nudez e que poderiam facilmente englobar um amplo leque de obras relacionadas à saúde. Um livro de anatomia que representa o corpo humano nu, por exemplo, é considerado pornográfico.

O impacto completo do movimento de proibição de livros é mais importante do que somente aquilo que pode ser contabilizado, pois as proibições de massa limitam o acesso a um número incalculável nas salas de aula e nas bibliotecas escolares.

Muitos estados norte-americanos promulgaram essas proibições de massa. Aulas foram suspensas, bibliotecas escolares fecharam ou foram esvaziadas, e isso de forma permanente ou temporária.

Bibliotecas públicas foram obrigadas a recusar o acesso a leitores e leitoras menores de 18 anos.

Os professores e bibliotecários de muitos estados do país foram pressionados e são ameaçados de sanções jurídicas.

Alguns livros bem conhecidos que foram proibidos nos Estados Unidos

O Sol É Para Todos, Harper Lee. José Olympio, 2015. Tradução de Beatriz Horta.

Contestado por conta do nível linguístico e do tratamento dado a assuntos raciais.

O Ódio que você semeia, Angie Thomas. Galera Record, 2018. Tradução de Nathalie Bru.

Contestado por conta do nível linguístico, pelas cenas de consumo de droga, de violências policiais e de racismo.

1984, George Orwell. Avis Rara, 2021. Tradução de Rafael Arrais.

Contestado pelo tratamento dado a assuntos sociopolíticos que podem ser considerados questionáveis.

O olho mais azul, Toni Morrison. Companhia das Letras, 2019. Tradução de Heloisa Jahn.

Contestado pelo conteúdo explícito em matéria de racismo e incesto.

O Apanhador no campo de centeio, J.D. Salinger. Todavia, 2019. Tradução de Caetano Galindo.

Contestado pelo nível do linguajar familiar, considerado grosseiro, e pelas cenas de revolta e de mal-estar.

O Diário de Anne Frank, Anne Frank. Faro Editorial, 2023. Tradução de Roberta Sartori.

Proibido por conteúdo violento.

Ratos e Homens, John Steinbeck. L&PM Editores, 2005. Tradução de Alves Calado.

Muitas vezes proibido por conta do nível da linguagem, insultos racistas e representação da deficiência mental e da eutanásia.

Gênero Queer: Memórias, Maia Kobabe. Tinta da China Brasil, 2023. Tradução de Clara Rellstab.

Contestado e proibido por conta das cenas LGBTQIA+ e das ilustrações explícitas.

Amada, Toni Morrison. Companhia das Letras, 2007. Tradução de Rogério Bettoni.

Proibido por causa de cenas de violência e pelo conteúdo sexual.

O Diário de um Perdedor, Jesse Andrews. Intrínseca. Tradução de Gustavo de Castro.

Proibido pela grosseria e pelo conteúdo sexual.

All American Boys, Jason Reynolds, Brendan Kiely.

Contestado por conta de cenas de brutalidade policial e de tensões raciais.

Eu sei por que o pássaro canta na gaiola, Maya Angelou. Astral Cultural, 2018. Tradução de Regiane Winarski.

Proibido por conta de cenas de estupro e de racismo.

Fale!, Laurie Halse Anderson. Valentina, 2013. Tradução de Flávia Carneiro Anderson.

Proibido por falar abertamente de estupro.

As Vantagens de Ser Invisível, Stephen Chbosky. Rocco Jovens Leitores, 2012. Tradução de Regina Lyra.

Proibido por conta de cenas de consumo de drogas, de sexualidade e de maus tratos.

Admirável Mundo Novo, Aldous Huxley. Biblioteca Azul, 2022. Tradução de Fábio Fernandes.

Proibido por conta de cenas de controle distópico e uso de drogas com o objetivo de controlar a sociedade.

Laranja Mecânica, Anthony Burgess. Aleph, 2012. Tradução de Fábio Fernandes.

Proibido por conta do conteúdo violento e do nível de língua.

A cor púrpura, Alice Walker. José Olympio, 2024. Tradução de Betúlia Machado, Maria José Silveira e Peg Bodelson.

Proibido por conta de conteúdo sexual e por cenas de violência.

Quem é você, Alasca?, John Green. Intrínseca, 2015. Tradução de Fábio Fernandes.

Proibido por conta de conteúdo sexual e linguagem de injúria.

Drama, Raina Telgemeier. Devir, 2019. Tradução de Guilherme Miranda.

Proibido por conta do conteúdo LGBTQIA+.

Something Happened in Our Town, Marianne Celano, Marietta Collins, Ann Hazzard.

Proibido em certas regiões dos Estados Unidos por conta das cenas de fuzilamento policial e de injustiça racial.

Senhor das moscas, William Golding. Alfaguara, 2021. Tradução de Sérgio Flaksman.

Normalmente proibido por conta das cenas de violência e pela representação da natureza humana de um ponto de vista negativo.

Entre os autores e livros citados, muitos se destacam por seu renome e impacto significativo na literatura.

Toni Morrison.

Ganhadora do prêmio Nobel de literatura, seus livros *Amada* e *O olho mais azul* são amplamente estudados e celebrados por explorarem profundamente a experiência afro-americana e pelo rico uso da língua.

John Green, sobretudo por seu livro *Quem é você, Alasca?*, é um autor muito admirado. Esse livro recebeu diversos elogios e se tornou um dos preferidos dos jovens adultos pela profundidade emocional e sua exploração de temas da adolescência.

Os 13 Porquês, de **Jay Asher** (Ática, 2009, tradução de José Augusto Lemos) teve uma considerável notoriedade, em parte por causa da adaptação em formato de série pela Netflix. O livro aborda temas pesados, como o suicídio e a intimidação, suscitando discussões e controvérsias importantes.

O Ódio que você semeia, de **Angie Thomas**, se destaca também pela exploração oportuna e potente das questões de raça e violência policial. Foi um sucesso de crítica e de vendas e foi adaptado em forma de filme que ficou bastante popular.

O Caçador de Pipas, de **Khaled Hosseini** (GloboLivros, 2013, tradução de Cláudio Carina) é um romance mundialmente conhecido por sua narração potente sobre a amizade e a redenção no contexto de um Afeganistão em transformação.

Esses autores e suas obras são reconhecidos não somente por sua capacidade narrativa, mas também por sua aptidão em abordar problemas sociopolíticos e pessoas complexas que certos grupos julgam inapropriados para os meios educativos, sobretudo para os jovens leitores.

Encontre aqui a lista do conjunto das obras banidas, e também outras informações sobre a lei HB 1467 (O QR Code direciona para uma página estrangeira):

Agradecimentos

Aos meus pais
Pauline, Louis, Georges e Cléa
Minha irmã Lorraine
Susanna Lea, Léonard Anthony
Antoine Caro, Marie Dubois, Marie-Odile Mauchamp,
Elsa de Saignes, Miguel Courtois
Sophie Charnavel, Catherine Lucet
Céline Poiteaux, Solveig de Plunkett, Caroline Babulle
Catherine Lauprête, Joël Renaudat, Céline Ducournau, a toda a equipe de Éditions Robert Laffont.
Marie-Ève Provost e Pauline Normand
Sébastien Canot, Charlotte Lefèvre, Cécile Chertok
Mark Kessler, Carole Demon, Agnès Arnaut
Neyla Downs, Lauren Wendelken
Thérèse Coen, Una McKeown
Sarah Altenloh
Alexis Bruchon
Liza Faja, Julie Montet, Axelle Gaulupeau

Leia também

Faro Editorial
A ÚLTIMA LIVRARIA DA TERRA
... o melhor lugar para estar no fim do mundo...
LILY BRAUN-ARNOLD

ELIEL BARBERINO
A MISTERIOSA LIVRARIA YOKAI
FARO EDITORIAL

FARO EDITORIAL

ESTA OBRA FOI IMPRESSA
EM AGOSTO DE 2025

"Uma história irresistível que mistura amor, vingança e a luta pela liberdade, impossível de largar até a última página."
– Revista Elle

"Marc Levy entrega um romance vibrante que entrelaça uma história de amor com um poderoso alerta sobre os perigos que ameaçam a cultura e a liberdade de expressão."
– Jornal Ouest-France

"Uma celebração emocionante do poder transformador da literatura, esta obra é uma aventura cativante que combina intriga, emoção e resistência."
– Revista Biba

"Como um grande contador de histórias, Marc Levy sabe como injetar a dose certa de leveza e romance em uma história que nos convida a refletir sobre uma sociedade na qual os livros eram proibidos. É um verdadeiro alerta para todos nós!"
– Revista Femme Actuelle

"Se *A Livraria dos Livros Proibidos* seduz pela sua narrativa fluida e pelo tom descontraído, é principalmente pela sua mensagem que ela transmite."
– Site ID BOOX

"Uma obra brilhante, engajada, repleta de referências literárias essenciais, que incentiva a gostar de ler e a valorizar os livros. Além disso, inspira a aproveitar a vida ao máximo e a amar com intensidade e coragem."
– Le Journal de Montréal

"Convido você a mergulhar nesta linda história que faz você querer amar, resistir e, acima de tudo, viver."
– Le Journal de Saône et Loire

"Construído de forma potente e emocionante do início ao fim, *A Livraria dos Livros Proibidos* transmite algo verdadeiramente tocante."
– Pierre Vavasseur - Le Parisien

"Simplesmente mágico."
– New York Post (EUA)

"Esta fábula contemporânea é uma reflexão sobre o papel da literatura em uma sociedades onde as liberdades estão diminuindo."
– L'Express